嫵妹當道 5 完

朱弦詠嘆 著

文創風 339

目錄

第六十三章 加官晉爵

次日起身時，二人一面用飯，就聽四喜在廊廡下低聲回道：「……昨兒個國公府外頭圍了重兵把守，因如今三司會審還未開始，正搜集英國公的罪證，是以家中的女眷們也都沒動，只是限制了行動拘在府裡。誰知道好端端的，他們府裡馬棚昨兒夜裡起火了。」

蔣嫵挑眉，拿了帕子沾沾嘴角，道：「大約什麼時辰的事？」

「約莫是三更天，雖然水龍局的人很快就趕到，將火給滅了，可那一府裡老弱婦孺還是受了不小的驚嚇。英國公夫人年紀也大了，一股急火攻心，如今已是臥床不起了。」

蔣嫵頷首不語。

她是覺得英國公被問罪，他的家人都有些無辜，畢竟老弱婦孺平日裡聽英國公的吩咐去辦事，也不是罪大惡極之人。可是既然他們享受了英國公聞達時的富貴，那麼落寞時的寂寥也該一併承受。

「侯爺。」廊下一個一身翠綠衣裳的小丫頭行了禮，道：「外頭來了客，曹公子請您用罷了早膳就去前頭。」

霍十九與蔣嫵對視了一眼，就漱了口，一面起身一面道：「嫵兒，妳猜會是誰？」

蔣嫵挑眉，笑道：「我可不猜，不論是誰，什麼事也只你一人去應付罷了。」

霍十九笑道：「也好，我出去了，回頭再命人請妳過去。」

蔣嫵愣了，看了他一眼才道：「說得好像你能掐會算似的，還是你知道什麼了？」

「我沒想什麼，只是覺得熱鬧看夠了，他們也該出現了。」

「你說的是達鷹？」蔣嫵恍然道：「你怎麼知道他在此處？不過大約金國從前南平王篡政時也沒有咱們這裡的熱鬧。」

「那是自然。雖然哪裡的政治都是一樣，但金國人性情要更豪放一些，耍的心機手段大多以簡單粗暴的為多，比如南平王，有心那個位置就直接動手去搶，不似英國公這樣隱忍了這麼多年，就為了圖個好名聲。」

蔣嫵噗哧笑了，起身來摟住霍十九窄瘦的腰身，臉頰蹭他的胸口。「還真該慶幸英國公為了名聲隱忍多年，沒像金國南平王那樣，否則後果不堪設想。」

「妳呀！」霍十九點她的額頭，被她調侃也禁不住笑了。

可不是，若英國公有南平王那樣的果斷，又哪有喘息的機會，大燕朝早就姓蔡了。

「要不妳隨我一同去？免得待會兒還要再費事。」

「我不去，萬一你猜錯了呢。」蔣嫵推著霍十九到廊下，囑咐道：「時辰還早，要真是他的話，你就叫人來給我送個信，咱們好留人用午膳。」

「知道了。」

霍十九又親了她臉頰一下，這才快步出去了。

蔣嫵小憩了片刻才起身，帶著聽雨去了外頭書房。

她才進門，四喜忙起身拍了拍衣裳行禮。「夫人，您來了。」

蔣嫵頷首。「煩勞你，替我回侯爺。」

四喜行禮應是，就快步往屋裡去，不多時卻見軟簾撩起，霍十九快步下了丹墀，擰眉斥責四喜。「……怎麼做事的，這麼大熱天的，就敢晾著夫人在毒日頭下等著。」

四喜苦著臉。「是侯爺吩咐書房不許人進來的。」

「還敢狡辯？」霍十九說話間已到蔣嫵跟前，拉著她雙手，語氣溫和得彷彿剛才訓斥四喜的不是他。

「怎麼過來了也不直接進來呢？妳我之間不用那些虛禮，妳想來我的書房是我的榮幸，還讓人回話做什麼？萬一中暑了怎麼辦？」

蔣嫵見他如此緊張，抿著嘴笑了。

「我又不是紙糊泥捏的，這會兒叫我去刺殺個誰都使得，怎麼曬曬太陽就會暈？我是想你有客在，怕打擾了你。」

四喜在一旁拚命點頭。就是說啊！他們家夫人分明不是什麼柔弱的小女子，英國公那樣的人，都被她按在地上說揍就揍了，還會在乎日頭毒辣？

眼見著霍十九以眼角餘光看向他，四喜連忙低垂了頭，再不敢有半分動作了。

「什麼打擾不打擾的，咱們先進屋裡去，仔細曬久了頭暈。」霍十九拉著蔣嫵走向正屋，四喜和聽雨忙快步過去，從左右兩側打起了軟簾。

書房前後的窗子都半敞著，湘竹軟簾垂落下來，淡藍色的流蘇隨著穿堂風微微晃動，牆角矮几上一盆梔子花開得正好，屋內縈繞著淡淡的紙墨香和梔子花的清香。

文達佳琿獨自一人坐在靠近集錦楇子的漆黑圈椅上，深藍色的勁裝使高大挺拔的他更顯幹練俐落，稜角分明的臉上少了帝王的氣勢和銳利，倒多了幾分玩味戲謔。

「知道是妳來，還被擱在院門前，霍英可急壞了。蔣嫵，妳身子可還好？」

蔣嫵屈膝行了禮，就挨著霍十九坐下，笑道：「勞你掛念，我挺好的。」

文達佳琿搖頭，咂舌道：「我還擔心妳體力活做得累呢，據說英國公都被妳揍成豬頭了，我今兒還特地帶了些活血化瘀膏來，妳手上要是有疼的地方或者是瘀青，搽這個最好。」

文達佳琿從懷中掏出個精緻的白瓷盒子放在小几上。

霍十九看著他的動作，心裡酸酸的，偏對這樣的情敵又恨不起來。

蔣嫵莞爾，道：「達鷹，這世上只有傻瓜才會赤手空拳去揍人呢。」

「啊？」

「我是揍了他好幾下，可我用的是刀柄。」

霍十九與文達佳琿對視了一眼，突然都覺得英國公的臉好疼……

文達佳琿仔細望著蔣嫵，似乎要將她現在的俏模樣記住似的，輕鬆地道：「天下無不散的宴席，我撂下朝政在你們燕國逗留了這些日子，也是時候該回去了。」

蔣嫵頷首，也不知是不是有了身孕容易感傷，雖文達佳琿來後見面也沒幾次，可他要走，卻覺得有些惜別的傷感。

「你已經定下什麼時候啟程了嗎？」

「定在明日。原本不想找你們的，不過如妳所說，山高路遠的，再見還不知是猴年馬月呢，忍不住還是來道個別。」

蔣嫵嘆息了一聲，道：「我與阿英都知道你的心思，你是擔心我們在京都之中有什麼事情辦不妥，這才一直旁觀著，如今我們事情已了，你自然放心回去了。你的朋友之誼、幫襯之義，我們一輩子都不會忘。他日若有機會，必當報答。」

「說什麼報答不報答，我達鷹只是交你們這兩個朋友罷了。」

文達佳琿也是感慨，回國去，他又是全無自由的帝王了。

「身居這個位置又有何用，全無自由寫意的日子，我有時候真想將皇位丟給長子白里算了，從此就可以策馬江湖，日子豈不自在？」

霍十九莞爾。

「還這樣年輕就想著解甲歸田了嗎？」

文達佳琿卻是認真地道：「我這一生，戎馬沙場經歷過，九五之尊也做過，一切都是為了金國，如今金國昌盛，不缺少開疆闢土的人，守成之君就足夠用了，我不想再一心為了國家去犧牲。我也想過自己的日子。」

蔣嫵與霍十九對視一眼，知道許是大燕的事讓文達佳琿這個旁觀者心裡也有了感想。

不想話題繼續沈重，蔣嫵就道：「明日我去替你送行吧。」

「不必了，大熱天的，若是中暑了怎麼辦？」文達佳琿強迫自己移開目光，別再盯著她看，淡淡道：「我是想提醒你們，如今英國公算是栽了，你們仔細鳥盡弓藏。」

蔣嫵幽幽道：「若真的只是鳥盡弓藏，還是幸運的。就怕他會將下一個敵人看作是阿英。」

蔣嫵說著，就看向了身旁的霍十九。他的側臉很是秀氣好看，但因長年憂心，鬢角銀絲一縷縷已經很明顯了，蔣嫵覺得很心疼。

霍十九察覺到她的注視，安撫地拉過她的手握在掌中，笑著道：「他縱然真將我看成假想敵也無所謂。」

在文達佳琿面前，霍十九不願意說小皇帝的不是。就算達鷹對他們的恩情再重，畢竟中間還隔著國家，是以他也只是含混地說了一句，希望蔣嫵聽了能夠領會。

蔣嫵的確是明白的。霍十九的意思是，左右他們不會再久留下去，小皇帝要做什麼也都無所謂了。

可是蔣嫵總有預感，這裡的事還沒完，也不是那麼輕易就能解決的。

「達鷹，我吩咐人預備午膳，待會兒你與阿英好生喝兩杯。」

「不用麻煩。」文達佳琿笑道：「既然不預備張揚開讓人知道，堂而皇之的擺宴就不妥了。稍後我就走了。」

「那怎麼成。」蔣嫵看向霍十九。

霍十九便道：「陛下若不嫌棄，不如咱們就在此處用飯吧，今日一別，下次見面還不知是什麼時候，在下感激陛下多次相助的恩情，一直都苦於沒有機會報答，一餐午飯，望陛下賞光才是。」

蔣嫵也道：「我這就吩咐人預備幾樣精緻的小菜來，待會兒咱們一同用午膳。」

文達佳琿一聽蔣嫵也一同，便猶豫著點了點頭。

蔣嫵笑道：「知道你不是拘泥小節的人，但委屈你在此處一同用飯，還是有些對不住你，以後有機會再光明正大地請你。」

她的歉意和對他的在意都表達得極清楚了，文達佳琿也的確不是在乎小節的人，被她邀約，就只剩欣喜而已，是以心悅地點頭。

蔣嫵起身出去，叫上聽雨一同去預備起來。

霍十九與文達佳琿透過半敞的格扇，看著蔣嫵與婢子的身影漸漸遠了，這才繼續方才的話題。

「霍英，我敬重你是一條漢子，也知道你一心為了你們的皇帝付出了許多，但有時候若是不分青紅皂白，不但會賭上家裡人的性命，連老婆孩子都搭上了，也換不來什麼實質的利益，得不到主子的重視和信任，那就成愚昧了。

「英國公都倒了，你難道還要繼續為殺父殺母的仇人效力嗎？難道你的父母因為蔣嫵的保護而倖存，你就忘了當初的傷痛了嗎？這樣不仁不義的君王，根本就不值得你效忠。你不如往後就到金國來吧，你滿腔的抱負和熱忱，總該有個可以施展的地方。」

文達佳琿說話時，霍十九一直默默地傾聽，待他說罷了，霍十九才道：「陛下，您的好意我心領了，我也承認，我不是那麼寬容大度的人，皇上做的事我忘不掉，但這一切都無法成為我投靠別國的理由。我不想再繼續輔佐他，但也不會輔佐您。」

文達佳琿聞言無奈地嘆了口氣。他竭力遊說，費盡唇舌，就是希望霍十九能夠帶著全家人去金國，這樣他可以保證蔣嫵的安全不說，更能夠隔三差五地見到她。就算得不到，好歹能看著她快快樂樂地生活著也是一種賞心樂事，可霍十九這頭倔驢，偏不聽他的。

的確，他是打算有一番作為的，到時候他們夫妻倆夾在中間會很為難。可是他就不明白了，像燕國小皇帝這樣兩面三刀、背信忘義的人，如何能獲取霍十九三番兩次的原諒？恐怕連親生父母，遇上這樣的兒子也會放棄了。

「你可真是夠頑固的，也不知道你平日裡是不是經常這樣與蔣嫵意見相左。」蔣嫵脾氣倔強，要是霍十九每次都像茅坑石頭一般不開竅，她還不被他氣死？

「意見相左與否，那也是我與嫵兒之間的事。」

霍十九已經吃味了一陣子，這會兒被情敵質問他對蔣嫵是否不夠好，又哪裡能夠心服？雖然他心裡是覺得對蔣嫵還不夠好的。

這樣的話，對於文達佳琿來說是最有殺傷力的。畢竟蔣嫵選擇的人是霍十九，不是他。縱使他地位再尊崇，對她再上心，甚至不惜加緊做事、趕出時間只為了來看看她，可是這一切，在蔣嫵的心裡卻都敵不過霍十九的一顰一笑。或許就算是與霍十九鬥氣，受霍十九的委屈，蔣嫵也是甘之如飴的吧！就如同他一個鐵錚錚的漢子，這一生的軟弱都在她身上了。

雖然這樣想，文達佳琿可不會承認。

「話雖這樣說，你終歸要為他們母子多考慮，你縱然不想去金國，也好歹想清楚下一步該怎麼做。我看你們的皇帝就是個草包，狗肚子裡存不了二兩香油的貨，這樣的蠢材，你就是給他打下江山捧到他面前，他都未必能夠接得住，不掉地上摔個粉碎都對不起他那個只裝了腸子的腦袋。」

「陛下，話太過了。」霍十九出言提醒，言語中已有怒意。

雖然他覺得文達佳琿的話雖然粗，可表達出的意思是很準確的。他也覺得小皇帝做守成之君有困難。

「罷了、罷了。」文達佳琿無奈地擺手道：「總在你跟前說你們皇帝的不是，我也不是只會在背後嚼舌的小人，你自個兒看著辦吧！對了，你們府外的眼線這一次也都去了吧？」

英國公被捕，等待三司會審。霍十九與蔣嫵的名聲，自前一段時間有爭議變成現在完全正義，不論是英國公還是清流監視侯府的探子，也差不多都應該撤掉了。

霍十九只是點了點頭，內情卻是不能與外人道的。英國公和清流的人的確都撤走了，可是曹玉今早才說，餘下的眼線除了小皇帝安排的零星幾個人會不期然來探一探，尚有另外一夥人，他猜測有可能是九王府的探子。

他與九王爺也算得上井水不犯河水，他卻安插了眼線在他府外監視，到底是為了什麼？難道九王爺不信他，在他名聲已正之時，還懷疑他的忠誠嗎？

「你這麼不聲不響的，那就是還沒撤乾淨吧。」文達佳琿盤著手臂，一副「我就知道是這樣」的表情。

他鄙夷的不是霍十九，而是大燕朝的人。這些大燕人覺得燕國地大物博，不論是文化還是經濟的發展都是最拔尖的，是以就不將外族人看在眼裡，將金國人看成如虎狼一般凶狠狡詐，可是他們金國人就算有野心也會放到明面上來，又哪裡來這麼多的勾心鬥角？好好一個大忠臣，還不放心，竟派人來監視。

越想越氣，文達佳琿又道：「我看你們燕國人就是心思太複雜了，複雜得連最基本作為一個人該有的品行都忘了。」

「陛下如此以偏蓋全，卻也不是智者所為。」

「我本來也不是智者。」

「陛下既知道自己不智，為何還屢屢說這等不經大腦的話來。」

「霍英，我看你是得寸進尺了！」

兩個大男人，原本事情商議得好好的，這就突然吵起來了。

蔣嫵站在書房門前，聽了幾句就忍不住噗哧笑了，打發四喜和聽雨走遠一些，守著人不要靠近，就自行撩簾進了門。

「你們兩個男人為了這些事吵得面紅耳赤，也不知羞？」

「咳！」文達佳琿沈沈乾咳了一聲，以掩飾內心的尷尬。

蔣嫵是多護霍十九他是知道的。要是讓她知道，他背地裡與霍十九吵嘴時那麼說話，她還不跟他絕交？

出乎意料的，蔣嫵沒再細問，只是與文達佳琿閒聊。

不多時，外頭四喜和聽雨接過婢子們抬來的食盒，二人都低垂著頭將飯菜擺在外間，誰也不敢抬頭看裡頭的客人是誰，就遠遠地退開去守著了。

三人一同吃了一頓飯，霍十九與文達佳琿都是滴酒未沾。
「時辰不早，我真的要走了。」文達佳琿站起身，撣了撣袖子上不存在的灰塵，雲淡風輕地道：「雖然我很不希望你們夫妻將來會有被逼無奈投奔我的那一日，但是蔣嫵，我給了七斤那扳指，妳記得，只要是我文達佳琿在的一日，金國的大門就始終是向你們敞開的。如果真的將來有無路可走的那天，記得來找我。」
就算是因為無路可走、無處可去才去金國，他也是萬分歡迎。
蔣嫵動容地點頭，眸中染上一層水霧。
「你的一片心意我與阿英都領了。但是我們會好生經營，將來即便要去金國，也絕不會是在走投無路的情況下。」
「那樣更好了。」文達佳琿笑了一下，拱手與霍十九道別。
蔣嫵與霍十九一直送文達佳琿到院門前，才命人備車將人悄悄地送出去。
文達佳琿一路乘車，從懷中掏出一個精緻的小木盒，裡頭那根斷掉的玉簪已用金箔包了，恢復了用途。他虔誠地望著這支簪子，覺得自己既幸福又悲涼，有心想將簪子丟了了事，偏偏手都要伸到車窗口，又收了回來。
他沈淪在這段不可能得到的情也是真的任性，身為帝王最不該有的就是任性，但是他卻甘之如飴，這一生再也沒人能如此給他氣受、讓他無奈了。
蔣嫵與霍十九這廂攜手回了瀟藝院，在臨窗鋪設官綠色坐褥的羅漢床上躺了一會兒。
霍十九被悄然來傳話的曹玉叫出去時，蔣嫵還睡得深沈。

直到一覺醒來，這才發現身邊的霍十九早就沒在臥房了，蔣嫵掩口打了個呵欠，問玉橋。「侯爺幾時走的？」

「回夫人，侯爺與曹公子出去約莫一個多時辰了，還沒回來。」

曹玉能叫霍十九去哪兒了？

正想著，就聽見外頭有年輕僕婦難掩雀躍的聲音。「夫人！」

「誰？進來回話吧。」

那僕婦進了門，就跪下行禮。蔣嫵便認出她是看二門的。這會兒還沒到落鑰的時辰，好端端的來這裡做什麼？

僕婦叩頭道：「回夫人，是前頭來了喜訊，侯爺被晉為世襲罔替的忠勇公了！公爺留在宮裡陪伴聖駕，宴請金國人，還是四喜興沖沖地跑回來傳話的。」

蔣嫵身邊的婢子們聞言，都是滿臉的喜色。霍十九如此年輕，就已經是忠勇公！那麼往後侯府就要改成忠勇公府了！他們今後的體面也就更大了。

忠勇公？

蔣嫵搖著紈扇眨巴著明媚的杏眼，點了點頭道：「阿英的確是當得起忠勇二字。」

「皇上英明，忠勇公輔佐皇上多年，風裡來雨裡去的，必然是當得起這二字。」僕婦行禮，屋內其餘婢子也跟著一同行禮。

落蕊性子活潑一些，便笑著道：「婢子見過忠勇公夫人。」其餘婢子也都一同見禮。

蔣嫵就笑著讓她們起身。

加官晉爵的確是讓人歡喜的好事。可是這些事情於他們夫妻來說，意義卻不那麼簡單。霍十九從錦寧侯一路變為忠勇公，還是世襲罔替的爵位，往後可就相當於被皇恩給牢牢地綁縛住了。他們原本就計劃著等英國公這件事情徹底了了，將來找機會離開，現在這樣又該如何？

這麼一想，蔣嫵心裡就有些擔憂煩躁起來，卻又不願在下人面前表現出任何情緒，只稱自己乏了，叫人都下去歇著。

聽雨心細如髮，又對蔣嫵的性子較為瞭解，見她不大歡喜，卻因礙著身分不好多問什麼，就上了心，小心在一旁伺候著。

「夫人。」廊下有個小丫頭脆生生的聲音回道：「是親家老爺命人來，請您去客院一敘呢。」

蔣嫵聞言坐正了身子，問一旁的聽雨。「是不是阿英的事情全府上下已經傳開了？」

「應當是的，剛李家的來傳話並未避開旁人，那些丫鬟婆子們又最喜歡閒聊這些事，想必現在全府上下都已經知道了。」

蔣嫵若有所思地微微頷首。想必很快不只是府中，就連外界也會傳開的，到時候輿論又會倒向何方？

聽雨立即揚聲道：「妳腳程快，先去外院告訴親家老爺一聲，就說夫人稍後就到。」

「是。」小丫頭退下，腳步聲漸漸遠了。

蔣嫵便帶上聽雨和玉橋，往外院散步而去。

聽雨想得周全，擔心蔣嫵半途中疲憊，是以特地吩咐粗使婆子抬了轎子在後頭跟著。夏日裡的夜晚微風吹拂，比起白天的炎熱，這會兒的氣溫是極舒服的，蔣嫵下午又睡了一覺，這會兒正精神，前後僕婢將燈挑著，一路說說笑笑就到了客院。

蔣晨風早已在門前等了多時，見蔣嫵一行來了，小跑著到了跟前。

「三妹。」

「蔣少爺。」婢子們齊齊行禮。

蔣嫵就打發她們先下去，與蔣晨風並肩往院子裡去。

「爹知道了？」

「嗯，才剛聽到消息，原本都打算早早睡下的，這會兒激動得不想睡了，還要去找妳來著。天暗了，他腿腳又不方便，妳身子強健，適當的走動對妳身子也有好處，我索性勸他不要動，請妳過來見他。」

蔣嫵笑道：「還是二哥瞭解我，我睡了一下午，睡得肉都僵了，可不就是想出來走走，這會兒也沒那麼熱，不怕中了暑氣，來與你們聊聊天也是好的。」

蔣學文這會兒正坐在臨窗放置的羅漢床上，晚風透過紗窗吹拂著，使得屋內十分涼爽，外頭的閒談聲也越發近了。

見蔣嫵上了丹墀，蔣學文忙高聲道：「晨哥兒扶著你三妹，仔細磕絆到。」

蔣晨風聽話地扶著蔣嫵，心裡卻在腹誹，蔣嫵這樣的好身手，走個路哪還需要人扶？莫說是身子才不到三個月，就算即將臨盆也不會變笨拙的。

蔣嫵進了屋，見蔣學文所坐的羅漢床小几上擺著一盞絹燈，將他的臉勾勒出明暗的陰影，他一條腿垂著，另一條卻垂著毫無重量的褲管。

看到這樣的蔣學文，蔣嫵心裡發酸，便溫和地叫了一聲。「爹。」

「哎，快過來坐。」

三人坐定，蔣學文激動地問：「姑爺如今是忠勇公了？」

「是啊。封地未必改變，不過爵位是變了。」蔣嫵搖頭笑道：「我本以為他到侯爵已經是極點了，畢竟他這麼年輕，平白封侯晉爵已經夠讓人非議了。」

「這不一樣，姑爺能被皇上賞識，也是因為他這些年的付出。」蔣學文由衷地道：「爹是真為他高興，也為妳高興。幸而上天垂憐，沒讓我釀出無可挽回的大錯。」

「爹，過去的就讓它過去吧。」蔣嫵看向蔣學文，寬解道：「您不要再想了，那時候立場不同，對於您來說，阿英的確是十惡不赦的壞人，您要除他也是為了燕國。或許您的做法是有些過了，出發點卻是好的。現在一切都過去了，世人也知道了真相，對於我們來說已經滿足了。」

蔣學文長久以來就希望蔣嫵能夠忘記過去的一切不愉快，他們父女之間的關係起碼不要那樣僵，如今終於得償所願，再想到霍十九那樣有出息，心裡激動萬分，眼中都有了濕意，連連點頭道：「好，好。」

蔣嫵從前只覺得蔣學文的年齡正是男人最好的年紀，還年輕著，現在看他卻發現這段日子不只是霍十九鬢染霜塵，蔣學文的眼角皺紋也已經很深了。

歲月饒過誰？這一生很快就會過去，得放開的須放開，珍惜擁有的一切才是正經。

蔣嫵就又陪著蔣學文和蔣晨風說了一會兒話，直到天色大暗，估摸著蔣學文該歇著了，才乘轎回了內宅。

抬轎的粗使婆子是經過精挑細選來的，這會兒手上都十分穩當，蔣嫵的轎子才進了二門，就聽守門的婆子回道：「夫人，公爺回來了，剛進垂花門往裡頭去了。」

蔣嫵便笑著點頭應了。

果然，走了不多時，就已經看得到前頭霍十九與曹玉並肩緩步前行的背影。

聽雨喚了一聲「公爺」。

霍十九便回過頭來，恰看到乘著竹轎的蔣嫵回來。

「這個時辰去哪兒了？」

「去爹那兒。」

到了跟前，撲鼻而來的是濃郁的酒氣，蔣嫵的紈扇掩著半邊臉，調侃道：「今兒晚上被灌了不少酒吧？」

霍十九知道她現在聞不得酒氣，就退開到一旁，笑道：「今日總算讓人逮住了，拉住了一通灌，我又不勝酒力，吃點兒就不舒坦了，好在後來皇上發話給我換來水喝才好些。」

蔣嫵聞言便笑了，先吩咐婆子們回內宅，道：「你慢慢走，正好散散酒氣，我回去先吩咐人預備溫水給你沐浴。」

「好。」霍十九看著蔣嫵所乘的小轎遠了，這才道：「墨染，楊姑娘既是要離開，好歹你也該去送行，其實就如我方才說的，你若真的覺得捨不得，大可以留下她來。現在英國公已經被關進天牢，皇上又在忙朝務，大約也想不起她來的。」

「爺，她的去留是她自己的決定，我不能參與。」曹玉嘆息道：「既然不打算與她如何，她要走，我又何必留她呢？那都是她的自由。」

「你真的不打算考慮？」霍十九這會兒並非是在乎曹玉心儀之人是他的妻子，出於朋友的角度，他也實在不想看曹玉這樣下去，都是老大不小的人了，難道還能孤單一輩子？

曹玉只是笑了一下，並未將心中所想說出來。

曾經滄海難為水，除卻巫山不是雲。

霍十九新晉忠勇公的消息迅速傳開了，皇帝的賞賜隔日一早也到了霍家，蔣嫵沒有去給文達佳琿送行，恰好見了親自前來的景同，說了一會兒話還送了個大封紅。

一連幾日，霍十九的英雄事蹟被傳遍了大街小巷，當初恨不得叫他不得好死的那些百姓，紛紛讚揚他是一個忍辱負重、一心為國不計較個人得失的大忠臣，甚至還有許多見過霍十九的年輕學子，就開始模仿起霍十九的穿戴來。如此一傳十，十傳百，不過幾日時間，大街上就經常能夠看到青年才俊穿一身淺色長衫，再或者也有穿一身黑色的。

蔣嫵聽出去採買新鮮水果的落蕊繪聲繪色地講述，禁不住笑出聲來。

落蕊笑道：「夫人莫笑，婢子說的都是真的，您是不知道，今兒個就連婢子去買個水果，人家一聽說我是忠勇公府的婢女，都客氣了幾分呢。」

也難怪落蕊激動地打開了話匣子，作為霍十九的家眷，被唾棄了這麼長時間，突然之前的惡名就一掃而光了，她現在歡喜的心情不比落蕊少。

軟簾一撩，霍十九快步走了進來。

「公爺。」婢子們都行禮。

蔣嫵原本說笑的心思，在見到霍十九略有些不豫的俊臉時立即淡了。她屏退了身邊的人，低聲問：「阿英，怎麼今日回來得這樣早，是遇上什麼難事？還是有人行事讓你不喜歡了？」

霍十九拉住蔣嫵的手，看著她垂落在胸前的柔順長髮發了一會兒呆，才道：「是陸天明失蹤了。」

「失蹤？」蔣嫵驚愕道：「那麼一個大活人，會從京畿大營十萬兵馬之中突然不見了？」

「下頭就是這樣報的，皇上聽後大發雷霆，又問我的意思。」

「那你是怎麼答的？」蔣嫵拿了紈扇輕輕地為霍十九搖著。

霍十九道：「我只說英國公府的事情張揚開，這是在所難免的結果。」

蔣嫵聞言抿了抿唇。小皇帝聽到這樣的回答不氣死才怪。

「所以他又開始詢問你該怎麼辦了？」

「嗯。」霍十九煩躁地抓了抓頭髮，道：「這接二連三有事，打亂了我的計劃。」

霍十九遇事素來能夠沈穩應對，除了關係到家人以及蔣嫵的安危，其餘的泰山崩於前也未必會流露出太多情緒。然而此刻他卻覺得心頭有一把火在燒，便煩躁地起身來回踱步，屈指一直敲著自己的額頭。

霍十九沈思時喜歡用食指指甲磕桌面，如此焦頭爛額的模樣還是蔣嫵第一次見，她便知道，在霍十九的心中，朝務與小皇帝的地位始終是很高的。這些年的效忠已經形成了一種慣性，讓他臨時抽身退步他也走不開，要他與皇帝撕破臉那樣作別的話，於感情上霍十九也做不到。

而且以現在的情勢看來，霍十九如果公然提出離開這種話，十有八九會開罪皇帝，萬一激出了皇帝的怒氣，再給他們安排一個什麼叛國之類的罪名，不但前頭所有的努力都會付諸東流，霍十九到時候豈非要傷透了心？

蔣嫵想了這許多，不過是在呼吸之間，她站起身拉著霍十九的手，笑著道：「我知道你的計劃，又何必偏要急在一時呢？咱們走到現在這樣的情狀，也並非一日、兩日的工夫不是嗎？」

霍十九忘了煩躁，垂首看著他們交握的手。

他的一切鬱悶都源自於答應了蔣嫵，一旦事情結束就離開這個是非之地，再也不來參與其中，可偏生諸多枝節，讓他不能實行計劃。他怕蔣嫵不高興，怕她動氣，甚至對他失望。沒想到，她竟然這麼簡單地原諒了他未兌現的承諾，且還將事情看得這樣透澈。

「爹說妳是條好漢，我雖覺得好漢這樣詞彙用在妳身上很違和，現在我卻覺得爹說的很對，妳的豁達，許多男人都做不到。」

蔣嫵哭笑不得地道：「重點不是豁達，是我成了『好漢』好嗎？你家嬌滴滴的夫人現在都成知名的漢子了。」

霍十九禁不住笑了，蔣嫵本來生得楚楚可人的樣貌，身材又嬌小，這樣嬌滴滴的美人怎麼就能與漢子那樣的詞掛上鈎。越想越是覺得好笑，心情似都一下子好了許多。

將她攬在懷中，下巴蹭著她的額頭，霍十九嘆息著說：「傻丫頭，妳可真是我的寶。」

只要他有心思離開，不是一根筋要守著小皇帝，他就會為之去運籌帷幄，她相信他是言而有信的人，至於什麼時候走，何必急於一時？

陸天明失蹤的事只有小皇帝新近啟用的少數人知道真相，連續在御書房議事了兩日，也沒有想出個妥貼的法子。

而霍十九如今已經不是每日都入宮去，擺明是想急流勇退，在府裡陪伴蔣嫵，再不然就是去抱香閣看書。

先前因英國公的事情尚未解決，蔣嫵也無心操持家中庶務，如今無事一身輕，又有霍十九在家中陪伴，蔣嫵的心情也格外好，不但將府中的人事管理起來，還另從莊子上調派了一些人來專門在府裡務農。

後院霍大栓曾開闢出的地，又都種上了鬱鬱蔥蔥的各色蔬菜，抱香閣下的空地，小黃瓜再一次嫩綠嫩綠地呈現在眼前，散養的雞鴨鵝在院中愉快地玩耍，至於衛生，蔣嫵則專門安排了人去打理。

自從錦寧侯府的匾額摘掉，換上了燙金大字的忠勇公府匾額，府中就是一派清新氣象。就連跟著伺候的下人都感覺得到輕鬆愉悅的氣氛，就像是壓在背上的大山終於移開了，能讓人透氣。

第六十四章　心意已決

這日下午，蔣嫵在臥房中看帳冊，玉橋與聽雨二人一左一右拿了團扇為她打扇。

七月天越發炎熱，午後的空氣似乎都翻起熱浪，蔣嫵有身孕又不敢隨意用冰，眼見沒外人在，索性叫聽雨開了箱子，找出她以前興起時做的一身銀白色的琵琶領高開衩旗袍來穿，領口的扣子懶得繫，露出精緻的鎖骨，頭髮也俐落地完全盤起，雪白的脖頸隱於領口。她斜靠在鋪了涼蓆的美人榻上，雙腿交疊著，不經意就將一雙白玉美腿露在外頭，雙臂更是肌膚白膩。

如此不施脂粉又充滿魅惑的模樣，同為女子瞧了都覺得臉上發熱。聽雨早習慣蔣嫵夏日在臥房中這樣打扮，玉橋卻還不適應，臉上滾燙，拿了團扇輕搖著，想避開她那白花花的肌膚卻又忍不住想偷覷，心裡好生羨慕起來。

夫人真正是好命啊！其他閨秀若是孔武有力還脾氣暴躁，那就是天大的錯誤。可夫人嫁給了公爺，那些缺點都變成了優點，不但先前「河東獅」的壞名聲洗淨了，就連揍人現在都被宣揚成英雄壯舉，最要緊的是爺對她那樣用心。

有了三個月身孕的婦人，誰不會自動自發地為夫婿選幾個通房，有甚者還會買一、兩個良妾來服侍。

主子們可倒好，公爺不提，夫人也不做。

想起那玉樹芝蘭一般的男子，再想偶然在屋外聽到的那些低柔軟語，玉橋臉上一陣熱，心裡像裝了小兔子似地怦怦亂跳起來。

她求的不多，能夠服侍那樣的英偉男子，就算做一輩子的通房，不抬姨娘也是肯的。

蔣嫵手中的帳冊翻了一頁，紙張發出輕輕的響聲，聽雨便低聲問道：「夫人累了嗎？要不要歇會兒？這些帳也不急著看的，您仔細累著了，公爺心疼。」

蔣嫵眼神不移，笑著道：「從前是事情忙，且爹娘和大姊還在，我雖是長媳，卻可以覥著臉將事情都推給我大姊去做，誰叫她不只是我的弟媳，還是我姊姊呢，但現在不行了。」

蔣嫵的話說得平靜，因為她知道家人現在應該都已經抵達南方了。雖相隔千里，但一定生活得好好的。

然在聽雨與玉橋耳中，蔣嫵的平靜就成了沈穩地掩藏悲傷。

的確，府中現在的主子只剩下主子夫婦，作為女主人不打理庶務中饋，事情難道能丟開手嗎？

聽雨對蔣嫵的敬服又更增一層，由衷地稱讚道：「夫人是女中豪傑，心性堅毅，若是換作旁人我不知道，婢子是絕對做不到夫人這樣的。您對公爺也真是盡心盡力了。」

「他對我也一樣盡心啊。」蔣嫵抬起頭對聽雨微笑。

玉橋瞧在眼中，心裡的羨慕又增了許多。這世上，當真是人同命不同，同為女子，莫說夫人這樣在閨秀中的異類，就算同為下人，她自信容貌和心性都不比聽雨差，只因先來後到，得到主子的信任也不同。

「聽雨姊姊？」

「玉橋？」

聽雨的聲音就在耳畔，玉橋倏然回神，強壓下心裡的狂跳。

「這丫頭，莫不是熱迷糊了？夫人說要吃點酸梅湯呢。」聽雨笑著打趣。

玉橋霞飛雙頰，行禮道：「夫人，婢子這就去拿。」

「別去了。」蔣嫵隨手又翻一頁帳冊。「天兒熱，還讓妳們打扇了這麼久，妳們兩個仔細著別中暑，還是叫別人先去。」

蔣嫵的關切，聽在玉橋耳中就成了諷刺，身為下人，哪裡能因為大熱天給主子打扇就熱得中暑了，那不是不稱職是什麼？

莫非夫人發覺了她的小心思，想找由頭打發了她？

「夫人，婢子不熱，這就去端酸梅湯來。」玉橋有些慌亂地退下了。

蔣嫵莫名其妙地眨了眨眼。

「我剛說了什麼讓她怕成那樣？」

聽雨看著玉橋的背影，搖了搖頭道：「許是那小蹄子真是熱迷糊了。」

不多時，玉橋將酸梅湯呈上來，蔣嫵才吃了一口，霍十九就回來了。

一進門看到蔣嫵這身打扮——肌膚賽雪欺霜，手臂肌理勻稱，雙腿修長白皙，加上半敞的領口，真正是說不出的誘惑。

霍十九站在門前愣了一下。想起他們夫妻之間的默契，他從前可是動不動就讓她穿旗袍的，身下就覺得發熱。

「回來了？外面熱得很，你還穿這麼一身，熱壞了吧？」蔣嫵起身往一旁讓了讓，空出身邊的位置來給霍十九坐，笑道：「來吃一碗酸梅湯吧。」

我想吃妳……

霍十九喉結上下滾動，不自禁就吞了口口水，在蔣嫵身旁坐下了。

蔣嫵只當他是想到酸梅湯就條件反射口舌生津，禁不住笑道：「廚下酸梅湯做得好，沒有那麼酸。」

霍十九接過聽雨遞來的精緻描金小碗，一口氣吃了一碗，這才覺得熱氣散去了些，便將空碗隨手遞給玉橋，笑著拿起蔣嫵手邊的帳冊。

「怎麼還在看這個？妳且擱著吧，家裡的事我抽空打理就是了。妳就只管好生養著身子就成。」

「那像什麼話。」蔣嫵白了他一眼，莞爾道：「你好不容易可以放開政務休息一下，我還要拿家裡的事來煩你，那成什麼了。」

「那有什麼，咱們倆的家，日子還不是說怎麼過就怎麼過的？」霍十九指著帳冊上蔣嫵正在看的這一頁，道：「在看昨兒採買的帳？」

「嗯。」蔣嫵點頭，隨意靠在霍十九的肩頭。

霍十九的角度恰能居高臨下看清她敞開領口內的溝壑，禁不住多看了兩眼，覺得身上又熱了。「妳一個大英雄，看這種繁瑣的東西還真是彆扭。」說著話，就去握住了她的手。

蔣嫵無奈地道：「敢情你心目中，我就合該是四肢發達、頭腦簡單、孔武有力的那種類型？」

「妳是嬌小可人，哪裡孔武有力了。」霍十九笑著咬她的手。

聽雨和玉橋二人看得面紅耳赤，關鍵是這兩人如此親暱的畫面實在是太養眼了，又太讓人臉紅了。兩人趕忙默不作聲地退下，出門前還不忘將窗前、門前的湘竹簾都放下。

屋內的光線一下子昏暗下來，卻有微風透過竹簾的縫隙吹拂進來，將風鈴擺得叮鈴鈴作響。

懷中的身子太過柔軟惑人，霍十九忍不住含住她的雙唇，牙尖滑過她的唇瓣，舌頭描繪她的貝齒，大手肆無忌憚地探入旗袍下襬。

蔣嫵被吻得意亂情迷，喘息著推開他，以為自己義正詞嚴，聲音卻是說不出的綿軟。「現在不行，胎還沒穩呢。」

霍十九的指腹滑過她腿上柔嫩的肌膚，引起她一陣顫慄。「我知道，我有分寸，咱們去裡間。」說著，便將蔣嫵抱起快步進了裡屋，放在拔步床上，隨手撂下了帳子。

外頭聽雨和玉橋二人遠遠地守著，許久霍十九才吩咐預備水來。

玉橋進屋時，瞧見霍十九穿著雪白綾衣，鬢髮微亂但神清氣爽的俊顏，臉上又是一熱。

一個有身孕的夫人，能服侍好如今正值壯年的男子嗎……

平靜的日子又過了兩日，霍十九也沒入宮，索性幫助蔣嫵打理起府中庶務中饋，他本來也不是墨守成規的人，蔣嫵的身體又放在第一要緊的位置上，管理府中雖然千絲萬縷的複雜，他也做得很是用心，下人們都只道公爺將夫人寵上了天，連中饋都一併打理起來了。

原本霍十九現在就是聲名鵲起的風雲人物，蔣嫵又被民間傳成了一個女英雄，有出去採買的婆子在府裡聽了幾句傳言，為了彰顯自個兒是忠勇公府的人且知道得多，交談時就隨口炫耀了公爺和夫人伉儷情深的事蹟，自然是加油添醋都說了些，霍十九疼老婆、在家裡幫忙管內宅中饋的消息就傳揚開來，使他的英雄形象又被加了一層顧家好男人的評價。

這話坊間流傳倒是無所謂的，可是小皇帝已在宮中煎熬了四、五日。他想不到出了陸天明失蹤這種大事，霍十九會捺得住性子，竟然四、五日不入宮來與他商議，原來他是忙去了，忙著幫蔣嫵管家，研究吃什麼、用什麼去了！

小皇帝陰沈著臉坐在御書房外間臨窗放置的官帽椅上，憤怒的同時又覺得很受傷。他最開始的預感和擔憂是對的，果真是娶了媳婦就將他拋在腦後了！

「皇上……」小綠遲疑地道：「要不要奴才去宣忠勇公入宮來？」

小皇帝憋著氣又無處撒，就瞪了小綠一眼。「宣？難道還要朕主動去問他不成？」

「皇上息怒。」小綠磕頭。

景同打量小皇帝神色，便適時地道：「皇上莫要動氣，忠勇公也是累了這麼些年。再說如今忠勇公的身分貴重直逼九王千歲了，總該歇一歇的。」

「備車，朕要去忠勇公府。」

「是。」景同垂頭退下。

小皇帝的馬車很快到了霍家，因是微服出巡，他的馬車也不過是普通的翠幄油壁車，穿著打扮上看著也是尋常貴人罷了。雖然小皇帝不露面，景同卻是來過幾次，府裡的奴才，尤其門子是極有眼色的人，見了景同，就慎重地連忙去回話了。

不多時，霍十九便親自迎了出來。

「皇上來了？怎麼這會兒在毒日頭底下走一趟，萬一中了暑可怎麼好？」

「幾日不見想念得緊，也許久不曾見姊姊了，就來看看。」

「快請進來。」霍十九引著小皇帝一路往裡頭去。

小皇帝不著痕跡地打量周圍的環境。原本以為從侯府一躍成為公府，霍宅定然要好生裝飾一番，想不到除了院子裡的花開得鮮豔，草坪和盆栽打理得十分俐落，其餘的卻沒有變化。

再觀霍十九，身上穿的是件半新不舊的牙白直裰，頭髮用一根竹簪隨意綰在頭頂，很是瀟灑素雅。

預想中的恃寵而驕之類的情況沒有出現在眼前，小皇帝心裡又愉快了幾分，主動挽著霍十九的手臂道：「英大哥，這幾天沒見，朕可想你啦！」

在霍十九面前，他不過是一個愛撒嬌的尋常少年，與那個近日來威嚴十足的帝王完全不似同一個人。

來到前廳，小皇帝打發了景同和小綠以及侍衛們去外頭候著，先是與霍十九閒聊起來，說的無非是一些家長裡短的話題，甚至都聊到後頭院子裡養的雞鴨。

「英大哥。」小皇帝突然凝眸看向霍十九，眼神熱切又期盼，聲音也小心翼翼之中透著似不願意被人發覺的緊張。

「你能不能答應朕一件事？」

方才相談甚歡，廳中氣氛輕鬆得很，小皇帝突然這樣認真起來，卻是讓霍十九心裡莫名一跳。

「皇上說的什麼事？」

他沒有如以前那般一口應承下來，而是先問他是什麼事。

其實小皇帝知道，這種表現才是一個正常人該有的回答，可他不再那樣無條件完全依著他，小皇帝心裡當真說不出是什麼滋味，話裡也就不自禁摻雜了苦澀。

「起事前，你說英國公的事情了了，就請求朕允你致政離開，朕答應了。可是現在，朕後悔了。英大哥，你不要走好不好？朕……我身邊離不開你。」

小皇帝細長的眼因緊張而染了濛濛的一片水霧，明明已經是俊朗的少年，如今的模樣卻與霍十九記憶中的那個孩童重疊在一處。

霍十九聽著他的話，心裡震動，然而過去的那些苦痛能忘記嗎？那種被利用殆盡，連父母妻兒，甚至所有親人的性命都搭上的絕望，能忘嗎？

他畢竟不是聖人，也不是木頭人，他是有血有肉有思想的一個人啊！

小皇帝在這個時候還能提出這樣的請求，究竟是將他當成什麼？自古的確有「君要臣死，臣不得不死」的話，可也有「以德報怨，何以報德」的話，他忠於帝王，已經將能夠為他做的，能夠包容和寬待的事都做到極致了，寧可不去施展自己的抱負，他如今只求清靜了，也不行嗎？

「皇上，您對臣的器重，臣感激不盡。」霍十九的話說得很溫柔。

可小皇帝知道霍十九後頭還有後話，他不想聽，抿著唇瞪著他。

「可是皇上，君無戲言，當日的話也已經是作數的了。」

「英國公被捕，陸天明失蹤，朝堂上英國公的黨羽盤根錯節了那麼久，又是百廢待興的狀態，朕要做的事情還有很多，英大哥就不能留下幫朕嗎？」

「皇上抬愛了，臣才疏學淺，怕擔不起那樣重的責任，只想後半生平平淡淡，寄情山水而已。」

「你分明是……娶了媳婦，有了美色，就不想管朕了！」

霍十九一陣無語。小皇帝這樣一副吃醋小媳婦的模樣實在是讓他看得不舒服。難道在提出要求的時候，皇上根本都忘記了自己做過的事嗎？一個有良知廉恥的人，又怎會這樣厚顏無恥……

到底是他愧對先皇，沒將小皇帝教導好。

「皇上息怒。」

霍十九起身，提下襬端正跪下了。

小皇帝狠狠瞪著霍十九，手上用力攥著圈椅扶手，一時間氣得說不出話來。

突然一陣環珮叮鈴，後頭簾籠一挑，一身石青色褙子、月牙白挑線裙子的蔣嫵走了進來，看到屋內的情況愣了。

「皇上這是……」

她三兩步到了近前，撲通跟著跪下，叩頭道：「皇上息怒。」

小皇帝覺得額角的血管都在跳。眼看蔣嫵那張不施脂粉卻明媚惑人的臉，心裡的火氣更甚，更確信了自己剛才所言的那一句話。

霍十九根本就是被蔣嫵迷住心神，才會打定主意不留下幫他！誰不知道攜美周遊舒坦？霍十九分明是被誘惑了！

怒氣翻騰中的小皇帝氣不過，抬腿就踹了蔣嫵一腳。

蔣嫵本在叩頭，小皇帝那一腳卯足力氣，高度正在她的頭部。

霍十九雖然看得真切，到底不是習武之人，見狀不可置信地驚呼了一聲。「嫵兒！」

然而，小皇帝的腳卻落入一隻玉手當中，叩頭的人身子還沒完全站起來，手上已握住小皇帝的腳。

「皇上，您又調皮了。」蔣嫵直起身子，劍眉微挑，眼中含笑地道：「就算要試探妾身的身手有多快，也不好親自來試驗不是？您是天子，身嬌肉貴的，妾身是粗人，平日裡舞刀弄槍習慣了，難免會有些下意識的動作，比如格擋攻擊時順便將敵人的喉管割開，要不就在胸口上開洞，要是誤傷了皇上，那可怎麼好啊？」

那隻白皙的手戴了個白玉戒指，看起來沒用上力，卻是緊緊扣住小皇帝的腳掌。蔣嫵說著威脅的話，偏偏又以那樣玩笑似的輕鬆語氣，就像是在逼小皇帝做什麼回答。

小皇帝這下子有些怕了。他見識過蔣嫵的身手，當初在黃玉山時很是崇拜，後來幾次三番就變得有些忌憚，有這樣身手又如此野性難馴的人，得罪了她，若真的「條件反射」地給他一刀，他上哪兒說理去，就算將她正法，他也是挨了刀子！

她畢竟不是對他忠心耿耿的霍十九啊！

蔣嫵的剛烈與殺伐時的嗜血若出現在一個男子身上，恐怕小皇帝還會覺得合適一些，剛開始發現蔣嫵是這般，也曾有過驚豔，可時間久了，他就覺得在這美若皎月、楚楚可人的皮囊之下，竟然藏了個吃人不吐骨頭的狠辣靈魂，著實是很邪門。

自己的腳被攥在看似無力、實則稍微用力就能掀翻他的手中，心裡就開始莫名發怵。

「到底是姊姊瞭解朕。」小皇帝花了些工夫才找回自己的聲音，試著想抽回腳。

蔣嫵見他已有懼意，就順勢鬆手。「那是必然的，妾身愛護阿英，阿英在乎的人，妾身自然也愛護。」

將「瞭解」解釋為一種愛護，不但拉近了關係，更將窺探帝王心思的話路堵死了，且這句話在剛受到蔣嫵威脅的皇帝耳中又生出新的一層威脅意味。

如果是「阿英」不愛護，甚至是恨的人，那麼她也會恨。對於一個恨毒了的人，蔣嫵又會如何處置？

「姊姊與英大哥伉儷情深，夫唱婦隨。」小皇帝順口奉承了兩句，背脊上冒了一層冷汗，七月裡的暑熱都忘記了。

「快都起來吧，朕其實也不過是一時玩笑。」

「多謝皇上。」

霍十九不動聲色地扶蔣嫵起身，低垂著頭，沈默不語。

小皇帝這會兒回過神來，也覺得剛才自己太過於暴戾了，便解釋道：「朕也實在是捨不得你，這麼些年，若無你扶持，朕也沒有今日。」

「皇上折煞臣了，臣輔佐皇上，不過是起些推波助瀾的作用，大決策都是您定奪的，臣並沒有做什麼。臣也知道您的信任，只是家人慘遭滅門，實在早就覺得心神疲憊了。當初情況危急，有英國公虎視眈眈，臣也不敢丁憂，如今好些了，就是按道理，臣也該尋個鄉野之處好生為父母守制，況且允臣告老的人是皇上。」

「朕是那麼說了，可是前朝便有奪情的先例，又不是朕先開了這個例子，你要守制，朕也允你素服上朝，這還不夠嗎？」

「重點並不在此。」霍十九不願再與小皇帝糾纏這個話題，對他剛才抬腳踹人的舉動也已經忍無可忍，態度堅決地道：「此事臣心意已決，皇上是明君，不會言而無信，出爾反爾吧？」

小皇帝的話噎在喉嚨，第一次覺得與霍十九針鋒相對時心裡堵得慌。他們從來沒有這樣過，就算之前霍十九氣急了訓斥他時，也沒有讓他感覺如此陌生過。

一方面，他想到了這些年霍十九對付過的對手，另一方面又覺得心裡難受得緊。

由於面上掛不住，小皇帝連陸天明的事都沒與霍十九商議，就帶著景同與小綠離開了忠勇公府。

霍十九這會兒拉著蔣嫵的手，用袖子拂去她手上的灰塵。他知道她沒事，所以也不虛情假意地詢問，但是她今日受的委屈和屈辱，卻在他心上添了一道不會癒合的傷口。

小皇帝對他的父母家人恨不得殺而後快，對他的妻子也可以拳打腳踢。這樣的孩子，品行儼然已經不能挽回，他不但對不起先皇，更對不起自己這麼多年來的忍辱和努力。

重壓之下有人會垮，有人卻會越來越強大，小皇帝的樣子明顯是前者。

先皇膝下就只有這麼一個合適的繼承人，挑都沒得挑，這也當真是天要亡大燕。這麼一個愣頭青，與金國皇室相比，當真是沒得比。

霍十九沈思之時，手中一直緊握著蔣嫵的手。

蔣嫵打量他神色，知道他的想法，柔緩了聲音，指尖輕拂他眉心的「川」字。

「阿英，有句話叫三歲看到老，還有句話是狗改不了吃屎。他就是那樣的性子，與你怎麼輔佐並沒太大關係。你已經盡力了。」

「先皇將皇上託付給我時，皇上才九歲，還是個半大孩子呢。」霍十九的事，蔣嫵是知情的，是以在她面前，他根本沒有遮掩的必要。「如果我有能力一些，皇上何至於就變成現在這樣了？」

「我覺得你不必更有能力了。你現在這樣都可以自己做皇帝，就是成天吃著玩著、不正經做事，都要比他強。」

「嫵兒……」霍十九無奈地嘆息，知道蔣嫵是直率性子，可這話說出來卻是大逆不道。

「本來就是這樣。他就是扶不上牆的爛泥，你還能怎麼幫他？我看他是多大的事都要依靠你，就是拉不出屎都得找你商議，咱們就找個合適的日子離開就是了。」

狀。

霍十九無奈地眨了眨眼，覺得敗給蔣嫵了。話糙理不糙，她說的也的確是小皇帝的現

「好了，這件事我會處理的，我還有點事要去書房，妳也去歇著吧，大熱的天不要中了暑氣。」

蔣嫵點頭，也不追問霍十九要做什麼，就先回內宅去了。她慣於給彼此留下空間，有些事還是要他自己想明白了才行。

誰知霍十九到了傍晚時卻留在書房裡吃晚飯，只吩咐人回來告訴蔣嫵一聲，也並沒說什麼時辰回來，一等就是到月上中天時。

「夫人，天晚了，您不如就先歇下吧。公爺許是被什麼事絆住也未可知，您這樣熬油似地枯等著，若是傷了身子，公爺會心疼的。」聽雨說著話，將一蓋盅牛乳端給蔣嫵。

蔣嫵接過來只吃了一口就擱下了。

「妳們且去歇著吧，不必在這裡陪著。」

「婢子還不睏呢。」落蕊嘴快，笑盈盈地回答。

玉橋與聽雨也是點頭。

蔣嫵便也不強求她們，緩步到窗邊的貴妃榻坐下。

大敞的窗子上罩著一層紗，將蟲蠅攔在外頭，卻能看得清朗的夜色中一輪高懸的弦月，以及月光下幽藍的雕梁畫棟和高琢的簷牙。

蔣嫵不經意瞧見對面屋頂上背對著自己坐了一個人。

看來不是她的戒備弱了，就是曹玉的功夫又精進了，否則她為何沒發現他是幾時在那裡的？

蔣嫵站起身，緩步走向外頭。

「夫人，您去哪兒？」聽雨快步跟上。

「納涼，妳們別跟著。」

蔣嫵擺擺手示意人都留下，就撩門簾到了廊下，幾步來到院中。她原想提氣縱身攀上屋頂，可到底還是怕霍十九知道了會生氣，只得去牆角處搭著梯子俐落地上了屋頂。

蔣嫵一踏上瓦片，曹玉就看了過來。

「夫人，您怎麼上來了？」

「屋裡悶熱，看你選了這裡納涼，就來湊湊熱鬧。」

曹玉微笑，目光掠過她在夜色朦朧中顯得膚若凝脂的臉頰，就一言不發地仰頭看著天空。

蔣嫵輕聲問：「墨染，你有心事？」

他是有心事，而且大部分的心事都是源自於她。

千言萬語在她面前卻說不出口，曹玉「嗯」地應了一聲，眼神雖落在夜空，心卻不在那上頭了。

蔣嫵將話在心裡轉了個彎才說出口。「墨染，楊姑娘是不是要啟程了？」

曹玉有些驚訝地看向蔣嫵。「夫人怎麼知道我在想這個？」

「這有什麼不好猜的？你近來的憂心大多一部分來自她。」

曹玉尷尬地笑了一下，虧得夜色之中，也不大瞧得出臉紅。「她明兒啟程，我在猶豫到底是不是要去送行。」

「就為了這個？」

「自然是為了這個。」曹玉垂眸，他真擔心自己去了的話，會再給她什麼錯覺。

蔣嫵噗哧笑了。「你這個人真是彆扭。分明是越來越在乎她，偏你自己不願意承認。」

「我沒有……」曹玉連忙反駁，可是話到後來又覺得毫無意義。

蔣嫵又不在乎他，他是否在乎旁人，她哪裡會在意？不過她說的也是，這些日，他對楊曦的關注的確太多了。

「尋常朋友要遠行，且今後還未必有見面的機會，你也會去送行道句珍重吧，何況楊姑娘不是尋常朋友。」

「她是尋常朋友。」

「好，那不更該去嗎？」蔣嫵明眸含笑望著他。

曹玉被她看得臉上越發的熱。

蔣嫵噗哧笑了。這個人到底要彆扭到什麼時候？分明已有些動心了，卻還要緊握著從前不放。她以前怎麼不知道曹玉是個這麼死心眼的人？

她的笑聲清脆愉悅，曹玉聽著雖然發窘，也忍不住跟著露出個笑臉來，面對蔣嫵月色下溫柔的笑臉，少了幾分從前的那些纏綿情緒，卻多了些坦蕩。

他自己都沒發覺，相處了這段時間，他對蔣嫵的執念弱了一些，感情上卻更親近了，就像是非常熟悉的好朋友。

臥房中隔著一道窗紗，玉橋和聽雨二人都看著屋頂上相談甚歡的兩人。

玉橋蹙眉。「夫人這樣爬屋頂是不是不大好？」

聽雨笑道：「夫人好歹是用了梯子。到底是公爺瞭解夫人，事先就吩咐人在牆角預備了。」

提起這個，玉橋便嘆息道：「公爺都要將夫人寵得沒邊兒了。」

誰家的貴婦會沒事翻牆和外男聊天的？

眼瞧著蔣嫵這樣肆意地過活，不守一丁點貴婦該有的規矩，霍十九依舊將她當個寶一樣疼，玉橋不免又羨慕起來。

那樣英偉的男子，若是肯將一丁點的心挪給她，她也死而無憾了。

蔣嫵與曹玉聊得睏了，原本要爬梯子原路返回，還是曹玉隨手攬著她輕鬆一帶就落了地。

曹玉退後幾步，負手而立，心情已經完全一掃沈重，笑道：「夫人早些歇息吧，我去外頭看看爺。」

「那就有勞你了。」蔣嫵也不與曹玉客氣，掩口打了個呵欠，就回了臥房。

曹玉看著蔣嫵進了屋，這才竄上院牆，飛掠著離開。

蔣嫵半夢半醒之際，夜裡原本有些熱，誰知身邊就來了個沁涼的枕頭，還會自動給她打扇，她抱著這枕頭睡得好生舒服。

睜開眼，看到一手給自己做枕頭，另一手拿了個紈扇，閉著眼假寐給她搖著扇子的人，蔣嫵心裡一陣動容。

原來大枕頭是他啊！這人在外頭累成這樣，睡覺時還留著幾分精神給她打扇，豈不是要累壞了？

蔣嫵就摟著霍十九的腰往他懷裡拱了拱。

她一動作，霍十九立即睜開眼，低頭看了一眼懷裡的人，無聲地笑了一下，搧扇子的手又換了個角度，繼續輕柔地為她打扇。

蔣嫵忍不住笑了。「阿英，你不累嗎？」

「妳醒了？」霍十九聲音中還有些晨起時的慵懶和沙啞。「看妳昨兒睡得踢被子，天這麼熱，又不敢給妳隨意用冰，我擔心妳暑熱睡不好傷了身子。」

「所以你就一夜沒怎麼睡？」

「還好，也睡了一會兒，剛我在想事情，並沒在睡。」

蔣嫵接過了紈扇，轉而給霍十九搧起風來。「你睡會兒，我陪著你。」

霍十九笑著奪走紈扇，放在身後的小几上。「我也醒了，要麼就躺一會兒吧。」

「也好。」

二人相對躺著，說了好一會兒體己話，起身後又一起用了早膳，霍十九就去了書房。

蔣嫵原本計劃著楊曦啟程之前一定要去送行，可又想曹玉昨兒好不容易有些被說動了，她不在的話，曹玉對楊曦或許還放得開一些。就只寫了一封信，以蠟封了交給聽雨，讓她送到楊曦手上。

不過片刻，落蕊在廊下回話，聲音還不小。「夫人，婢子有事要回。」

「進來吧。」

簾籠聲響，卻是落蕊拎著個小丫頭的領子，像拖著一條死狗般將人拉扯進來。

蔣嫵看了那跪在地上哆嗦的小丫頭一眼，便問一旁跪得筆直的落蕊。「怎麼了這是？她是何人？」

「回夫人，這丫頭是後廚孫婆子的閨女，名叫蘭紅，剛才婢子出去，恰碰到她在與人嚼舌，說夫人……說夫人半夜與男子幽會……」

奇了，怎麼有這種傳言？

蔣嫵挑眉，不覺緊張，反而覺得有趣得很。「我與男子幽會，還是半夜？蘭紅？妳是親眼瞧見了？」

蘭紅早已抖若篩糠，連連搖頭。「回夫人，奴婢沒、沒看到。」

「沒看到妳還敢說呢？」昨日她的確是與男子在屋頂幽會，不過她光明正大，也沒想著誰有心閒著管這些。而且她與曹玉都是習武之人，行動是極為小心的，除了暗中護衛的那些暗衛，還有誰能知道她在屋頂和曹玉「幽會」？

除了暗衛，就是她院中的婢子了，否則也沒人瞧見她和曹玉上屋頂去。

蔣嫵不想隨意懷疑人，不論是誰，都是平日裡信任親近的人，若連身邊的人都不能信了，這日子要怎麼過？

既是有人在亂傳閒話，就一定是涉及到利益，這世上又有什麼人會做吃力不討好的事，平白惹人嫌？會是誰，出於什麼目的？

蔣嫵素手撐頤，望著瑟瑟發抖的蘭紅。「說說吧，怎麼想這麼說的？從哪兒聽來的？妳還與誰這麼說了？」

蘭紅平日裡也沒什麼機會接觸到主子，雖早知道夫人是個厲害人物，卻也沒有想到會是這樣懾人。明明人家還掛著笑呢，怎麼就讓她覺得背脊上嗖嗖地冒涼風，連一句完整的話都回不明白了？

「是，是……」

話還沒說出口，外頭就有婢子回道：「夫人，公爺回來了。」

蔣嫵並沒動彈，只是望向門前。

霍十九快步進了門，見地上跪著個人，也並未多問，只到了近前。「嫵兒，妳還好吧？」

「我挺好的。」看來這「幽會」之類的傳聞都傳去外院了。

「那種事妳別往心裡去，也不必妳去勞心審這種事。」霍十九回頭吩咐廊下的婢女。「把這個丫頭帶到前頭去，交給四喜。」

蘭紅身上一抖，絕望地哭了。

四喜是公爺的侍從，難道公爺是打算親自審她？

玉橋和落蕊二人就將蘭紅帶了出去，交給了粗使的僕婦帶走了。

蔣嫵不滿地嗔道：「我這會兒才找到些樂子，還沒玩夠呢，你就將人帶走了。」

霍十九哭笑不得。這種被人誣陷不守婦道，屎盆子都臭了滿府還興致勃勃的模樣，是不是太詭異了？

「妳就不怕我懷疑妳啊？」霍十九在她身邊挨著坐下，隨手拿了几上的團扇給她搧風。

「知道是無稽之談，你這樣聰明的人怎麼會信？你就將人交給我審吧，讓我解解悶。」

解悶？這種事情應該會將人氣得半死吧，她反倒說是解悶。

「嫵兒乖，妳忘了我以前是做什麼的了？審問查探之事我可是熟稔得很。」

「我也不比你生疏啊，都不必動刑，其實就能叫她說明白了。她不是家生子嗎？她難道因為這一件事咬死了不說，就想將家人都搭進去？我看咱們府裡也是時候該肅清一下了。」隨後斜眼看霍十九。「看來是美色誤人。」

霍十九覺得今日怎麼瞧蔣嫵都是那樣可愛，就忍不住捏了她臉頰一下，了然的目光便掃向了屋內的幾個大丫鬟。

蔣嫵帶來的媵嫁丫鬟冰松如今跟著母親詐死，一同待在南方。聽雨是先前他送給蔣嫵的，與她親近些，至於紅梅、櫻雪，落蕊和玉橋四人是隨後往她這裡安排的，也都是他吩咐人精挑細選些懂事伶俐的。

這五個平日裡對蔣嫵伺候得很是用心周到，他又從沒對下人上過心，對別的女子不甚在意，自然也沒多想過。他以為早前府裡那些姨娘都打發了，就算後院還有個苗姨娘，也跟不存在這個人一樣。他早就表明了態度，應該不會有人做蠢事吧？

「昨兒晚上在夫人房裡當值的是誰？」

聽雨、玉橋和落蕊站了出來，行禮道：「回侯爺，是婢子們。」

落蕊又道：「昨兒上夜的是婢子。」

「嗯。」霍十九聞言淡淡應了一聲，就只拉著蔣嫵的手把玩著不言語了。

他平日裡待人疏遠冷淡，也唯有近身伺候的人才知道他真正性子如何，可明眼人都知道，他這一生的溫柔不多，且都給了妻子和家人，再無半點多餘分給旁人。是以如今出了這樣的事，幾個婢女心裡都有些發寒。

依霍十九的性子，恐怕寧可錯殺一千也不會放過一個的。她們的生死殺罰都由得主子，如今又哪裡會期待有好結果？

不只是聽雨、玉橋和落蕊三個當值的，就連紅梅和櫻雪也都腿一軟撲通跪下了。

蔣嫵眉心微蹙，霍十九也覺得問題出在這幾人身上嗎？

霍十九看著幾名婢女，卻覺得當著蔣嫵的面多說什麼畢竟不好，還是先等調查清楚了再說也不遲，便擺手讓幾人起身各做各的去了。

而霍十九手下的人專精審問之事，蘭紅畢竟只是個沒什麼見識的小丫頭，不但咬出了幾個參與「聊天」的人來，那幾個參與者又咬出別人來。

如此一來，不但話是從哪裡傳出來的清楚了，就連誰心思不正也知道了。

那些人驚慌失措、生怕被打罰時，想不到霍十九給她們的處置卻是高高拿起，輕輕落下，只罰了月錢。

而蔣嫵這裡，卻得知玉橋和紅梅兩人被發賣的消息。

櫻雪和落蕊想起方才那兩人像是牲口一般被牽走送給牙婆時的樣子，心中仍有餘悸。

幾人雖然年紀不大，可經過細密的教導，卻是懂得不少深宅中一些事，不只是她們，就連下頭其餘婢子也都如此，竟因這件事，將許多存了僥倖心思的婢女的心給息了。

霍十九回來時害怕蔣嫵生氣，怪他隨意發賣她身邊的人，就笑著道：「她們做得不對，自然要處置。那玉橋是主謀，紅梅是同犯，這兩人算計到我頭上，這種人斷乎不能留，回頭我再選合適的人來給妳使喚。」

蔣嫵斜睨他，似笑非笑地道：「你看，我就說是美色誤人吧？你若生得醜一點，窮一點，沒能耐一點，豈不是可以省去很多事端？」

這話他也想說她呢！

霍十九無奈地搖搖頭。

「總之事情解決了，妳就不要擱在心上了。」

「我從一開始也沒放在心上。」

「就是這麼胸懷敞亮，爹才會說妳是條漢子啊。」

想起霍大栓每每提起時眼中的喜歡和崇拜，霍十九就哭笑不得。

而蔣嫵想起唐氏、蔣嫣、趙氏和霍大栓等人，想起還那麼小的七斤，心裡一陣綿綿的牽掛。「也不知爹娘現在怎麼樣了。」

「上有天堂，下有蘇杭，爹娘如今可是愛上那裡的湖光山色了，又有我安排的人在照應著，日子只有過得風生水起，就等咱們到時候去與他們一家子團圓了。七斤雖小，爹娘和姨姊也會好生照看的，妳不要擔心。」

蔣嫵挽著霍十九的手臂。

「阿英，那咱們什麼時候走呢？」

「明日正巧是大朝會，我會與皇上提及此事的。」

「皇上未必肯放你走。」

「一次不成，就多幾次，總會嫌煩的。」霍十九太瞭解小皇帝的性子，許多事也都看淡了。

談及朝務，霍十九怕蔣嫵跟著心煩，本來這些事就都是男人家的事，況且將外頭不好的情緒帶到家裡來也不是爺們所為，霍十九便笑著道：「這會兒墨染也快回來了。」

「他果真去給楊姑娘送行了？」蔣嫵眼睛一亮。

霍十九笑著頷首道：「昨兒你們在屋頂說話，墨染都告訴我了。」

難怪那樣的流言蜚語他不信。

蔣嫵更加關心的還是曹玉與楊曦之間的事，就壓低了聲音問：「你整日與墨染朝夕相處，他們倆到底有戲沒戲？」

「妳且安下心吧。緣分是上天注定了的，任憑誰想掙脫都掙不掉，想強求的也求不來。

若墨染與楊姑娘真有這段緣分，到時候我們只需想法子給他們助力就是了。」

沒得到自己想要的答案，蔣嫵斜眼看他。「你倒真會回答，不知道就說不知道，我又不會笑你。」

霍十九一愣，雖被蔣嫵故意曲解了意思，卻是歡喜地開懷大笑起來。

第六十五章　金國變天

次日見了曹玉時，蔣嫵就與他單獨到了院落一旁，趁著周圍沒人壓低了聲音問：「你見到楊姑娘了？楊姑娘怎麼說的？」

曹玉眼下有些發青，一瞧就是一夜沒睡好的模樣，見蔣嫵問起也只是搖了搖頭就岔開話題。

正當二人閒聊時，霍十九卻面色凝重地從外頭回來。

蔣嫵見了焦急地問：「怎麼了？」

霍十九看了她一眼，只搖頭道：「金國那邊出了點事。」

蔣嫵疑惑地挑眉。

他是燕國大臣，金國出了事與他們有什麼相干？再說霍十九那樣的性子，也並非是遇事慌亂的，什麼事能讓他這般神色凝重？

「難道金國人打過來了？」蔣嫵禁不住猜測。「不是和平條約尚未期滿嗎？達鷹是愛惜羽毛之人，應當不會這樣做吧？」

霍十九搖頭，卻是不想將真實情況告訴蔣嫵。

剛得到的秘報，金文孝帝重疾暴斃，其長子白里於盛京繼位，三皇叔額騰伊輔政。

文達佳琿正值壯年，正是生龍活虎的年紀，霍十九根本不信他是染病暴斃了。當年文達佳琿可是從他的二皇弟訥蘇肯手中，利用了南平王才奪來的皇位。足智多謀的訥蘇肯死後，三皇子額騰伊很是沈寂了一段時間，他的人影漸漸淡出，險些讓人想不起他來。

若非今日是白里的背後多了個輔政王，霍十九都快要忘記世上還有個文達額騰伊的存在。

蔣嫵與文達佳琿雖無男女之情，可也是一直記得他的救命之恩，將他視作好友，如果得知文達佳琿的死訊，她或許不信，但擔憂是一定會有的。如今她身孕已經三個月，還是不穩的時候，動了胎氣可不好。

解決了英國公的事後，霍十九是打定主意想給蔣嫵平靜幸福的生活，再不想讓她參與到朝務之中勞心費神了。他能解決的就竭盡全力去解決，然後帶著她遠走高飛才是正途。

可是現在瞞著，這件事早晚也會公開的。

「阿英？」霍十九的沈默，讓蔣嫵更加疑惑了。

曹玉沒有隨霍十九入宮，並不知發生了什麼事，這會兒也是猜測了一番。

霍十九許久才道：「得到了些消息，還不確切，若真的確定了再告訴妳也不遲。」

他不是會因為一個不確切的消息提前惆悵的人。蔣嫵深知他的性情，便隱隱覺得這件事或許並不那麼樂觀。

果真過了六、七日，滿城都傳遍了這樣的消息，且以訛傳訛者最善於誇大其詞。

等消息傳到蔣嫵這裡來時，沈屙而亡的文達佳琿已變作被人抓了凌遲處死，割下來的肉都餵狗，其血腥暴力慘不忍聞，無不是在說蠻子茹毛飲血乃未開化的野人。

蔣嫵聽著小丫頭繪聲繪色的形容，許久沒有言語。

那麼個健碩英偉的人，會被餵狗？她不相信……

「夫人，別聽小丫頭胡說，也許事情根本沒有這麼嚴重。」聽雨察言觀色，見蔣嫵臉色不大好看，狠狠瞪了那急於諂媚的小丫頭一眼。

不過是在外頭跑了趟腿，聽了一些道三不著兩的閒言碎語，就敢加油添醋來與夫人混說。外頭的人都當霍十九和蔣嫵應當是與金國人有多大的仇怨，所以才會在她面前更加誇張地形容金國皇帝的慘狀，可貼身伺候的聽雨又怎會不知蔣嫵與文達佳琿之間的友情？

聽雨是蔣嫵身邊得力的大丫鬟，在府中很有體面，下頭的小丫頭都很是羨慕她能夠在主子跟前走動，又都很敬重，是以小丫頭被訓斥了一句，就嚇得低下頭，忙不迭地行禮退下了。

蔣嫵道：「無風不起浪，傳言到這樣程度雖有些虛假成分，可實質上卻是不變的。」

「夫人，您別想那麼多了，外頭胡言亂語的算不得數的。」

蔣嫵只點頭。文達佳琿實質上雖不至於人都割肉餵狗了，可剛才那一番話的中心，不就是達鷹駕崩，其子繼位，其弟輔政嗎？他或許真的已經……

蔣嫵突然起身，快步去了內間，拉開妝奩匣子，從裡頭翻出個翠綠的扳指來。

聽雨見她匆忙，生怕她磕碰到，緊忙跟在她身畔。

這是文達佳琿給七斤的。當時收下時，他承諾只要持有這個扳指，可以不論身分自由出入金國任何城市要處，甚至是盛京。

仔細回想，她與文達佳琿除了初見的方式不大愉快，後來也有過幾次針鋒相對，但是之後他們的關係一直都很融洽。自從她拒絕了文達佳琿的感情，他也都謹守禮數，沒有再做出格行為，且對霍家人、對她以及她的孩子都有大恩，更是施恩不圖報。

他是個帝王，本該最無情的人，但他對她這個朋友卻是有情有義，這樣的人就這麼去了，蔣嫵心裡著實覺得空蕩蕩的。

「夫人……」聽雨見蔣嫵手握著一物，呆呆望著敞開的窗外，鬢髮被微風輕輕拂動著，那身影就顯得格外寂寥，心裡不忍，柔軟了聲音勸道：「許是傳言有誤，並非如此呢。外頭胡言亂語的人多了去，那都是些無稽之談。」

蔣嫵將扳指放回妝奩，半晌方道：「公爺現在何處？」

「還沒回來呢。」

聽雨心道也虧得公爺現在不在府中，否則夫人為了這件事若是與公爺吵嚷起來，豈不是不好嗎？公爺就是再在乎夫人，畢竟也是個正常的男子，也會吃味的。

蔣嫵便點了頭。

傍晚下起了雨，原本炎熱的天氣陡然涼爽起來，穿堂風吹著甚至會覺得冷。

櫻雪和落蕊在一旁伺候著，原本打算關窗，可蔣嫵卻阻止了，只吩咐她們拿了件厚錦的披風過來，她就斜靠在床畔的貴妃榻上看外頭被雨水淋濕的青草和芭蕉。

霍十九一身青色直裰，在雨中撐著油紙傘進了院門，卻像是為外頭那幅雨打芭蕉圖添上生動的顏色似的。

霍十九到了廊下，櫻雪就將紙傘接去。進屋到了集錦槅子時，落蕊已將溫帕子遞了過去。

霍十九擦了擦手，蹙眉問：「這麼冷的天，怎麼不將窗子關好？」

「夫人不准的……」

「夫人不准，妳們就不會哄著夫人一些？」

「公爺恕罪。」幾個婢子都行了大禮。

蔣嫵這廂已經下了地，斜倚在落地罩旁笑著道：「公爺怎麼這麼大的脾氣，可是外頭誰惹了你？」

「今兒天氣邪門，較之於前幾日暑熱驟然濕冷了，妳是有身孕的人，怎能不多留心一些呢？」霍十九拉過蔣嫵，將她雙手握在掌中，見並沒有預期中的那樣冷才放下心。

「我有分寸，孩子是我自己的，我當然會為了孩子好。」吩咐人預備了茶來，蔣嫵就拉著霍十九去裡間坐下，開門見山地問：「達鷹死了嗎？」

這消息他瞞了六、七日，終究還是被她知道了。

「人是否還在這不好說，但這明顯是他兒子和他弟弟出的么蛾子，就算人還活著，現在也已經不是皇帝了。」

蔣嫵頷首，道：「我也這麼想，至於說他被割肉餵狗了，我卻是不信的。」

「餵狗？」霍十九蹙眉，凌厲的眼神掃向一旁伺候的聽雨、櫻雪和落蕊。

三人都嚇得低著頭。

這話也敢在一個孕婦面前說，是不是活膩了？

霍十九打定主意，回頭再去查到底是誰不長腦子，便隨意擺擺手，幾名婢女都鬆了口氣，匆匆退下了。

屋內只有他們，霍十九長臂一撈，就將她抱在懷裡，讓她坐在自己腿上。「妳放心，我早就安排了我的人去沿途查探，一有消息我會立即告訴妳的。」

「嗯。達鷹對咱們一家幾次三番的救命之恩，若是他有事，我也會心裡不安的。」

他知道蔣嫵是坦坦蕩蕩地說出這一番話，可霍十九心裡還是有些吃醋。果真是會哭的孩子有糖吃，達鷹出事，果真勾起了蔣嫵的情緒。

蔣嫵看出霍十九若有所思，就不繼續這個話題，轉而問：「陸天明的事怎樣了？」

霍十九聞言眸中精光一閃，冷笑道：「他倒是打了好算盤，京畿大營十萬兵馬不好一口氣帶走，卻是帶著親信奔去金國了。皇上已吩咐仇將軍帶兵緝拿，務必要將叛逃之人捉拿回來仔細審問。」

「那他家人呢？」

「他家人早就一併帶走了。」霍十九嘲諷地道：「陸天明估計是去了京畿大營時沒帶著腦子，英國公這裡出了這麼大的事，皇上正值用人之際，難道會將他如何？頂多也就是高高抬起、輕輕放下罷了，他這麼一跑，原本能以觀後效，現在也是難逃一死了。」

「好歹現在這樣，皇上也不再糾結他的事，不會來問你了。」蔣嫵眨了眨眼，笑道：「我倒是想去牢裡看看英國公怎麼樣了。這麼熱的天，牢中許是會涼爽一些？」

霍十九摟著她晃了晃。

「妳老實點，牢裡陰氣重，也是妳能去的？其實我前兒已經去探望過他了。有蚊子、臭蟲和老鼠作伴，他倒也不寂寞，只是為怕他自盡，身旁一直有人輪流看守，連牆壁上都裹了棉絮，暑熱是難免的，下巴又始終不給他合上，涎水控制不住，雙手還被鐵鏈鎖著，想擦拭也不能……總之，也夠他享受的。」

莫說是身處其中的英國公，就連蔣嫵這樣聽著都替英國公難受得慌。多少年來地位尊崇、養尊處優的人，驟然間成了階下囚，且受到這樣的對待，那皇帝夢沒作成卻轉變成了惡夢，也不知他是怎麼忍受的。

不過，恰好他的難以忍受是她的喜聞樂見。

蔣嫵眉眼含笑，頗為愉快地道：「你說的也是，既然英國公在牢裡不缺少作伴的，去不去也就無所謂了。不知道國公府裡現在是什麼樣子？他們馬棚不是失火了，重新翻新了？」

霍十九哭笑不得地輕點她的額頭。「小丫頭怎麼偏有操不完的心，他們家馬棚沒翻新，後頭的花園子連草都快枯了，如今主子沒心思，奴才做事也不上心，英國公夫人快一命嗚呼了。」

「好歹皇上也是留了情面，沒有褫奪他的宅院，想必將來要是抄家，會十分熱鬧。」

「等真正抄家的時候，我帶妳去看熱鬧。」

「好啊。」她欣然應允，笑顏如花地點頭，當真像個孩子似的。

霍十九愛惜地摟著她搖晃，其實平日裡的她溫柔又迷糊，於許多事上都有些冷淡，因為不在乎而不去反應，反而會讓人覺得她處事笨拙。但是真正到了需要她厲害起來的時候，十個好漢也敵不過她。

她就像是一本翻不完的書，總是吸引他讀下去，讀了這一頁，本以為已是最精采的，可總是意猶未盡地勾著他去翻下一頁，就像是從前皇帝中的那種毒，食髓知味後就很難放下了。

好在，蔣嫵是他的救贖，不是他的毒。

霍十九又陪著蔣嫵說了一會兒話，見她疲憊了，就哄著她先睡，待她睡熟了才悄然起身出去，到了廊下低聲問聽雨。「夫人從何處聽來的消息？什麼餵狗又是怎麼一回事？」

聽雨聞言，就知道那個回話的小丫頭要不好了。可是霍十九既然問，她就不能搪塞支吾，否則自己性命也不保，是以只將那小丫頭的事說了。

她本在腦海中翻騰了許久求情的話，卻在對上霍十九冷淡的眼神時，生生將話嚥回了喉嚨。

「去將那小丫頭領出去打發了吧。」

「公爺的意思是……」要將人殺了？

霍十九負手沿著抄手遊廊走向院門前，淡淡道：「這樣的人府裡不留，提手賣了就是，也順帶告訴下頭的人，做事動動腦子。」

那小丫頭就是動了腦子，才想著要討好夫人的吧……這樣還不如告訴下面人都別亂動腦子。

聽雨領命下去了。

暑熱的天雖然難捱，但是時間的流逝悄無聲息的，轉眼就到了九月，京都的天已有了秋意，白日裡晌午時分還有秋老虎肆虐，到了夜裡卻是冷風陣陣了。

蔣嫵披著件小襖，倚著柔軟的緞面靠背，看著楊曦的來信，微笑著道：「阿英，你說楊姑娘到了杭州，是不是特意去的？還是說冥冥中自有注定？」

霍十九撫摸著蔣嫵隆起的腹部，感受著孩子活潑的胎動。「應當不是特意去的。因為爹娘的行蹤十分隱密，楊姑娘是不可能會知道的。」

「那便是緣分了。楊姑娘如今在杭州做起了生意，爹娘既住在那裡，早晚都會有機會碰面的吧？將來我們若是去那兒，自然墨染也會跟去，他與楊姑娘就可再續緣分了。你是沒瞧見墨染收到楊姑娘來信時臉紅成什麼樣。」

蔣嫵笑著放下信，向下挪了挪身子，尋了個舒服的角度躺著。

霍十九便坐起身來，待她躺好了才在她身旁側躺著，摟著她道：「嫵兒，近些日覺得好些了嗎？」

「一直都很好。除了不能去練武之外，其他都好。」蔣嫵溫柔地笑著。

「妳明知道我說的是妳想吐的事。」霍十九嘆了口氣，蔣嫵這一胎原本是不大有孕吐的，可過了三個月後，到現在都偶爾會有噁心反胃，尤其是昨日吃了些羊肉，回頭就全數嘔出來了。

他找了太醫來，又專門請了擅長千金科的大夫，給蔣嫵瞧過之後都說無礙。可他就是不放心。

「你且放心吧，我這不是好好的嗎？周大夫不是說過，有的婦人會一直吐到生產之前呢，生出的孩子還不是白白胖胖的，還有產下雙生子的。我現在這樣比尋常的婦人都要結實得多，你緊張什麼。」

霍十九聞言想了想，可倒也是。他家媳婦的體質也比尋常婦人強了不知道多少倍。

二人正說著話，就見落蕊進來回話。「公爺，曹公子來了。」

「快請進來吧。」霍十九起身，理了理凌亂的頭髮。

蔣嫵也一手扶著肚子，一手撐著高几下了地。她身上穿的是寬鬆、淺碧色的齊胸襦裙，外頭罩著柔軟的深綠對襟襖子，有孕的她看起來不覺得笨重，反而看起來比未有身孕時還要嬌柔幾分。

即便知道她的體質和能耐，瞧著這一副弱柳扶風的外表，霍十九也會禁不住地緊張，扶著她道：「妳躺著不好嗎？回頭有什麼消息我再來告訴妳。」

「我這不也是想聽聽墨染怎麼說嘛！」

二人緩步到了外頭的花廳。

曹玉見蔣嫵也來了，就趁她低頭扶著圈椅的扶手落坐時，以詢問的目光看了霍十九一眼。見他點頭，這才道：「公爺，探子今日來回，說是已經找到金國陛下了。」

「他怎麼樣了？」

「人還活著，不過受了重傷，身邊死士只剩下兩個了，這會兒被咱們的人保護著住在寧遠的一處小山村裡養傷。也虧得咱們的人追查得仔細，這段日子，他們竟一直在被人追殺。」

霍十九聞言頷首，想了想金國現在大大方方做起皇帝的文達白里，禁不住嘲諷地道：「涉及到利益和政治，當真是什麼親情、感情都可以當作狗屁了。」

文達佳琿的親生子尚且與人聯合著要殺了親爹自己上位，這樣一看，小皇帝當初追殺他們全家還都算是客氣的。

蔣嫵聽了這片刻，心也跟著放下了。「達鷹那個人驕傲得很，突然之間中了自己親生子的計，且還是那麼小的一個孩子，他又哪裡會服氣？說不定這會兒正在憋氣，甚至自暴自棄呢。」

曹玉驚訝蔣嫵猜測得正確，笑道：「那也不是孩子了，金國新帝如今已十三歲了。聽說金國陛下十三歲時已經奪得金牌勇士之名，十五歲就已叱吒疆場了。」

「所以才說虎父無犬子。」蔣嫵道：「他必定不肯跟咱們的人回來吧？」

「夫人猜對了。探子回報，他如今自覺落魄，十分丟人，是以幾次三番勸說，他都不肯回來，還說謝過公爺和夫人的幫助，但是真的是由著他去吧。」

霍十九聞言便道：「驕傲的人，從高處跌落下來是很難接受那種落差的，更何況自己還被親生兒子算計了，那孩子也不過才十三，少不得他會後悔離開盛京這樣久。」

「那種往父輩心窩捅刀子的行為倒是與咱們皇上相差無幾，他們該不會是同門師兄弟吧？」

霍十九與曹玉聽聞蔣嫵的嘲諷，都無言以對。

蔣嫵便道：「還是要將他接回來才好。而且這個時候，讓他流落在外是極為不安全的，莫說被人追上了性命不保，就算性命無礙，讓金國那些人在咱們燕國境內撒潑也是不妥的。」

「可勸說根本沒用，他就是不肯回來。」

曹玉也為難，蔣嫵如今身子重，雖然府裡防衛嚴密，但他還是不放心，否則他早就親自去請人回來了。

要知道，此次是霍十九能夠與文達佳琿談條件達成一些目的的最好時機。

蔣嫵也明白曹玉的難處，便道：「不如你就去吧，我稍後寫封信，你一併帶去。這裡也不會有什麼的，阿英的安全你可以放心。」

她一個孕婦，又不方便舞刀弄棍，是哪裡來的自信要他放心？

曹玉蹙眉，抿著唇，雖然這麼想卻沒敢說，生怕惹了蔣嫵不服氣，要表演功夫證明自己。

霍十九卻道：「墨染，這裡的安全無虞，就煩勞你跑一趟了。」

「真的沒關係？」曹玉猶豫著道：「我跑腿一趟倒是沒什麼，只是擔心你。」

「我這裡不會有事的。你且放心就是，我還有用呢。」霍十九自嘲一笑。

蔣嫵去寫了封信，裝進信封直接遞給曹玉，腦中想起被皇上賜名「黑毛」的良駒烏雲。

「你帶著烏雲去吧！除了我之外，就你還駕馭得了牠。這陣子牠憋悶在馬廄裡，身上都快長出蘑菇了，帶著出門最好不過了。」

「夫人不說，我也是要跟妳借烏雲的。」

曹玉向霍十九告辭，快步出門去了。

霍十九忍了半天，還是沒忍住，好奇地問蔣嫵。「妳給金國陛下寫了什麼鼓勵的話？」

蔣嫵眨眨眼，搖頭道：「我為什麼要鼓勵他？我是罵了他一頓。」

「罵他？」

「是啊，罵他軟弱、孬種，『行，你搶你弟弟的皇位，就不許你兒子搶你的，有能耐你將皇位搶回來坐上去給我看』，就是諸如此類的。」

霍十九哭笑不得地道：「這樣的信對他或許還真有用。」

蔣嫵笑道：「我想也是有用的，對於他那麼驕傲的帝王，最好用的便是激將法，招數雖然老套，但貴在好用。」

霍十九就笑著攬過她來，打趣道：「其實我還有個更有用的法子呢。」

「什麼法子？」蔣嫵樓著他的腰，靠在他懷裡，呼吸他身上熟悉的清爽氣息。

霍十九就道：「其實妳不必費那麼多筆墨，只要寫上他若不回來，妳就親自去接他，他保准會聽的。」

說這句話，其實霍十九還是有些吃味的成分。就是再大度的人，自己的妻子被另一個男人那樣全心愛護著，偏對方又不是那樣讓人生厭的人，無法發作出來，也會覺得心裡不舒坦。

蔣嫵聽出他的意思了，不過仔細一想，這樣或許還真的有用，便又去寫了這一句交給霍十九。

「墨染這會兒不知出發了沒，你就命人去瞧瞧，若是墨染啟程了，就再吩咐個可靠的人將信送去。」

蔣嫵笑咪咪地欣賞他的俊顏，不知為何，卻覺得他現在蹙著眉、微抿著唇、一副委屈的模樣，讓她特別想掐掐他的臉。

既然這樣想了，蔣嫵也就大大方方這樣做了，抬起手時寬袖下滑，露出她皓白纖細的手臂，柔嫩的指腹遊走在他的臉上。

他臉頰上的皮膚光滑，初冒出少許鬍碴，有些扎手，她卻覺得很好玩。

霍十九哭笑不得，被自家媳婦兒擺著副登徒子的嘴臉調戲了，別人通常是怎麼辦的？反正他是想將她就地辦了。

「小丫頭，等以後再收拾妳。」壓著邪火，霍十九鬱悶地出門去吩咐人送信了。

蔣嫵看著他的背影，噗哧一聲笑了起來，愉快地扶著腰起身，在屋裡散步。

而霍十九這廂到了外院，吩咐人將信送出，才在圈椅上坐下，望著窗外漸暗的天色嘆了口氣。

其實他明白，蔣嫵的心裡什麼事都似明鏡一般，若不是文達佳琿對霍家有救命之恩，或許她早就對他疏遠了。她現在之所以對他的事情上心，大部分是為了報恩。

這個恩，還是代替霍家人報答的。

說到底，一切的起因也都在他身上。如果不是他惹了那麼大的一個爛攤子，家裡人就不會遇到危險，也就不必勞動文達佳琿三番兩次地出手幫助，蔣嫵又何來需要報答他的事？歸根究柢，他也沒有立場去怪她，正因為他心裡清楚，才會無從怨怪。

霍十九在書房看了一會兒書，不多時四喜在外頭回話。「公爺。」

「進來說吧。」

「是。」四喜垂首進了屋，先行了禮，隨即將一封信呈上，道：「公爺，剛才宮裡頭來了位小內侍，給您送了這個來。」

「哦？」霍十九接過信封拆開來，快速流覽了一遍。

信是小皇帝的親筆，紙是上等的雪花箋，大致意思是說，九月二十那日是他的壽辰，自踐祚開始就沒辦過萬壽節，今年想好生操辦一番，問他的意見。

他這些日子很少入宮，也難怪小皇帝要差人送信來問他的意思。可今日皇上怎麼隨意派了個小內侍，沒派景同呢？

霍十九食指敲打著桌面，想了片刻，無聲笑著搖了搖頭。

看來小皇帝還是不願意放他走，即便這兩個月已經冷處理了。

景同若來，他少不得要詢問一番皇上的狀況，興許有什麼話也會讓景同帶到，雖然這樣的做法身為臣子是不妥的，可他也不是沒做過。

皇上這是完全沒給他躲清閒的機會，乾脆派了別人來，送了信後就回宮去，一則他就算掛心皇上的情況也無從問起，二則更不可能隨意讓別人帶封信回去，這話他必定是要入宮回的。

「預備車馬吧，我要入宮。」霍十九起身，撣了撣袍子上不存在的灰塵。

四喜驚訝地道：「公爺，這個時辰宮裡也快落鑰了。」

「無礙的。」小皇帝既然這樣做了，就必定會給他留門的。

四喜道「是」退下，心道，公爺在皇上心目中的地位自然是不同的，要入宮自然有法子進去。

霍十九逕自出府去，路上隨手抓了個還沒留頭的小丫頭，吩咐道：「妳去告訴夫人一聲，我入宮去，不一定幾時回來，叫她別等我，累了就先歇著。」

小丫頭自到了府裡來，這還是第一次近距離接觸霍十九，平日裡只遠遠瞧著，就覺得這人好看得像是從畫裡走出來似的，高不可攀、冷冷淡淡的，沒想到竟然還會為了這種事情特意差人去告訴夫人一聲。可見外頭傳言不假，公爺其實是個很溫柔的好人。

小丫頭連連點頭，甜笑著道：「是，婢子這就去。」隨即行了一禮，飛奔著往垂花門去了。

霍十九莞爾一笑，想著若是嫵兒這一胎能給他生個機靈可愛的女兒倒也不錯，一想到這個，心情大好，笑著出府去了。

蔣嫵這裡聽了小丫頭的回話，讓落蕊隨手賞了她一個小巧的銀戒指，一把藕絲糖，喜得小丫頭連連道謝地退下了。

落蕊服侍蔣嫵披了件小襖，道：「夫人，公爺待您就是用心。我瞧著京都城裡怕都再也找不出第二個這般位高權重又能對家室這樣體貼的人了。」

蔣嫵想起霍十九待她種種的好，扶著腰坐下笑道：「他是很細心。待會兒妳去小廚房，告訴他們預備些消夜。阿英喜歡吃鱔絲麵。」

「知道了，這就去。」

蔣嫵原本還想著等霍十九一會兒，偏她現在身子重，看了一會兒話本不知不覺就睡了。

霍十九夜裡回府時吃上熱呼呼的鱔絲麵，聽落蕊低聲回是蔣嫵吩咐人一直預備著，心裡喜歡得很，一口氣吃了兩大碗才甘休。

次日，小皇帝九月二十要大辦萬壽節普天同慶的消息便散播開了。

蔣學文聽聞消息時，歡喜到夜裡都睡不著覺。

自皇帝踐祚至今已有七年，這還是第一次光明正大將主權完全緊握在手心裡，且能歡歡喜喜地辦個萬壽節。

這功勞，都多虧了霍十九忠心耿耿多年的隱忍。

蔣學文悶在房裡幾日，寫了一篇文采飛揚的長文來歌頌小皇帝的隱忍和功績，又策略性地稍提了霍十九幾句。

這篇文章小皇帝吩咐人寫了大字抄成了一整卷，就掛在御書房的一面牆壁上，每當他心情鬱悶了，就會看上一陣子，立即就覺得渾身又充滿幹勁。

在京都城緊鑼密鼓地預備著皇上的萬壽節時，寧遠西南方一處偏僻的小山村裡，曹玉緩步走到一處臨山傍水的草屋前。

腳步停下，仔細聽了周圍的動靜，確信無人跟蹤後，輕輕有規律地叩響了柴門。

斑駁的柴門內，納穆聽到那敲門的節律才鬆了口氣，收了柴刀拉開門，見來人是曹玉，驚訝地道：「怎麼是你？」

這人是霍十九身邊最得力的人，從來都不會離開他跟前的，怎麼如今竟親自來了此處？

曹玉閃身進門，將柴門關好後拱手行禮，隨後道：「在下奉命前來探望達公子。」

納穆笑道：「主子在裡屋，請進來吧。」

二人一前一後地穿過前廳，撩起藍花軟布的門簾就到了裡屋。

屋內光線昏暗，右手側臨窗一面大炕，左側是個水缸，裡頭還有半缸水，地上橫豎丟著幾個小板凳，角落裡一個穿了身粗布衣裳的漢子正站起身，戒備地望著曹玉。

納穆就以金語對那人說了句話，那人才放鬆了警惕。

文達佳琿正盤膝靠著牆看書，見來人是曹玉，驚訝地道：「霍英怎麼捨得讓你來？」

「怎麼不捨得？知道您不肯回去養傷，爺很焦急，夫人又說您這裡也許有危險，京都城現在無恙，就讓我來了。」曹玉並不蠢笨，知道在文達佳琿跟前說什麼才能觸動他的心。

果然，聽到了蔣嫵的消息，文達佳琿的眼神瞬間柔和下來，隨即就有許多情緒隱沒其中，形成一汪深不見底的泉。

「他們都好吧？」

「都好，只是擔心您這裡。聽我一句勸，您在這裡並不是長久之計，貴國那些探子很快就會找到這裡來，短暫的平靜被打破，您養傷都成了問題，不如立即回京都去，一則他們念著那是天子腳下，會束縛一些手腳，二則您現在也需要公爺的幫助。」

文達佳琿調整了個舒適的坐姿，心中卻是油烹一般。現在他可是能深切體會到霍十九被小皇帝追殺家人時的感覺。他如今比霍十九那時的情況還不如，起碼小皇帝與霍十九之間除了親情，還橫著個君臣利用的關係。他可是被血濃於水的親生兒子給算計了。

當初為了這個皇位，他的二弟算計他；現在為了這個皇位，他的兒子都能算計他。

那個才十三歲的孩子，平日追著他身後學騎射、請教問題，處處都透著孩子對父親的依戀，又有一股少年人不服輸的氣勢，很是像他小的時候。

現在回想，焉知那些討好中存了多少真情、多少假意？

「不必了，我會想法子的。」文達佳琿的聲音有些沙啞。

曹玉見文達佳琿果真還是同一種說法，就從懷裡掏出個信封遞給他。

「這是夫人給您的。無論您怎麼決定，還是先看信吧。」

文達佳琿愣了一下，伸出手去，卻發現指尖不自覺地發抖。

他如今這麼落魄，會被嘲笑吧？

信封上的字跡娟秀之中又透著一股飛揚灑脫，很像她那個人，文達佳琿也顧不上思考信裡寫了什麼，就迫不及待地拆開信封。

那言簡意賅的一句句落在他眼中，雖是罵他，卻透著濃濃的關切。

文達佳琿閉了閉眼，握著信的手垂在身側。

曹玉其實很好奇蔣嫵寫了什麼，但看文達佳琿那悲愴的表情，卻也不好意思多問了。

「您也知道現在留在此處並非是最佳選擇，如今貴國已經出了那樣的亂子，您身上又帶著傷，不如就回京都吧，好生養傷，再想想今後該怎麼辦。我們公爺是足智多謀的人，您又幾次三番對霍家有救命之恩，公爺一定會報答您的。」

「我不需要他的報答。」文達佳琿看了那信，又羞又窘，冷著臉道：「當初施以援手也不是為了霍英，而是為了幫蔣嫵。我只要蔣嫵領情便可，他感激與否，還是袖手旁觀，我都不在乎。」

這人還真是頑固啊！曹玉見文達佳琿如此，一時間竟不知該如何勸解。

正當這時，曹玉突然感覺有人在靠近，他精神一凜，閃身至外間，納穆也隨後跟了出去。

二人戒備，一人在門口一人在窗前，眼見有人影靠近，隨後門被有規律地叩響。是自己人。

曹玉上前，謹慎地開了門，確定來人無害後，才將門敞開放人進來。

那人行了禮，道：「曹公子，這是夫人讓人送來的。」

裡間的文達佳琿耳朵動了動，又是蔣嫵送來的？不知是給他帶了什麼。

曹玉進屋時，手上又多了封信。

文達佳琿有些疑惑，話怎麼沒一口氣說完？畢竟這麼遠的距離，吩咐信使來回跑腿也很費力，看這人來的時間，應當與曹玉出門是前後腳的工夫。

拆了信，看了上頭那句話，文達佳琿瞬間覺得頭大如斗。「她現在也該快有五個月了吧？」

曹玉聞言，心裡很是不喜，一個爺們家的怎麼打聽起人家媳婦來，還算得挺準的！他不喜歡，是以語氣也冷淡了許多，只點了下頭。「嗯。」

文達佳琿哭笑不得地道：「她說我若不跟你回去，就親自來接我。」

「呃……好主意。」曹玉見文達佳琿那妥協的模樣，禁不住笑了。

文達佳琿黑著臉，不滿地道：「什麼好主意？她一個孕婦，還想千里迢迢地折騰到這裡來，也未免太勉強了吧！真是不懂得愛惜自己身子，那霍英也允許？」

「您不要著急，夫人還沒啟程呢。只要您答應我讓我護送您進京。」

文達佳琿咬牙切齒。他很想拒絕，可若是現在拒絕了，蔣嫵說不準真的會親自趕來。她是一言九鼎的人，到時不論霍十九是否允許，她都會義無反顧的，那樣不但會對她身子有礙，也許還會影響她與霍十九的感情。

照理說，他是樂於見到霍十九淡出她的心裡。可現在他早已經看透，能讓她歡喜、傷心的人都是霍十九，她的情緒根本都是因那個人來的，他可不會天真地以為霍十九讓她傷了心，他就能走進蔣嫵的心了，所以這種損人不利己的事，他是斷乎不能做的。

「罷了。」文達佳琿將信摺起，珍而重之地揣入懷中，和那根續接的玉簪放在一處。

「看來我現在也沒有其他的選擇，我跟你去京都吧。我也好順便在途中看看景色，放鬆放鬆，想一想我與霍英之間或許可共有的利益。」

到底是一國之君，心裡明白得很。就算是報答恩情，若是中間能牽涉到雙方的利益達到雙贏，這樣的合作也會更加讓人身心投入的。

曹玉就微笑著點頭應了聲是。

第六十六章　千秋盛宴

九月二十這日，一大清早霍十九便穿了朝服入宮。

蔣嫵原本與霍十九商議好，就推說為父母守制，這樣盛大的宴會不方便去，將入宮的事給推了就是，可小皇帝卻十分熱情，到了下午特地吩咐了景同來府上接人。

「忠勇公夫人是不知道，今兒個宮裡可熱鬧呢！幾位娘娘主子正在宮中等著您。朝中也有許多誥命夫人在，知道您的英雄事蹟都想認識認識您呢。」

景同是小皇帝身邊的人，朝中大臣見了他也要多恭敬幾分。

他如今帶了華麗的車馬，親自來好言請蔣嫵入宮，蔣嫵就知道自己是不能推辭了，否則被皇帝拿住錯，往後不知會怎麼為難霍十九。

「我哪裡有什麼英雄事蹟，那些都不值一提。要緊的是皇上知人善任，計策無雙，咱們這些下頭的還不都是聽皇上的吩咐辦事嗎？若是有什麼成就了，那也必定是因皇上的吩咐得當。」蔣嫵笑道：「煩勞景公公稍候，我先去更衣，立即就來。」

「是，咱家就在此處候著夫人。」景同微笑著行了禮。

蔣嫵去換了一身寶藍色的千層紗銀絲蘭草紋的齊胸襦裙，肩上搭著月牙白的真絲披帛，頭上梳了高髻，戴著銀絲的抹額，銀鳳口中銜著的藍寶石珠子正好垂在眉心。這樣打扮起來在莊重華貴之下，又不會顯得太過濃豔，並不算越了守制的規矩。

景同稍候了一會兒，就見蔣嫵在婢子的攙扶下盛裝而來。雖是大腹便便，可行走之間卻更增幾分惹人憐愛的氣息，若不是親眼看到，哪裡會想到這樣的弱女子竟然是個煞星。

蔣嫵乘坐著鋪設了厚實坐褥的馬車，一路暢通無阻地入了宮，直到了鍾粹宮門前才下了馬車。

景同笑道：「如今蘭妃娘娘與各位主子都在呢。幾位夫人或許也在裡頭，忠勇公夫人請進去吧。」

「多謝你了。」蔣嫵微笑道謝。

景同連聲道不敢，就吩咐了宮女來仔細引著蔣嫵進了院子。

天色稍暗，秋季的晚風就有些沁涼了，寶藍色裙襬上的銀絲蘭花被夜風吹拂得搖曳生姿，真絲披帛也在臂彎上飄舞著。

隨侍蔣嫵身旁的兩名宮女都忍不住偷眼瞧著，暗道，這樣嫵媚的女子，難道真的是那個傳聞中武藝超凡的女俠客？

怎麼看都不像啊！

蔣嫵一手扶著腰，一手扶著隆起的肚子，也不在乎多少人對她行注目禮，就徑直進了鍾粹宮正殿。

殿中燃著淡淡的百合香，空氣就顯得有些甜蜜。蔣嫵聞著不大喜歡，不過好在還能忍耐，踏著錦繡花開的地毯，繞過獸族三面紋的青銅香爐，就來到了裡間。

一進門，就見滿屋子珠光寶氣、衣香鬢影，許多認得和不認得的貴婦見她來了，都紛紛站起身，笑著迎上來。

蔣嫵先給端坐在正當中的美人行了禮。「臣婦見過蘭妃娘娘。」

「快快免禮。」

蘭妃數月前誕下公主，小皇帝失望了一下。不過出了月子，這位妃子又有本事重得盛寵，如今二八年華，容貌秀麗，並非乍見就會驚豔的類型，卻是十分耐看，且越看越愛，尤其她笑著時，兩頰梨渦淺淺，著實讓人覺得心裡暖和。

蔣嫵就順著她的虛扶站起身，又與周遭的貴婦們見過禮。

她一身雖華貴，用的卻都是素色，頭面也都是銀飾和寶石，少有金玉和鮮豔的絹花，這身打扮眾人都想起霍家人的慘死。到如今可是連盜賊的影兒都沒抓到的，氣氛就顯得有些沈悶。

好在蘭妃很會調和氣氛，三兩句話就將話題引到了蔣嫵力擒英國公的事情上，眾貴婦都慣會見風使舵的，霍十九如今地位已是一人之下、萬人之上，對蔣嫵自然是竭力奉承，是以自蔣嫵來了，鍾粹宮女眷們的話題就都一直圍繞著她。

蔣嫵只笑著與她們說話，絲毫不見緊張，還恰當地將功勞引到皇上身上，著實又叫貴婦們讚美了皇上許久。

到了夜幕降臨，宮中燈火通明，就有小內侍奉旨來傳話，晚宴已在「千秋亭」擺妥了，請諸位移駕。

眾人便各自乘小轎往御花園西側趕去。

坐在小轎上，呼吸著新鮮空氣，不用與一群言不由衷的人虛與委蛇，也不用聞那甜膩的百合香，蔣嫵長吁了一口氣，索性閉目養神。

千秋亭四角都高高掛著各色宮燈，下頭九列燈籠呈放射狀往四周散開，將整個院子照得與白日無二。

一張張八仙桌上都鋪設大紅桌巾，各家人就按著身分紛紛落坐，蔣嫵和霍十九則被安排在距離皇帝與蘭妃最近的位置。

小皇帝今日一身明黃龍袍，器宇不凡，致詞更是鏗鏘有力，那屬於帝王的氣勢和對燕國未來的展望，許多朝臣都感動得熱淚盈眶。

這麼多年了，一直被英國公壓著的人終於翻身了！

霍十九執著酒盞，望著小皇帝的身影，眼神就有些迷離。

他此刻心情的複雜是旁人體會不到的，回首當年過往，他與先帝的相識，到知道了先帝的身分，到先帝臨終前託孤，將九歲的孩子交到他手中。那時他不過想著男兒來這世上一遭，總要什麼都體會過才算不枉此生，想不到他蹚進這渾水就再難走出去了。

與小皇帝從最初的陌生試探到相互依賴，他們一同經歷了那麼多年的風雨，他將他當作君主一般效忠，也當作自己的孩子一樣疼愛。

他早就想過，或許有一天，幼鳥長成了會飛得很遠，遠到再也回不到他身邊，就是沒想到，幼鳥終於長成雄鷹翱翔九天了，先做的卻是回來啄他的眼……

傷心歸傷心，不管怎麼說，他總算完成了先帝的遺願，讓小皇帝活下來，且光明正大地站在這個位置上，今日可以在重臣家眷面前慷慨激昂地陳詞，再也不用顧忌藏拙，即便將來有一日到了九泉之下，見了先帝，他也能大大方方地行個禮，笑著說一句不負所託。

霍十九仰頭，將盞中的酒水一飲而盡。

蔣嫵與霍十九同席而坐，千秋亭四周萬千繁華、衣香鬢影，她的眼卻在霍十九端起酒盞時，只能看到他一個人了。

他雖未言語，但周身都被一層憂傷包圍著。她見過他許多情緒，大多數都是被他掩藏在冷淡疏遠之下，就顯得他像是一汪沈靜的深潭毫無情緒，然而這一次，她能如此清楚地感受到他的憂傷。

蔣嫵心疼地握住了他的手。

霍十九的手心被她調皮地撓了一下，回過神，看向二人交握的手，隨後目光順著她淺藍的襖袖，月白的披帛，看向她白皙的脖頸和精緻到難以描繪的一張俏臉上。

她眸中的關切，戳破了他周身的保護，那些陰鬱一下子都飛散開來，好像他又一次活生生回到了繁華中。

小皇帝的話剛剛告一段落，周遭響起此起彼伏的歡呼聲，隨後便是潮水一般的吉祥話，最後演變為山呼萬歲。

小皇帝昂首而立、微抬下巴的模樣，讓霍十九笑了起來。

抬起一隻手略微示意，小皇帝便吩咐酒宴開始，絲竹之聲從四周傳來，彈奏的是同一首喜慶的曲子，且整齊劃一，像是同一人演奏的，卻又混響著，著實讓人耳目一新。

身著淺粉紗衣的舞姬嫋嫋婷婷踏著樂聲而來，舞袖甩開一朵蓮花，隨即便如仙女下凡一般輕盈地舞了起來。

蔣嫵對歌舞並不熱衷，剛才見霍十九心裡不痛快，她的心也跟著揪緊，這會兒絲竹響起，她總算能夠好生跟他說話，便低聲道：「阿英，你若不喜歡，咱們回去就是了，恰好如今我這樣也方便你與皇上告假。」

霍十九將她柔軟的手包裹在掌中，笑道：「既然來了，咱們就稍坐片刻，稍後妳若有不舒坦咱們就回去。」

「嗯，我是無所謂的，有小曲兒聽還有美人看，回去也是睡覺。」

霍十九笑著搖她的手。「妳小聲點，仔細讓人聽了去，不要明兒個就傳開女英雄忠勇公夫人其實愛美色。」

「我這人從來都是敢做敢當，本來就是愛美色還怕人說嗎？再說我看自己家夫君，又沒看別人。」

霍十九……敢情她說的美人是自己？

他似乎又被媳婦給調戲了，不過這種感覺竟然出奇的好，彷彿將剛才的憂傷都沖淡了。

「英大哥。」

小皇帝的聲音突然傳來，霍十九與蔣嫵便同時看向上頭。

「英大哥，朕敬你一杯。」小皇帝緩步走向這方，手中的酒盞漾出少許酒水。

皇帝的一舉一動，自然是眾人目光的焦點，雖歌舞絲竹依舊，眾人卻都不著痕跡地看向這裡。

霍十九與蔣嫵都站起身來。

小皇帝已到近前，笑道：「若沒有英大哥，就沒有朕的今日，朕要敬你一杯。」

「皇上言重了，臣愧不敢當。」霍十九雙手執杯，與小皇帝碰杯，一飲而盡。

小皇帝直呼了一聲爽快，笑道：「英大哥不覺得，可朕不能不記著，這些年與英大哥一同走過的風風雨雨，朕都記憶猶新，每每想起，不無感慨。」

「皇上，如今百廢待興，正是皇上施展拳腳的時候，過去的事就讓它過去，不必再提了吧。」

「你說的是。」小皇帝略側身，景同連忙為他斟了酒。

「姊姊，朕也敬妳一杯。」

小皇帝聲音雖不大，但眾人都注意著這裡。忠勇公的功績以及這麼些年與皇上的關係，大家都是知道的，想不到的是小皇帝會主動給一介女流敬酒。這對深閨婦人來說，可謂是一生難遇的天大殊榮，在場命婦們，看蔣嫵的眼神愈加複雜了。

而一旁陪同皇帝的蘭妃，心裡也是極為矛盾的。這女子生得好，皇帝對忠勇公夫人的態度，那眼神溫和得彷彿在看自家人。

蘭妃在心裡轉了好幾個念頭，最終也只得陪著笑端起酒盞來，陪著飲了一盞。

蔣嫵有孕在身，不宜飲酒，是以只淺淺啜了一口。

小皇帝看了也不怪罪，笑道：「姊姊想吃什麼就吩咐，叫他們預備去，要是累了也不要硬撐著，朕早已吩咐了他們預備暫作歇息的去處。」
「是，多謝皇上體恤。」蔣嫵屈膝行禮。
小皇帝忙雙手攙扶。「快快免了這些虛禮吧，姊姊身子重，還是先坐下。」
小皇帝是為了讓霍十九高興，知他在乎蔣嫵，自然也會善待蔣嫵，可是在場的人卻有不少多心的，看著小皇帝雙手攙扶大腹便便、形容嬌美的蔣嫵，就都生出不同的深意來。
霍十九不著痕跡地側過身扶著蔣嫵坐下，擋住了小皇帝的動作。小皇帝竟然也不回主位，就吩咐景同在霍十九這一桌加了椅子，就此坐下了。
如此一來，蘭妃也一併坐下，還吩咐人將酒菜挪了過來。
小皇帝笑道：「這樣喝酒自在一些，咱們也許久沒這麼痛快了。」
「皇上說的是。今日暢飲，日後臣也不知還有沒有與皇上一同喝酒的福氣。」霍十九大方地舉杯。
小皇帝聽了就笑道：「怎麼沒有？只要朕還在，只要有宴，朕的身邊就永遠都有英大哥的位置。」
如此承諾，雖未大聲說出來，也著實讓周遭聽到之人一窒，心中震動不已了。有幾位老臣聞言，更是覺得羨慕，且暗讚皇帝果真仁慈，絕不會薄待任何一位有功之臣。
霍十九當然知道小皇帝在這樣的場合上給足他這樣的體面，能產生的作用有多大，然而他素來不怕別人的議論和各色眼光，從前的罵名不怕，現在也不怕。
「多謝皇上厚愛，可是臣即將告老，將來放舟於江湖，怕是再有這樣的宴也是來不得的。今日就讓臣多敬您幾杯吧。」霍十九看向景同。

景同立即會意地將酒壺交給了霍十九，小皇帝面上的笑容就有些僵硬了。話題又回到此處，他竟然不領他的情，且當著這麼多人的面提起此事。

「英大哥，朕以為前些日子已經將話說得很明白了，怎麼今兒個又提起了呢？」小皇帝微笑著，可已經無多少笑意。

霍十九卻是波瀾不興，頷首道：「是，只是當日您早已經與臣有了約定，臣相信您是信守承諾之人。」

緊抿著唇，小皇帝的不悅已經寫在臉上。

霍十九垂眸道：「英國公那事未了，臣走不得是無可奈何，如今事情已了，臣只想回鄉去，好生為父母親人守制。」

提起這個，小皇帝的心裡頭就是突地一跳，多足的底氣如今也都不存在了。

見氣氛僵硬，蘭妃忙稱讚起蔣嫵來，言語之中都是在說蔣嫵這樣的女中豪傑已經是當世少有，甚至說大燕朝的閨中女子當都以蔣嫵為典範。

蔣嫵哭笑不得。如果燕國女子都跟她一個樣子，豈不是要亂了套？

她抿著唇忍住笑，霍十九看在眼裡立即知道她在想什麼，眼神也柔和下來。

小皇帝見霍十九如今眼中只看得到一個蔣嫵，再也沒有其他，甚至他就坐在他身邊百般挽留，他也還是端著架子、去意已決的模樣。

自小到現在對他忠心耿耿、百依百順的人，心已經不在他身上……小皇帝開始覺得心裡堵得慌。

話題告一段落，恰巧曲子一變，一名身著七彩舞衣的女子手持羽毛扇款款而來。

因話不投機，眾人索性就都佯作看表演。

蔣嫵小口吃著水果，欣賞著那女子輕盈靈動的舞姿，暗道這樣的舞蹈若是沒有一些輕身功夫怕是舞不出這樣飄逸的效果來。

正這樣想著，眼角餘光突然就看到那女子回身之時，羽毛扇的扇柄之下有銀光閃了一下。

她立即覺得不對，起身道：「有刺客！」

與此同時，那女子已經以扇面掩著匕首，迎面飛掠而來，眼瞧著就到了小皇帝面前。

小皇帝既早就吩咐人籌劃萬壽節，且這還是他第一次如此毫無壓力、光明正大地辦宴，其中巧心用得多，安全必然也是可保證的。

誰能想得到舞姬竟然會是刺客？

那七彩的輕紗舞衣在霓虹之中展現著耀眼光澤，女子白皙柔嫩的手指握著雪白的羽毛扇，飛仙髻上的飄帶隨著她輕盈的動作而飄飛，在她敞開的領口之中，可以看到鎖骨處不甚清晰的鳳尾刺青。

那樣柔媚卻又那樣懾人，倏然間就到了面前，彷彿殺人也是舞蹈中極為優雅的一環……

「皇上小心！」霍十九眼瞧著那人到了近前，出於本能反應一躍上了八仙桌，就往皇帝身邊撲去。

他雖不會武功，卻也是個身體健康、動作敏捷的成年男子，那速度也是極快的。只可惜，他的動作再快，也不及刺客的匕首快。

那一刻，時間彷彿都停止了流轉，絲竹聲也不再整齊劃一，彷彿散落了一地的珠子，變得零碎起來，大臣以及家眷們紛紛驚呼，更有武將腳步快些的，已經向著這廂狂奔而來。

羽毛扇落地，在匕首即將刺入小皇帝喉嚨時，突然見一道藍色身影閃身到了跟前。

蔣嫵左手酒盞反握著擋在小皇帝面前，匕首尖銳之處恰抵在酒盞正中，發出「篤」的一聲悶響。

小皇帝驚呼之時，也正被霍十九撲倒，一同跌在地上。

而蔣嫵右手持著一雙象牙的公筷，直戳那刺客的面門。

女刺客眼中寒光迸射，見這一方不過是個孕婦，冷笑一聲，匕首一晃轉向她隆起的腹部。

「嫵兒！」霍十九連滾帶爬地撲向蔣嫵，這一刻，他覺得心跳都快要靜止，更怨恨自己不會武功，如果他能夠像曹玉那樣，或是如正在趕來的御前侍衛那樣，蔣嫵就不會勉強自己……

他甚至在想，如果知道蔣嫵會救小皇帝，他根本不會去撲救，早該救蔣嫵就是了。以他對蔣嫵的瞭解，剛才那一刻，蔣嫵是不會袖手旁觀的……

就在眾人都為了蔣嫵捏把冷汗時，卻見她略微側身，匕首貼著她的腰間滑過，恰將她的襦裙劃了個口子，而那象牙筷尖銳的一端已以一個不可思議的角度刺進刺客的左眼。

「啊——」尖銳的慘叫聲劃破沈寂，那刺客怎樣也想不到自己竟然沒得手，反而被扎了眼。

蔣嫵將象牙筷子拔出，鮮血噴出，沾了她衣襟，那刺客疼得滿地打滾，殺豬一般慘嚎。

有許多在周圍的臣子家眷都清楚看到了這一幕，這些深閨婦人哪裡見過這樣血腥的場面，有尖叫的、有嘔吐的，更有那些受不住的人乾脆眼睛一翻暈過去。

這時御前侍衛也趕了過來，將那刺客團團圍住，因眼睛受了重創的刺客疼痛難忍，根本難以抵抗，被御前侍衛順利地拿下。

霍十九一把將蔣嫵摟在懷裡，顫抖著雙唇許久說不出一句話來。

蔣嫵隨手扔了染血的筷子，笑道：「阿英，我沒事，你莫怕。」

「妳……我剛剛，看到那個刀子……」霍十九猛然低頭，檢查她的身上，果真見她腰側的襦裙開了個大口子，驚得臉都白了。

蔣嫵忙道：「我沒事，你看，我根本沒傷到，就是這衣裙太累贅了，若是給我身俐落的衣裳，她根本碰不到我衣角。」

「妳這丫頭……」霍十九再度將她摟在懷裡，旁若無人地吻她的額髮。

小皇帝與蘭妃在一旁原本還想安慰兩句，但發現根本說不上話。

這一次蘭妃才真正見識了傳說中的「女英雄」是什麼樣子，平常婦人哪有這般厲害果敢，又哪裡有這樣的身手？也虧得她反應及時，否則剛才皇上豈不是……

皇上若有個什麼，她這個寵妃可就要成太妃了，皇上如今又只有一個公主，到時候國家再度動盪無所傳承，她不但會毀了青春，更有甚者小命連同母家的富貴也都要搭上。

思及此，蘭妃看著蔣嫵的眼神少了方才的妒忌，就多了許多感激。管她是否與皇上有勾結呢，就算有，又能如何？

「姊姊，多謝妳的救命之恩。」小皇帝見霍十九拉著蔣嫵的手讓她坐下，忙道謝。

蔣嫵行禮道：「皇上言重了，那是臣婦應當做的。」

其餘臣子這時也到了近前，七嘴八舌地詢問皇上是否安好，又都齊齊跪下行禮告罪。

小皇帝擺擺手，道：「罷了，今日的情況也是意外，朕首次辦千秋大宴，也不願再造成無謂的損傷，且先待刺客被審問過後再打算吧！倒是姊姊……」說著看向蔣嫵。「姊姊身子重，剛才沒傷到吧？」

「多謝皇上記掛著，臣婦並無大恙。」

「朕看姊姊的臉色不大好。」小皇帝回頭高聲吩咐。「去將趙太醫、周太醫都宣來，給姊姊診治。」

「是。」景同行禮，連忙小跑著去了。

小皇帝便看向了霍十九。他的眼神再無方才霍十九提出告老時的失落，反而熱烈又欣喜。

「英大哥，危急時刻，你能想著朕，朕好生歡喜。」

霍十九回想方才驚魂的一刻，他跳過桌子不顧一切地去撲開小皇帝，完全是下意識的動作，根本未經思考。不過還是比蔣嫵的動作慢了一步，若無蔣嫵，小皇帝也就……

「皇上，您沒事就好，剛才沒摔倒、磕碰著吧？稍後御醫來了先為您看看。」

「朕沒事。」

宮人們這會兒已經將地上的血漬清乾淨，整理好了滿地狼藉，各人重新歸座，小皇帝依舊坐在霍十九的這一桌。

蘭妃便道：「忠勇公夫人不如先去更衣？本宮那兒有一身新做的煙青色衣裳，若夫人不嫌棄，就贈予妳可好？」

蔣嫵見發生這樣的事，小皇帝也沒有散席的意思，倒有一些意外。若以小皇帝的性子，這時候應當是暴跳如雷才對，就算沒有，也不會這樣沈穩得彷彿沒事人一樣。到底是打理了朝務之後，人也沈穩了。

蔣嫵便笑著給蘭妃行禮，道：「多謝蘭妃娘娘厚愛，只是我如今胖得很，蘭妃娘娘身量纖纖，如飛燕再世，您的衣裳臣婦怕是穿不下呢。」

蘭妃便掩口笑著道：「忠勇公夫人真會說話。」

「皇上，太醫到了。」景同到近前回話。

小皇帝便看了看左右，指向御花園西南方、一座專門預備給眾位貴婦休息用的偏殿，道：「姊姊不如就先去那裡稍微休息一會兒，也好讓太醫先看看，趙太醫和周太醫都是擅長瞧千金科的大夫，姊姊才剛大顯身手，若動了胎氣可就成了朕的不是了。」

「皇上真是言重了。您設想周到，臣婦感激不盡。」蔣嫵便起身行了禮。

霍十九也道：「皇上，臣一同去看看。」

小皇帝笑道：「英大哥不必擔憂，若有什麼自然就有人來回了。」

「臣還是親自去瞧瞧來得放心。」

見霍十九執意如此，小皇帝也不好再勸說，就點了頭。

景同從小內侍手中接過琉璃燈提著，親自為二人引路。

將二人引進了偏殿的一間廂房處歇著，景同就行禮退了下去。似他這樣的人，最是會看眉眼高低的，霍十九現在與蔣嫵必定是有話要說，他得創造這個機會，恰好也可以引著二位太醫去用茶。

蔣嫵在臨窗的羅漢床上坐下，霍十九就俯身去掀她的衣裙。

蔣嫵哭笑不得。「阿英，你做什麼啊？」

「我瞧瞧妳是不是傷著了。」

蔣嫵就扯著襦裙上的口子給他看。「你看，真沒事，我有分寸，怎麼會讓我的孩子傷著。」

霍十九這才長吁了一口氣，挨著她坐下，摟著她肩膀道：「嫵兒，我真後悔。」

「我知道你在想什麼，先別說。」

蔣嫵說話時，斜了後窗一眼。

霍十九向那處看了一眼，雖什麼都沒看到，卻也不再多言了。

「妳歇會兒吧，待會兒御醫就來了。妳哪裡不舒服可不要藏著掖著，平白耽誤了。」

「躺會兒就好。」

室內一片靜謐，因不方便說話，二人只是看著彼此。

蔣嫵就拉過霍十九的手寫字。

霍十九歪著頭仔細看著，待看完了一整句後，面色倏然一變。

蔣嫵就拉開領口，比了比鎖骨的位置。霍十九瞇著眼，似在回憶方才的情景。

正當這時，景同引著兩位御醫來了。

霍十九看著門前，待人進來時，已是面色冷淡如常。

趙、周二位太醫輪流診過後，對視了一眼，隨後道：「請公爺借一步說話。」

蔣嫵聞言愣住。莫不是她真的有什麼？撫著隆起的腹部，還真沒覺得怎樣。

霍十九也緊張了起來，回頭看了看蔣嫵，見她氣色如常，又想了想剛才她在他手上寫的字，就有了些思量，先一步到了外頭。

趙、周二位太醫緊隨其後，到了外頭僻靜無人之處，才道：「回公爺的話，夫人的胎象不是很穩定，最好是先靜養，不宜挪動。」

「不是很穩定？怎麼個不穩定法？」

霍十九瞇著眼看向二人，彷彿他們說出不順耳的，就能立即將人拉出去砍了。

在皇帝面前，眾人皆相信霍十九是最忠誠的人，皇帝但凡有一句吩咐，他也不會辯駁，更是一心都為了大燕朝著想，為了皇帝著想。然而現在皇帝不在身邊……

兩位太醫對視了一眼，心底當真都有些沒底。

這兩位也算是見多了宮中那些不可告人的秘事，今日這樣行事雖不是頭一次，可面對的人卻是霍十九，他們清楚得很，這人忠於皇上卻也有雷霆手腕，那是眼睛一瞇就宰人、翻臉不認人的主子。

如今的差事，可真是越來越難當了，好想回家……

「公爺，您也不要焦急。咱們雖然不才，可也是鑽研了醫道十幾年，夫人的身子一定會無恙的。」

「是啊，公爺，您且放一百二十個心吧。」

「哦？」霍十九挑起半邊唇角，冷笑了一聲。

託英國公作亂多年的福，他陪伴聖駕的時間比尋常官員要多，是以對宮裡這些人說話的方式再瞭解不過了，多年來他從未見過會有一個太醫能面對主子的病時將話說滿的。

這兩人卻在他稍微施壓之下，像是怕他動怒一般連連保證蔣嫵沒事，一方面說蔣嫵的胎不穩，另一方面又保證沒事，要他放心。

如此前後矛盾，原因為何？他們哪來的自信？還是說蔣嫵根本就沒事？

事出異常必有妖，加之蔣嫵方才告訴他，那個女刺客的鎖骨處有鳳尾形狀的刺青，而她在他手上寫字，提醒了他皇帝有影衛。

小皇帝的影衛，分為青龍、白虎、朱雀、玄武四部，上一次去追殺霍家人的就是其中的玄武和白虎兩部。

女刺客鎖骨上的刺青若是巧合，如今兩位太醫的反常又是為了什麼？

霍十九雖萬事都沈得住氣。可只有蔣嫵的事，他不願意賭。

快步回到廂房，已有宮人屈膝在榻前、端著黃銅盆服侍蔣嫵洗手，另有宮人拿了錦帕，見蔣嫵擦了手，還有人拿來白瓷的精緻盒子，裡頭是茉莉花香膏，專門搽手用的。

蔣嫵隨手將那香膏推開，笑著道：「太醫怎麼說？」

「沒事，妳不要擔憂。」

真的沒事？蔣嫵其實也是擔心動了胎氣，不過她清楚自己的身體，加上霍十九對著她眨眼，一副欲言又止的模樣，心裡也就有了數。

「我也是覺得沒什麼，根本未曾覺得哪裡不舒服。不過也的確是感到悶得慌，御花園那邊宴會應當正好，咱們不如再回去瞧瞧。」

一句宴會正好，提醒了霍十九。

別人不瞭解，難道小皇帝的性子他會不知道？小皇帝的那個性格，根本不是遇上事能夠平靜應對的。第一次辦千秋宴，還遇上了刺客，以他的性子這會兒沒有暴跳如雷都已是他的長進，怎麼卻長進到宴會繼續呢？

他並不是不相信小皇帝的智慧，實在是他自服了五石散之後，性子變化得太厲害了。

蔣嫵就要下地，宮娥忙要上前來服侍蔣嫵穿鞋。

霍十九卻將人揮退了，不借他人之手，親自蹲下為她穿好了淺藍色繡鴛鴦的繡鞋，又拉著她的雙手，商量著道：「時辰也不早了，妳平日裡這會兒都睡下了，再說衣裙也劃破了，我帶妳去向皇上告辭，咱們就回府去可好？」

蔣嫵低頭看看自己腰側襦裙裂開的口子，就笑著點頭道：「聽你的。」

宮人們都低垂著頭，內心更有思量了。

鼎鼎大名聲震朝野的忠勇公，會服侍媳婦穿鞋，說話還是用那樣商議的口吻！偏他對人從來都是冷臉，恐怕也只有對著皇上和忠勇公夫人才有這樣溫和的時候吧？

宮人之中也有十來歲的小姑娘，就羨慕起蔣嫵了。

任這世上哪個女子，年輕時不曾有過對未來夫婿的幻想呢？誰又不希望夫婿對自己一心一意、寵愛照顧呢？偏這樣的好事很難遇到。

蔣嫵就在霍十九的攙扶下，在宮人們的羨慕之中出了廂房。

剛向前走了兩步，卻見周、趙兩位太醫迎面而來，後頭還跟著小內侍捧著漆黑的托盤，上頭放著個白瓷的小碗，裡頭漆黑的湯藥冒著淡淡的熱氣，一股苦澀藥味撲面而來。

見霍十九與蔣嫵迎面走來，二人皆是驚訝得很。剛說過忠勇公夫人的胎不大穩，怎麼公爺一點都不在意，還允許人下地了？

依著皇上的說法，忠勇公愛妻如命，只要說她身子不爽，必然能留她在宮裡的。

而皇上的吩咐，就是叫他們想方設法以夫人身體不適、不易挪動為由，將人留在宮裡。

究竟為什麼要留人，他們是不敢揣測的，面對忠勇公這樣一個厲害的主兒，他們也是難辦。

兩人驚愕之時，就停下了腳步。

路被擋住，蔣嫵與霍十九也都止步。

「怎麼？二位太醫還有事？」

「啊，這是給夫人預備的安胎藥。」當著孕婦的面，他們又不好說出胎不穩這種話來，萬一真將人嚇出問題來他們也擔待不起。

可已經與公爺說了夫人的胎不穩，這人還偏要走動，他們也是許久沒遇上這樣任性的人了。二人既是懼又是擔憂，苦著臉堆積的皺紋都擠得出二兩油汗來。

霍十九就笑了。「多謝二位，只不過拙荊說她自己並無大礙。」

「夫人年輕，方才又勞累了，也是該多注意才是。這安胎藥最是妥當不過，還請夫人趁著溫度適宜用了吧，也好讓皇上放心。」

蔣嫵納悶地盯著那碗湯藥，道：「二位大人倒是很稱職。只不過我不覺得不舒坦，好端端的又吃什麼藥。」

「夫人還是用了，保險為上。」

「怎麼，你們是說我腹中的孩兒有問題？」蔣嫵的聲音驟然冷了下來，神色雖然未曾變化，可兩位太醫都像是被人掐住喉嚨似的，不敢說話了。

蔣嫵就笑著道：「也罷了，我看那安胎藥還熱著，如果二位不嫌麻煩，就隨著我一同去御花園吧，到了那兒，當著皇上的面用了藥我再告辭，一則也好當面謝過皇上，二則也讓二位好與皇上交差，可好？」

「這……」

「二位莫不是非要我現在服藥？我倒是不知道什麼時候用藥也要聽人擺布了。原本就無恙，偏叫我服藥，還立刻就要吃，二位太醫，這藥裡難道有什麼？」

「忠勇公夫人誤會了，哪裡有的事啊。」周太醫賠笑，額頭上的汗珠成串地往下淌。這藥若是在大庭廣眾之下服了，當即發作起來，皇上不但會責怪他們辦事不力，恐怕一經追查，他們也得不到好處。

皇上可真是給他們安排了個好差事啊！他們就不懂了，為何皇上偏要用此法將忠勇公夫人留在宮中。

正當說著話，卻突然傳來一聲輕響，後頭跟著的小內侍手中的托盤歪了一下，那藥碗在托盤中歪倒，藥汁傾灑，嚇了他一跳。

「忠勇公息怒，夫人息怒！」內侍雙膝跪下，放下托盤連連叩頭。

霍十九輕笑一聲。「罷了，既然藥灑了，不吃也罷。」說著也不過問那小內侍的錯處，就牽著蔣嫵的手一同下了丹墀，宮娥忙提了宮燈追上去。

不多時，見一行人出了月亮門，周太醫才抖著手擦了汗。

趙太醫攙扶那小內侍起身。「這位公公，多謝解圍了。」

小內侍連稱不敢，低垂著頭聲音都有些發抖，似是被霍十九的威嚴所震懾。只是二人看不到他低垂著的臉上哪裡有慌亂，分明鎮定得很。

霍十九與蔣嫵到了小皇帝身邊辭行時，小皇帝明顯愣了一下。

「姊姊身上沒事吧？」

「多謝皇上掛念，太醫診治過了，說是無恙，叫臣放一百二十個心。」霍十九笑著道：「不過天色晚了，且剛才內子也是勞累，臣就先告辭了。」

小皇帝還是有些愣，猶豫著點了下頭，想了想，卻沒想到留人的合適說詞，只得關切了蔣嫵幾句，又吩咐人親自送二人去乘車。

待到宴會散了，小皇帝便叫了趙、周二人到跟前問話。

「怎麼回事，朕不是叫你們一定要想辦法將人留住嗎？」

「臣已經盡力，只是忠勇公強硬，夫人又不是個好應付的人，臣的確是無能為力。」二人跪地，叩頭賠罪。

小皇帝冷著臉道：「他們不好應付，難道你們對他說，他媳婦胎不穩，不能挪動，他還能硬是帶著人走？難道安胎藥吃了對人身子有好處，她還能不吃？」

那藥只要她吃了，她就真的是短期內不能挪動了。這樣霍十九也就不會有心思去想告老的事，可是這兩個蠢材，竟然將事辦砸了！

「回皇上，實在是忠勇公夫人不與尋常女子相同。任何一個尋常的婦人，懷著身孕總該有些不適，稍微加減一些言語，她就會信以為真，在心理作用之下或許會覺得不舒服呢，可是忠勇公夫人根本就像個爺們似的，還說要去御花園散散步，等藥涼再用，臣實在擔心她在御花園就……」

小皇帝氣歪了。真是千算萬算，算不到蔣嫵這個變數。他原本與霍十九那樣深刻的君臣感情，他自信將來無論如何，霍十九都不會離開他身邊的，結果就出了這個變數。

如今算準了一切女子的心思，又想著她懷有身孕即將為人母，總要小心謹慎一些，他們要利用的就是她的小心，偏她跟個漢子一樣。

小皇帝氣得給了周、趙二人一人一腳。「都滾出去！」

「遵旨！」二人連滾帶爬地就要出去。

剛到門口，就聽小皇帝沈聲吼了句。「站住！」

「皇上。」二人哆嗦著跪下。

小皇帝就負手到二人跟前，居高臨下地望著他們。「今日朕的吩咐，不希望有任何其他人知道。」

「是，臣只忠誠於皇上，又哪裡有將皇上的吩咐洩漏出去的道理？」

「嗯。」小皇帝也知道他們不敢，負手悵然道：「你們不懂，有些時候朕也是為難，只是情況所逼，不得不作出這樣的決定來。忠勇公對朕來說太重要了，朕失去他，等於斷掉一隻手臂，你們可明白？」

「臣明白，忠勇公忠心耿耿，若知道皇上如此苦心，當會被皇上誠意感動的！」

小皇帝也是這麼覺得，就點點頭道：「你們去吧。」

「臣等告退。」

小皇帝一直望著二人的身影走遠，沈思了片刻，就道：「小綠。」

「皇上。」

「你知道該怎麼做。」

「皇上的意思是……」小綠觸及小皇帝的眼神，心中一凜，忙垂首道：「奴才知道，奴才這就去辦。」

第六十七章　寶華走水

蔣嫵與霍十九回府後，又找了霍十九信任的大夫來瞧過，見果真並無大礙，這才算是徹底放心了。

蔣嫵梳洗過後，換了身雪白的寢衣，披散長髮鑽進了被窩。

霍十九就笑著在她身旁躺下，連人帶被都摟在懷中，笑道：「怎麼樣，累不累？」

「不累，難不成你還想做點什麼？」

原本沒那個心思，反被她調戲了，霍十九抱著軟綿綿的人兒，聞著她肌膚散出的淡淡馨香，果真就有一些冒邪火。

「我可不知妳幾時變成個女流氓。」

「我這不叫流氓，這是關心你啊，我可沒見哪本書上寫了有念頭還要憋著的。」

「真是越說越離譜，我沒念頭。」

「真的？」

「真的。」

蔣嫵見他說得認真，也不好意思真正去檢查一下，就轉而道：「咱們也歇著吧，明兒你還有事要做。」

「嗯。」霍十九應了一聲，原本猜蔣嫵必定會追問他會怎麼辦，誰知她不多時竟然沈穩地入睡了。

她的不問，是對他的體貼，沒有在他心急火燎之時在傷口上撒鹽造成二次傷害。

他已經派了人去注意皇上審問刺客的進度，再暗中調查小皇帝的影衛。如果那個女刺客真是「朱雀」中的一員，他的猜測就可以得到證實。

皇帝安排這麼一齣戲，許是要演苦肉計讓他心疼，也許是要讓蔣嫵救駕時動胎氣。只要蔣嫵留在宮中，他就短期之內不能離開。或許其間，皇帝還能找到其他理由挽留。

近來小皇帝即將解決英國公的事，他的執意告老就成了小皇帝的心病，這他是可以理解的。

只是，刺客這招不行，再借太醫診治時，讓本來沒事的人喝下點什麼東西，從而真正動了胎氣，便是卑鄙的行徑了。小皇帝再一次為了達到目的，將文章作到他在乎的人身上，是不能原諒的。

霍十九越想越氣，雖然這些都是他的推測，可也八九不離十了，就這麼想了一整夜，竟是整夜瞪著眼看著帳子無眠。

到了清早，用罷了早飯去書房，就聽人來回，昨兒晚上趙太醫得了絞腸痧，一晚上就暴斃了。周太醫回府的路上卻是遇上盜匪，轎夫都逃了，周太醫被搶了錢財，與人搏鬥時被一刀扎進了肚子，這會兒也是出氣多進氣少了。

原本他還是懷疑，現在兩位太醫都出了「意外」，霍十九就可以肯定了。

小皇帝可真是……成長得很好啊！

如今翅膀硬了，懂得利用帝王的職權方便行事了，也懂得不存不必要的「婦人之仁」了。早前連死了隻小兔子都會傷感一陣子的孩子，這會兒卻成了殺人不眨眼的主兒……

霍十九手中書卷抵著額頭，心累極了。

又過了兩日，到了九月二十三這日的清早，皇帝的一紙詔書昭告天下，經三司會審，定了英國公蔡京二十條大罪，其中安排刺客追殺霍家人，餘黨又於皇帝萬壽宴行刺殺之事，以及霍十九婚宴時的刺客來源，加之謀害先帝、亂國竊政、欺君犯上等罪名，當真每一條都足夠砍他的頭了。

小皇帝沒有提五石散的事，不過一個凌遲，滅蔡家九族，也足夠表達了他對英國公的恨意。

旨意一下，朝野震驚，清流大讚皇帝明斷，且更有學子大肆讚揚皇帝的雷霆手段，許多清流組織門生開了辯證會，將大燕朝的未來展望了一番，彷彿一切都將始於小皇帝的腳下。

蔡家滅九族，從清早砍到了黃昏。英國公被綁在一旁，親眼看著自己的族人一個個被殺，到最後，鬼頭刀鈍了，劊子手要兩下，甚至三下才能砍掉一個人的頭。

頭顱當斷不斷還連在脖子上時，人還沒死透……眼見著親人家人如此，所有人都崩潰了，人臨死之前的醜態畢露，爭搶著要先被砍，都只圖死個痛快。

英國公的嘴合不上，只大張著口任由涎水淌滿衣襟，眼看著全族之人這樣的結果，聞著散不掉的血腥味，甚至哭不出一滴眼淚。他到死也不敢相信，自己一生的雄圖霸業，竟毀在霍十九與蔣嫵的手上。如果早知如此，當初就該將這兩個人殺了了事。

待解決了蔡家族人，才輪到凌遲行刑。

英國公連慘呼的力氣都沒有，就那樣折騰了一個晚上，最後被刮成一條條碎肉，餵了狗……

蔣嫵雖然很想看壞人伏誅，可霍十九說那樣的場面血腥，不適合她去看，她就只好待在家裡歇著。

到了落鑰前，落蕊來回。「夫人，親家老爺回來了，這會兒應當正在盥洗用晚膳。婢子看親家老爺很歡喜，心情很好似的。」

「當然好了。他這一生就恨英國公，如今罪臣伏誅，他心情自然好。」

蔣嫵其實還是有些惋惜不能在英國公行刑之前去說幾句話。不過為了腹中孩子著想，現在也是穩當點好。

到了晚些本想去院子裡散散步，誰知霍十九先回來了，與他一同回來的還有曹玉。

「墨染？」蔣嫵驚喜地笑著，上下打量了一番，見曹玉一切如常，只是袍子上沾染風塵，這才笑道：「你幾時回來的？一切可順利嗎？」

曹玉被她盈盈目光注視著，雖依舊難免心中怦然，卻也不似從前那般刺痛難忍，反而坦然多了。

「剛才回來，事情已經辦妥了。人現在安排在一棟宅院裡。」

「果然還是你親自出馬來得有用，這不就將人請回來了嗎？」

「哪裡是我親自出馬，是夫人料事如神，第二封信起了作用。」

蔣嫵看向霍十九，噗哧笑了。「不是我料事如神，是阿英猜得準。他若不說，我也想不起要寫第二封信去。」

曹玉看向滿臉無奈的霍十九，默默地同情了他一下，他當然瞭解情敵心裡想什麼，只要將自己當成對方就行了。

這種抓得住對方心思的感覺，若不是因「情敵」關係，恐怕會是得遇知己的爽快吧。

「明兒個一同去看看他吧。」蔣嫵道。「我也該當面問候的。」

霍十九點頭，便道：「墨染，一路勞頓辛苦了，還是去盥洗一番，好生休息吧。」

曹玉就笑著道了是，告辭離開。

一夜無話。

次日上午，蔣嫵就換了身丁香色的對襟襖子，下頭是牙白色的挑線裙子，披了件石青色的對襟小襖，就上了鋪設柔軟坐褥的馬車，一路直接從側門出府。

馬車外頭聽雨、落蕊和櫻雪三人跟隨者，後頭還跟著六名侍衛，一路往集市上去。

他們一行人在集市上逛了一陣子，蔣嫵去茶樓裡聽了一會兒說書，又去寶華樓挑首飾。

因寶華樓的首飾專門供給高門貴婦，裡頭自然預備了歇息喝茶的單間，蔣嫵就在裡頭稍微歇了片刻。

過了約莫一炷香的工夫，蔣嫵就低聲道：「妳們就留在這裡。」

聽雨擔憂地道：「夫人，還是婢子陪著您去吧。」

「不用，好不容易甩開了那些人，我自己從後門溜出去並不容易被發現，再說阿英都已經安排好了。妳若跟去，反而會壞事。」

「可是您如今身子重，我好歹也會些功夫，若真有什麼也能相互照應。」

落蕊和櫻雪也道：「夫人還是允了吧，否則咱們心裡難安。」

她們不知道蔣嫵要去做什麼，可一個孕婦要脫離伺候著的人獨自出去，萬一真有個好歹，不但她們擔心，恐怕公爺那裡也不會輕易放過她們的。

最終還是讓聽雨跟著去，一則能夠護著夫人周全，二則若有問題，責任在她身上也多些。不是她們太懂得算計，而是伺候主子，要想自個兒好，不能不算計，就算對主子忠心耿耿，也得是以自保為前提。

蔣嫵知道聽雨不是多事的人，況且帶著她在身邊也好有個照應。

「罷了，妳跟我來吧。」

蔣嫵扶著腰走在前頭，雖速度快，裙裾卻優雅得不曾翻起，聽雨緊張地跟著，張手護著蔣嫵周圍，生怕她磕碰到。

二人離開歇息的廂房，走小路到了後院。那裡霍十九早就安排了接應的人，引著二人出了後廚的側門。

側門外是一條安靜的小巷，青石磚因長年在陰暗角落，生了好些青苔，九月末的天，時而有風吹入巷中，吹得蔣嫵裙裾衫袖飛揚，在這一處就體會出一些冷意來。

蔣嫵緊了緊肩頭的石青錦緞小襖，在聽雨的攙扶下上了馬車。

聽雨原本要在外頭跟著，蔣嫵便道：「一同上來陪著我吧。」

聽雨便知道蔣嫵這是不想讓人認出她來，畢竟她是夫人身邊的大丫鬟，經常跟著在外頭走動的，再尋常的馬車，再臉生的車夫，若是有她跟著也會露餡兒的。

明白了夫人這是要去一處極為秘密的所在，回想方才，自己硬是要跟著來，似乎有些不妥。可是夫人的安危卻是最要緊的，大不了待會兒見機行事，不給夫人添亂就是了。

聽雨上了馬車，在車門處偏著身子坐下。

小巧樸素的青帷馬車橫穿了整個京都城，到了西南角明時坊的蘇州胡同時，已是未時初刻。

胡同陳舊，幾處民宅錯落著，馬車直駛入胡同裡，在轉彎處停了下來。

聽雨下車仔細扶著蔣嫵，吩咐車夫在原地等候，就直接沿著胡同走到盡頭，然後右轉。漆黑的木門油漆斑駁剝落，一株高大的金桂開得正好，從牆頭探出幾枝，送來淡淡清香。

蔣嫵站定，聽雨就上前去叩門。

誰知手剛握著門環，雙扇的大門卻向內拉開了。聽雨一隻腳踩在臺階上，一隻腳挨著門檻，被這麼突然一帶，險些跌倒。虧得她會些功夫，才容易穩住身子，沒跌到那開門的人身上去。

「這人怎麼回事！就不會慢點嗎？」夫人可是千金之軀，若剛才是夫人來叩門，豈非要閃一下？

「對不住，我不是故意的。只是聽見外頭有動靜……」

聽雨抬起頭，就見面前的漢子約莫二十出頭，身量頗高，身材壯碩，生得面容端正，黝黑的臉上泛著潮紅，一觸及她的眼神連忙緊張地別開眼。

聽雨不想給蔣嫵惹事，卻也氣這人不仔細些，就哼了一聲，轉回身去扶蔣嫵。

蔣嫵一直在旁邊，一手扶著肚子，一手撐著後腰觀察著，眼瞧著幾次打交道都沈穩老練的納穆這麼一副表情，就覺得好笑。

不是她誇海口，她身邊的婢女個個都如花似玉，只論容貌，比京都城中大多數閨秀都要好些，這其中又以聽雨為最。她生得身量窈窕高挑，瓜子臉上五官精緻，細長的柳葉眉下是一雙眼尾上挑的杏眼，這些年跟在她身邊歷練，又老成了一些，就帶著一絲尋常女子沒有的堅毅和穩重，而眉心一點美人痣，偏給這樣的穩重平添幾分嫵媚。當真是個一顰一笑都有萬種風情的美人。

剛才氣怒之下，霞飛雙頰，肌膚生韻……

納穆雖然不是第一次見聽雨，可從前也沒機會細看，今日迎面差點撞進懷裡，恐怕這會兒美人的容顏都撞進心裡去了。

蔣嫵噗哧就笑了。

納穆原本還在發呆，被蔣嫵的輕笑聲倏然喚醒，臉上騰地一下燒了起來，乾咳了一聲故作沈穩地道：「夫人來了，快請進吧。」

「嗯。」蔣嫵應聲，扶著聽雨的手，上了臺階進入院門。

這是一座尋常的一進院落，繞過五福臨門的影壁就可見三間正房，兩側各有兩間帶有耳房的廂房。
一旁有個身量魁偉的漢子正在井邊打水，挨著府門的倒座做了廚房，這會兒正傳出切菜的聲音。而那開得正好的桂花樹正在倒座與大門之間的位置。
蔣嫵問：「誰在做菜？」
「是公爺安排了心腹的老嬤嬤來伺候主子的飲食起居。」
蔣嫵頷首。「他是細心的，你們若遇上什麼不便也只管與他說就是，千萬不要客套。」
在艱難之際，蔣嫵與霍十九收留了他們，免去了被追殺的危險，給了他們暫時的平穩，還可以幫助他們，納穆如今對這二人已經很是感激，再不當她是主子的禍水，是以對蔣嫵的態度也是前所未有的恭敬。
「多謝夫人。」
「不必客套。」
蔣嫵駐足，回頭看向聽雨。「妳替我先去看看廚房缺少什麼，再看看這裡少了什麼就去置辦吧。」
「是。」聽雨知道蔣嫵說話不方便帶著她，就行禮退下，去了廚房。
到她轉過身去，納穆還以眼角餘光看了她窈窕的背影一眼。
蔣嫵瞧得分明，咳嗽了一聲道：「納穆。」
「啊？」納穆有些呆。
蔣嫵強忍著笑意。「前頭帶路。」

納穆的臉上更熱了，吶吶地應是，去為蔣嫵撩起了門前的深藍色夾竹軟簾——這麼近的距離，哪裡需要他帶路，分明是他看人家姑娘看得走神被發現了。

蔣嫵進了屋，就瞧見曹玉正坐在圈椅上喝茶，笑著問：「喝什麼好茶？」

「夫人，您來了。一路可還順利？」曹玉放下蓋碗站起身。

「哪裡有不順利的，你們都將一切安排妥當了。」

「寶華樓那兒呢？」

「留了落蕊和櫻雪在那兒守著，若有人問就說我正在小憩，所以我不能耽擱，待會兒還要快些回去。」

說話間，蔣嫵就跟隨曹玉到了裡間。

臨窗鋪設的羅漢床上，文達佳琿靠窗坐著，霍十九則坐在另一端，二人見蔣嫵來了，都起身下地。

霍十九扶著蔣嫵讓她憑几坐下，道：「怎麼樣?可有哪裡不舒坦?」

「哪裡就不舒坦了，我又不是紙糊的，風一吹還碎了?」蔣嫵笑著打量文達佳琿，道：「看來你傷勢還未痊癒，臉色不大好。」

文達佳琿清瘦了許多，原本就是稜角剛硬的人，瘦下來後更顯得輪廓分明，雖不是俊俏的人，卻也是有著清耿的男人味，尤其一雙鷹般銳利的眼，好似比從前更深邃了。

「傷好了，慢慢養著就是。」文達佳琿的笑容有些不自在。

他很久不曾如此落魄，每一次都是他幫襯蔣嫵，為蔣嫵做力所能及的事，如今卻調轉過來，他成了被幫助的那個。一貫強硬的人，現在這樣當真是不習慣。

蔣嫵哪裡不懂他的心思，斂下眸中的關切，怕傷了他的自尊，就只道：「那就好生養傷，我剛進來時看廚娘正預備著，我正巧還沒用午膳，待會兒一起吃點吧。」

「妳還沒用膳？」文達佳琿擰著眉，後頭關切的話就嚥了下去。因為有霍十九在，這些關切也輪不到他來開口。

「剛才隨便吃了點，我現在一餐吃不下多少，餓得又快。」

霍十九笑道：「那待會兒一起吃些，正好我也與陛下喝一杯。」

「我已經不是什麼陛下了。」文達佳琿自嘲地笑。

霍十九卻道：「陛下何必如此失落，您的東西終歸是您的，如今不過是家裡孩子不懂事，拿去玩玩罷了，難道您還真的任由他這麼下去不成？孩子不乖，管教就是了。」

經他這麼一說，文達佳琿的失落感卻是少了一些，加之方才二人的談話，他就有些猶豫地道：「舊部我倒是自信帶得起來，只是有額騰伊在，未必那麼容易解決。」

蔣嫵笑道：「英國公與我們燕國的皇帝相比實力如何？恐怕是天懸地隔，根本就沒人會相信皇帝能勝出吧。只要忍耐，看準了時機，還不是照樣拿下了？」

「那是你們的皇帝幸運，有你們二人。」

「你不是也有我們二人？」

文達佳琿聞言心頭一震，看向面前笑意真誠的兩人，心中說不出的一種溫暖升騰而起。這一刻他很慶幸自己沒有對蔣嫵做出過分的言行，只發乎情，止乎禮，交下了這兩個朋友。

看來因果果真是有的，他昔日種下的善因，也會有善果的吧？

午飯是六樣菜，蔣嫵食慾很好，每樣菜都吃了一些，又吃了半顆饅頭，因怕寶華樓那裡露餡兒，漱口完就趕著要回去。

臨出門前，她突然回頭道：「達鷹，改日我們再好生聚聚，等你身子好些，就可以到府裡來了，我還有話問你呢。」

文達佳琿就笑著道：「只要霍英不煩我。」

「怎麼會？你杳無音信這些日，可不只是我自己焦急。」蔣嫵微抬下巴，俏皮地指向霍十九。「他急得不行，連連命人去找。」

文達佳琿知道蔣嫵不是會為了故意討好而說謊話的人，且也知道霍十九的真性情，他也並非不知自己對蔣嫵的滿心愛慕，若是他明媒正娶的妻子，被另一個男人視為珍寶一般，他自問沒有這個涵養，還能做到如此是非分明。

是以此時的文達佳琿，雖覺蔣嫵的擔憂令他歡喜，更多的卻是對霍十九的感激。

「霍英，大恩不言謝。」

「陛下不必道謝，也不必往心裡去，不過是舉手之勞罷了。」

蔣嫵見他們二人相互間如此客套，就笑著道：「改日籌謀一番，達鷹就找機會搬回家裡去住吧，那樣想商議什麼也還方便一些。」

文達佳琿猶豫了一下，剛要開口，卻被霍十九先了一步。「好，回頭我會安排的。」

蔣嫵不疑有他，就出門到了院中。

納穆站在門口，視線若有似無地聚焦在院門口的聽雨身上。

蔣嫵見了覺得好笑，心裡就暗存了些想法，叫了聽雨道：「咱們這就回去吧，也不好再耽擱。」

「是。」聽雨扶著蔣嫵出了院門。

陣風打著旋兒吹來，恰揚起聽雨鬢角的長髮，納穆看得癡了……

他癡然的視線，被婆子緩慢闔上的漆黑木門漸漸遮擋住。

蔣嫵與聽雨上了馬車，聽雨就笑著拿了柔軟的引枕來讓她靠著。雖然馬車樸素了一些，可車內鋪設著厚實的長毛軟墊，軟枕也是從府裡事先預備的。蔣嫵選了個舒服的角度歪著，就閉上眼假寐，想著最近的事。

她知道，這會兒霍十九與文達佳琿，應當又開始在談正經事了。她方才來之前，或許他們還有話沒談完。

她與霍十九要幫助文達佳琿不假，但是以霍十九自己的力量，想幫文達佳琿達成目的卻是不容易的，是以若要讓他重新奪回皇位，少不得就要利用燕朝皇帝的能力。

小皇帝是否肯動手，完全在於所得收穫是否足夠誘人，而這個誘人的條件，則需要霍十九去與文達佳琿商議。既不能讓人覺得霍十九是趁火打劫，也不能虧了小皇帝，讓小皇帝懷疑霍十九勾結金國。

因此夾在中間的人，其實是很難辦的。他又不是皇帝，又沒有主動掌握在手中的大權，要達到目的就只能勞心費神。

蔣嫵才吃了午飯，馬車又鋪設得暖和舒服，不多時她就在搖晃的馬車中睡著了。

聽雨見狀忙拿了車上預備著的小毯子為她蓋上，等到了寶華樓的後院，才輕聲喚蔣嫵。

「夫人，咱們到了，您醒醒。」

其實馬車速度減緩、搖晃減輕時，蔣嫵就已經清醒了。這會兒睜開眼，神色一派清明。

「去看看阿英安排的人還在不在，咱們悄無聲息地回廂房去。」

因著是霍十九安排了人，蔣嫵與聽雨回到寶華樓二層，她們來到歇腳的廂房時並未驚動旁人。

落蕊與櫻雪以及六名侍衛，見蔣嫵回來都鬆了口氣。

待到蔣嫵坐定點了下頭，櫻雪才出去吩咐了店家。「我們夫人剛乏了，小憩了片刻，這會兒就將首飾送來挑選吧。」

掌櫃經常接觸身分高貴的婦人，也知道這些貴人們平日裡規矩就較多，加之蔣嫵又是新晉的忠勇公夫人，且還是民間傳開的一位女英雄，就愈加小心伺候著，莫說她是乏累了小憩，就是住在這裡又有何不可？

櫻雪去傳話，掌櫃很是客氣，還吩咐了寶華樓的鄭娘子跟著去給蔣嫵請安。

鄭娘子伺候多了貴族的女眷，很是八面玲瓏，見到了傳說中親手逮住竊國賊英國公的女英雄，鄭娘子的話也要比平日裡多，說話的語氣都激動了三成，很是周到地服侍蔣嫵挑選頭面。

蔣嫵本也不愛這些花兒、粉兒的，只不過是今日找個由頭出去見文達佳琿而已，所以看到再精貴的頭面，也都是淡淡的，選了一套藍寶的、一套赤金鑲東珠的、一套白玉的也就罷了，不過眼見隨行的落蕊和櫻雪看到那些小巧精緻的頭花簪子和耳墜子眼睛都亮了，就連聽雨如此穩重也稍流露出了一些情緒，她便笑著給小姑娘們每人置辦了一套純銀的頭面，又給她們選了兩對耳墜子。

「忠勇公夫人果真是體恤下人，尋常人家嫁女兒，也不過如此了。」鄭娘子崇拜蔣嫵，見她面色淡淡地揮金如土，身邊跟著的三個婢女穿戴氣量都比普通人家的小姐還要矜貴一些，又多了許多羨慕。

事實上，這段日子忠勇公與夫人鶼鰈情深的故事早已傳開了，沒有人再說忠勇公是奸臣，也沒有人再說忠勇公夫人是悍婦。他們成婚至今，忠勇公只鍾情於夫人一個，府中姬妾都遣散了，又有夫人幫助忠勇公力擒英國公的事蹟在，怕就是她身邊的丫鬟，也少不得有人削尖了腦袋瓜想去伺候呢。

蔣嫵看得出鄭娘子的羨慕與恭敬，也不多言，就笑著道：「還有什麼有趣的銀丁香、銀簪子，選花樣新穎的一併帶來些，回去也好分給院裡的老嬤嬤和小丫頭們。」

「是。」鄭娘子恭敬地行了禮，吩咐了下去，不多時就有人將另外一個錦緞面的扁平匣子拿來，展開來給蔣嫵看。

黑色的大絨面上，銀飾就顯得光滑亮澤。

鄭娘子才剛說：「請您掌眼。」

後頭的不等介紹，蔣嫵就點頭道：「都包起來吧。聽雨，給銀子。」

鄭娘子後頭的話就嚥了下去，心裡越發喜歡這性子俐落的人。

聽雨去前頭點清了銀票，蔣嫵這邊就吩咐了落蕊將東西收好。

落蕊小心翼翼地拿了帶來的包袱皮，將精緻的匣子都結實地捆在一塊兒，仔細拎著。

不多時，聽雨就回來了。「夫人，咱們一共使了……」

「不好了，走水了！」

聽雨的話沒說完，外頭就傳來一聲大呼，男人尖叫的聲音比女子的還要尖銳恐怖。

蔣嫵一愣，站了起來。

秋日裡天氣本就乾燥，才下過雨，略有一些潮濕的天氣若是真的失火，最是不好撲救的，況且寶華樓整個是木質結構，他們又身在二層。這種高度，若是擱在從前她是偏身就下得去，可現在她身子重，不敢冒險。

正想著，聽雨已經推門出去，濃煙充斥在走廊，很快就撲到鼻端，有人驚慌呼喊、奔走逃命的聲音或遠或近。

侍衛們忙道：「夫人，快跟屬下走。」

蔣嫵拿出帕子，就著門口的臉盆架子沾濕了巾帕捂著口鼻，又吩咐幾人都照做，就道：「儘量壓低身形，快些離開，千萬不要慌亂走錯了方向。」

「夫人放心。」

蔣嫵見落蕊和櫻雪二人雖然害怕，卻也還鎮定，就放了心，撥了兩名侍衛去保護她們。

下了樓梯，剛到拐角處，就已經感覺到熱浪撲面，他們剛才下樓時，就近選了側面的樓梯，是以這一處一側是牆壁，另一側是雅間的後窗，直向前到了盡頭左轉才通往前廳。然而火舌正是從雅間裡噴出來的，濃煙滾滾之下，就算隔著濕帕子也讓人忍不住咳嗽。

「不行，咱們得想法子回去！」走在最後的櫻雪慌亂地要轉身，可回頭一瞧就嚇得變了聲調。「夫人，咱們來的路也燒起來了！」

「妳別慌，仔細驚嚇到夫人！」聽雨是三個婢女中最為鎮定的，回頭順著櫻雪所指看去，方才出來的廂房那兒也燒起來了，而要走另外通往前廳的樓梯，必須要經過大火燃燒之處。

「夫人，情況不大對，必定是有人縱火。」

「先出去再思量這些。」蔣嫵道。「咱們不能在這裡乾等著，火只會越來越大，必須趁現在衝出去。」

「可是從這條路走，根本避不開火。」

「速度夠快的話應該沒問題。這條路走到盡頭轉個彎就是前廳，而且我沒記錯的話，右手邊應當就是大門。」

「夫人沒記錯，的確是如此。」侍衛對視一眼，就道了聲得罪，將蔣嫵、聽雨等人抱了起來，看準時機飛快地向前掠去。

明時坊的宅院，霍十九與文達佳琿正在裡屋繼續上午的話題，且已將二人雙贏之事達成初步共識，就聽見外頭隱約一陣鑼聲傳來。

曹玉好奇，就去了街上，遠遠地便見東北方很遠處似有濃煙。

「是哪裡走水了？」

「誰知道呢，剛水龍局和五城兵馬司的人慌張地趕了去。」

「我才從集市回來。」一個趕車的人咂舌道：「說是寶華樓走水了，嘖嘖，那裡頭可有不少的值錢物件，這下子可不是都毀了。」

曹玉聽得心裡咯噔一跳，一把拉住了那人。「大叔，你說哪裡走水？寶華樓？」

「是啊。」趕車的人見曹玉臉色都白了，就道：「不會是這位公子有認識的人住那附近吧？你還是快去瞧瞧吧，說不定還能幫忙將家什往外頭搬，今兒個風大，這樣的天，一處走水附近宅子也好不了……」

話沒說完，卻發覺面前已經沒了人影。真是奇了，好好地說著話，人呢？

曹玉回了院子，也顧不上什麼規矩，進了屋便大聲道：「爺，寶華樓失火了！在這裡都看得到濃煙，我先趕著去看看夫人怎麼樣了！」

霍十九和文達佳琿的聲音都是一頓，滿面驚恐地看向曹玉，異口同聲地道：「寶華樓失火?!」

慌忙下了地，霍十九連靴子都來不及穿就往外走。

文達佳琿也是臉色鐵青，沈聲道：「好一個天子腳下，大燕的心臟位置，竟然隨隨便便就弄出火災來！」

只有千日做賊，沒有千日防賊，若有人有心為之呢？

曹玉焦急地道：「爺，我這就先去，將侍衛留在你這裡，等我確定了夫人無恙。立即就來回你。」

「好。」霍十九點頭。「我也去。」

「我也一同。」文達佳琿也要跟隨。

霍十九便搖頭。「陛下不可，您現在身分微妙，好不容易輾轉來到這裡不叫人發現。若是暴露了行蹤，往後可別想安心養傷了，再說我與嫵兒身邊，各路的眼線怕都不少。你去了恐怕不好。」

文達佳琿聞言緊咬牙關，憤然一拳擊向牆壁，牆壁發出「咚」的悶響，指關節上立即滲出血絲來。

納穆這會兒第一次如此真切體會到文達佳琿的著急。剛還在他面前出現，嫌他開門太急的姑娘，難不成會殞命於大火中？

「陛下，臣跟隨忠勇公同去，也可以看看情況回來與您回話，更可以幫把手。」

「也只能如此。」文達佳琿點頭。

說話時，曹玉早已經飛身離開了院落。

曹玉趕到寶華樓附近時，火勢已經向一旁的民居蔓延。撲面而來的熱浪烘得人肌膚滾燙，整個寶華樓正燒了起來，許多牆壁都已經成了焦炭。

他只覺得腦袋裡嗡了一聲，突然想起一句話——人有旦夕禍福，今日好生作別。

哪裡知道下次是否還能見面？今日睡下脫了鞋，焉知明日就能起來穿鞋？做人還不惜取眼前人嗎？若是方才的分別就是永別呢？

他沒有資格珍惜她，他只想看著她平平安安、快快樂樂，這樣也不行嗎？如果她有個三長兩短，他敢保證霍十九一定會崩潰的，那家中的七斤怎麼辦？霍老太爺夫婦怎麼辦？

曹玉就在慌亂提水救火的人群中穿梭打探，尋找進去救人的路線。

而霍十九這廂來得也不慢，納穆一下馬車，就大步上前，分開人群往裡闖，眼見屋子架都要被燒垮，當真是急得面紅耳赤，隨手奪來一旁百姓救火用的木盆，將裡頭的水兜頭澆在自己身上，就要往裡頭衝，邊沖邊喊著。「夫人！屬下來救妳！」

霍十九腳步站定之時，只瞧見那漢子的背影了。

而納穆的這一嗓子，算是幫了聽雨的大忙。

萬頭攢動的混亂之地，她奉蔣嫵的吩咐來攔人，可哪裡那麼容易就找到霍十九他們？若不是納穆的大吼被她聽到，她怕還要耽擱一陣。

「哎，你！站住！」聽雨三步併作兩步，使輕功到了近前，閃身攔在納穆跟前。

納穆收勢不住，一下子將聽雨撞得退後了好幾步，差點跌進火裡去。

「你這個人，怎麼和蠻牛一個樣兒啊！要救人不會看清楚再進去嗎？缺根筋，少心眼兒！」聽雨被納穆扶著手臂才不至於跌倒，今日被這莽夫撞了兩次，禁不住仰著頭數落。

納穆低著頭，見聽雨花容依舊，只有鬢角微亂，驚喜得眼神晶亮，可眼神卻不敢與她相觸，更不敢表達出對她的關切之意，只能問：「妳們沒事？夫人好嗎？」

「夫人沒事。公爺。」聽雨見霍十九已到近前，自然而然離開納穆身邊，給霍十九行禮，低聲道：「公爺，夫人吩咐我在這裡攔著。」

「她怎麼樣？」霍十九暫且不去想納穆對蔣嫵危難之際的真切擔憂，最關心的還是蔣嫵。

聽雨就道：「夫人很好，這裡人多，夫人嫌亂，就在馬車上歇著呢，吩咐了我們來這裡守著，免得咱們自己人慌亂了。」

「她想的周到。」霍十九回頭吩咐人再去告訴其他人，自己則帶著納穆，跟隨聽雨去不遠處巷子旁一株大柳樹下停靠的樸素馬車。

一掀車簾，霍十九就見蔣嫵斜歪著，像隻可愛的小松鼠一樣，口中不知道含著什麼好吃的，腮幫子還鼓起來。

「嫵兒。」

「你來啦。」蔣嫵將梅子的果核吐了，坐直身子笑道：「幾時來的？」

「才知道就來了。妳還好吧？」

「我很好。虧得你安排的人都機靈果敢，回去要好生謝謝他們。」蔣嫵便向霍十九伸出手。

霍十九拉著她的手借力上車。「妳快與我說說，可有什麼可疑之處？」

蔣嫵笑道：「一、兩句說不清，待會兒回家了再與你說。」拍了拍手邊的包袱皮包成的一摞錦盒，禁不住又笑。「虧得落蕊這個財迷，大火裡頭逃生都不忘了剛買的首飾。你瞧瞧，我選的哪個好看？」

霍十九哭笑不得。這個時候了，他家嬌妻不但不害怕，反而卻與他沒事人似的談論起首飾哪個好看……

是誰說孕婦比較脆弱，需要安慰和保護的？他這還沒保護呢，就不被需要了好嗎？

不多時，曹玉等人都來到馬車邊，散出去的侍衛們也到了跟前。

蔣嫵與霍十九下了馬車，見寶華樓的門面都燒得塌了，一時都有些沈默。

縱火之事是要好生調查的，可是蔣嫵沒有自信能夠查出個結果來。

見納穆也在，蔣嫵便道：「你回去給達鷹送個信吧，也免得他擔憂。」

納穆拱手道是，這時候卻是再也不敢看聽雨一眼，就轉回身趁著人群混亂離開了。

「要不咱們先回府裡吧。這廂有消息，咱們可以再來打探。」

霍十九聞言頷首，摟著蔣嫵的肩，略想了想就叫曹玉去傳話，將五城兵馬司的人叫來詢問了幾句，又安排了一句。

那人是小皇帝新換上的，哪裡與霍十九打過交道，見了霍十九，比見了神明還要尊重，極為激動客氣之下，嗓門自然就高。

周身眾百姓，隱約聽見「忠勇公」，都好奇地看了過來。

霍十九與蔣嫵這樣的容貌品格，就算打扮成農夫村婦也是一眼注視過就難以忘懷的。

趁著水龍局將火勢漸漸控制住，百姓們也放下了心，都在交頭接耳地說「忠勇公和忠勇公夫人來了」，一傳十，十傳百，周圍百姓都知道了。

直到蔣嫵和霍十九上了馬車回府去，還有年輕的姑娘喊著「忠勇公夫人好樣的」，將瓜果丟進馬車中。

這一次，蔣嫵和霍十九帶著人馬當真是落荒而逃的。

第六十八章 心有情動

回府，進了門下馬車，蔣嫵和霍十九相攜往府裡去，伺候馬車的小廝掀起簾子瞧見裡頭成堆的各色花果，還都有些呆愣。

回了瀟藝院正屋，蔣嫵搖頭嘆息，一直以為燕國的姑娘們大多矜持，誰料想今日卻如此熱情，再這麼下去多散步幾次，說不定就能開水果鋪子了。蔣嫵想到這裡，噗哧一聲笑了。

霍十九扶著她在鋪設了靛藍色坐褥的玫瑰椅上坐下，見她笑容輕鬆，自己心裡的鬱悶也散去了不少，不過依舊是板著臉道：「剛才納穆是怎麼一回事？誤以為妳被困，讓他緊張成了那個樣子。」

蔣嫵眨了眨眼。這位難道是在吃醋？

「阿英，你想多了吧？他又怎麼可能是在緊張我？」

霍十九看著坐在玫瑰椅上，容貌依舊精緻、肌膚如霜雪一般瑩透的蔣嫵，無奈地搖了搖頭。

她是將自己當成個爺們一樣，是以忽略了自己的容貌。可是這世上的人，誰看人不是先看容貌？說不定那個納穆是喜歡上了蔣嫵，才會那麼拚命。

蔣嫵見霍十九抿著唇不言語，就知道他是誤會了。平日裡那般大度的人，今日竟然一副受了委屈的小媳婦嘴臉。

蔣嫵看得心情大好，玩笑道：「你該不會真的以為納穆是緊張我吧？」

「難道不是？」

蔣嫵眼角餘光看到門前的人影，就略微高聲道：「納穆根本不是緊張我，他呀，是緊張聽雨。」

門前的人影停住了。

霍十九也有些驚訝。「何以為證？」

「那還用說？」蔣嫵就將今日發生的事都說了一遍。

越是聽，霍十九越是覺得心裡淤積的鬱悶都通暢了，哈哈笑道：「原來如此。」

蔣嫵撫著肚子白了他一眼。「就是你會想歪。我可是懷著五個月的身孕，胖了這麼多，臉色也不再紅潤，也就你不嫌棄我吧，別人哪會看上我。」

「妳是妄自菲薄了。」霍十九挨著她坐下，讓她靠在自己肩上。「妳可知現在的妳更有一番風韻？」

「風韻沒瞧出來，倒是豐腴了很多。」蔣嫵與他說笑著，眼角餘光瞥了門前一眼，發覺聽雨已經不在外頭，也沒在廊下，禁不住笑了。

「妳的好不必表白出來也是好的。」霍十九也不在這個話題上繼續，轉而道：「改日要不要我去問問達鷹，將聽雨許給納穆？」

「先不必說，咱們且觀察一陣子。納穆是很好，與聽雨也般配，但也要瞧聽雨樂意不樂意，也不好仗著咱們是主子就隨意決定了聽雨的一生啊。」

霍十九點了下她的額頭。「妳呀，就知道縱著妳的人。咱們要給她安排親事那是對她的好，她只有感激的分兒，哪裡還有不樂意的。」

蔣嫵聞言就笑了，卻也不預備給霍十九講什麼自由民主。

她是留過洋、吃過洋墨水的新時代女性，新舊社會交接之際，自由民主的觀念已經滲入她的心裡。可在霍十九的眼中，下人僕婢們只不過是會活動的擺設罷了，給他們安排什麼還不都是應當的？

蔣嫵就轉而問道：「你與達鷹的事情談得如何了？」

「雖未完全談成，卻也有七分了。妳不必擔憂。」

「你仔細著一些，咱們是為了朋友之義，也是為了報答達鷹的恩情，可此時也是他最脆弱的時候，不要做得過了，傷了他的自尊。皇上這邊怎麼處置也要好生商議怎麼去談，別讓他誤會了你，弄得裡外不是人。」

霍十九笑道：「我知道，妳放心就是，我有分寸。其實我也是想趁著這次機會成功脫身。」

蔣嫵挑眉。「你打算與皇上怎麼去談？」

霍十九想了想，就低聲道：「我今日與達鷹商議了一番。以咱們的力量，若想幫助達鷹奪回皇位怕是不夠，我雖然也有一些法子，可要走不少彎路不說，成功的機會未必就大，可若是有燕國的承認與幫助呢？所以我們就在商量，我去與皇上談談，既能幫助達鷹，又可以給咱們燕國爭取來一些利益，各取所需。」

蔣嫵點點頭，沈吟道：「其實現在百廢待興之際，皇上最需要的就是安穩。而將來咱們走了，若真有燕國與金國動手的那日，皇上來求你幫忙，你會不出山？所以你不妨與達鷹商議簽訂個長一些的和平條約，像是幫助他成功之後，兩國要和平相處多少年，在此期間內若是犯了規又當如何。這可是周邊各國都瞧得見的，達鷹又是一言九鼎的人，若真的談成了，應不會反悔的。」

霍十九望著蔣嫵的目光一下子注滿了讚賞。「妳真是我的解語花，我們想到一處去了。」

二人望著彼此，瞳孔中倒映出對方的影子，相視一笑，心意相通之感使他們都很是動容。

霍十九就道：「我會研究出一個兩方都不吃虧、都能夠接受的條件，然後與達鷹定下之後再去詢問皇上的意思。妳就放心吧，如此一來，既報答了達鷹的大恩，也算是臨別之前送給皇上最後一個禮物。」

「你對皇上，也真的是仁至義盡了。」蔣嫵感慨。

「嫵兒……」霍十九遲疑地望著蔣嫵，小心地問：「妳是不是生我的氣了？我沒有履行諾言，立即就帶妳離開，而是又被事情絆住了。」

「我又不是不知道你的處境。」蔣嫵挽著霍十九的手臂，頭枕著他的肩膀，溫柔的聲音彷彿能穿透肌膚血肉，溫暖進他的心裡。「你已經盡力，是情況不容咱們一走了之。咱們要的是光明正大地離開，可不是亡命江湖，那樣豈不是全家人都要遭罪？要想大大方方地走，起碼要皇上點頭的，否則前兒在宮裡的事會層出不窮。」

提起宴會上的事，霍十九面色微沈，道：「那女刺客的確是皇上手中的影衛，朱雀一部的。」

「是嗎？」蔣嫵並不意外，笑道：「我瞧見她鎖骨處的刺青，就已經猜到是他的人了。」

她揶揄地望著霍十九，笑道：「皇上為了留下你也真是拚了，他養的影衛，正式的編制中一共就三十六人，咱們知道的就已經有十九個是用在你身上。」

追殺霍家人之時，玄武與白虎兩部是被她與達鷹的人全滅的，如今再來個朱雀。這話若是旁人說出來，霍十九會覺得戳心窩子，可蔣嫵這般調侃，他卻不生氣，只覺得她對他心中的那些無奈和無處可洩的怨恨感同身受。

二人說了一會兒閒話，霍十九就出去吩咐人查探寶華樓的情況了。

而聽雨這會兒靠著廊柱，坐在抄手迴廊下，臉紅得彷彿染了胭脂一般。

夫人說，那個叫納穆的木頭是瞧上她了？不會吧，他們又不熟悉，接觸的機會也不多……

聽雨的心湖裡就像是被人扔進一尾魚，表面上平靜無波，內裡卻已經被攪得一團亂。

「聽雨姊姊。」一個還沒留頭的小丫頭進來道：「二門上的嬤嬤讓我來告訴夫人一聲，杜姑娘這會兒正往這邊來呢。」

聽雨對那小丫頭笑笑，給了她一小袋糖球，小丫頭就歡天喜地地出去了，聽雨則是整理了心情回到廊下。

「夫人，杜姑娘來了。」

屋內安靜了片刻，蔣嫵便撩軟簾出來了。

見聽雨的臉頰比平日都要紅潤，蔣嫵就禁不住笑著道：「聽雨，莫不是方才驚嚇到了？我瞧妳臉色不大好。」

聽雨下意識地摸摸臉，發覺有些燙手，連忙窘迫地垂眸。

蔣嫵知道她臉皮薄，再打趣她，保不齊傻丫頭以後都不敢和納穆說話了，那可就壞事了，便不再多說，只道：「先叫她們去預備好茶點吧，妳隨我出去迎一迎。」

「是。」聽雨如釋重負，服侍著蔣嫵出了門。

才到了通往垂花門的巷子，就見一輛代步的小油車迎面而來，馬車緩緩在蔣嫵面前停下，丫鬟婆子撩簾子放腳凳，攙扶著一身淡紫的人下了車。

「嫵兒，妳還好吧？」杜明鳶雙腳沾地，就快步迎了上來，拉著蔣嫵的雙手上下打量她一番，見她面色如常，笑意盈然，鬆了口氣。「阿彌陀佛，剛才聽人說寶華樓失火，妳又恰好出現在那兒，我就沒往好處想。」

「我這不是好好的？」蔣嫵拉著她的手往瀟藝院。「妳不必擔心。」

「如今見妳好端端的，自然是放心了。」

在前廳落坐，蔣嫵便開門見山地問：「鳶兒的婚事聽說定下了？」

杜明鳶霞飛雙頰。「是這麼說的，定了工部侍郎王家。我也是剛聽說，今日若不是因為走水那件事急著來，明兒也要下帖子來的。」

蔣嫵就暗暗記下了這個人，說些恭喜之類的話，心下卻想著回頭讓霍十九去好生打探這個人的家底，看看是不是靠得住。若是不行，就算得罪了杜家也要將這婚事想辦法攪和了。

杜明鳶坐了片刻，確定了她安全無虞，因擔心蔣嫵身子重容易疲勞，就告辭離開了。

蔣嫵吩咐聽雨送杜明鳶出門，自己則是回了臥房。

到用罷了晚飯，見霍十九也沒什麼事，就將杜明鳶的事與他說了。

霍十九理解地道：「妳放心，我會命人去好生打探，妳忘了我以前是做什麼的？刺探百官沒有比我更專業的了，保證將他祖宗十八代做什麼的都挖出來。」

蔣嫵就點頭。「鳶兒也是命苦，攤上那樣的家庭。」

「可她有妳這樣真心對她的朋友，也是幸運。」

蔣嫵抬眸看著霍十九，莞爾道：「你就會哄我開心。對了，寶華樓那邊怎麼樣了？」

「妳安心就是，火已經熄滅了，也沒有什麼傷亡。」即便有，霍十九也不會告訴她的。

蔣嫵就道：「我若沒猜錯，那些人是衝著我來的，你也想想，都這個時候了，還有誰會希望你失去我？」

這個問題當真難住了他，早些年為了皇上辦事樹敵過多，到如今雖然說他的名聲正了，可誰又能保證那些人個個都是人品端正、不記仇的？說不定誰記恨他，就在背後下黑手呢。

「這事妳不要理，我自有主張。」霍十九摸了摸她的頭，不願她為了他的事再憂心。

蔣嫵知道他的難處，也不願好好逼問他想起那些煩心的事，就依賴地靠在他懷裡，側臉枕著他的肩頭。可一聲輕輕的嘆息卻不可抑制地逸出唇畔。

她的嘆息，對他的心臟是一種綁縛，好像心口被一隻無形的大手狠狠攥住一般。

「嫵兒，是我對不住妳，這一次又帶累妳險些遇上危險。」

若刀子架在脖子上，蔣嫵心裡都不會顫一下，可霍十九這樣的語氣，卻最是讓她心裡難受的。

「你明知道我不怕這些，也不在乎這些的。況且你已經做了萬全的準備，跟著的人個個都盡心，我們都毫髮無傷地在這裡，你又何必自責？」

「我就是一想到妳置身於火海中，我又鞭長莫及，就恨不能給自己一刀算了。」

他平日裡堅強穩重慣了，在對著父母時也是一副什麼都扛得住的模樣。早些年面對親人的指責和誤解，依舊能夠面色淡然一笑置之。如今在她這裡卻像是個受了委屈的孩子。

蔣嫵抱著他，憐惜地拍了拍他的背。「咱們生在這樣的時候，所以遇上這些危難也不算是什麼意外，早在與你在一起的那時起，我就對任何事都有了心理準備，你應當也是如此吧？」

「嗯。」霍十九的聲音悶悶的。

「既然有所準備，還有什麼放不下的呢？咱們只要盡力放手一搏便是了，其餘的都不必考慮，都是上天定下的，就比如你我的相遇，那就是上天的意思。就算遇上最不好的結果，那也沒什麼好遺憾怨恨。生者為過客，死者為歸人，離別才是永恆的，珍惜當下的相聚最要緊。」

「嫵兒……」霍十九吸了口氣，聞著她身上好聞的淡香，煩亂的心緒逐漸平靜。其實他什麼都明白，只是放不開。

「妳先歇著吧，我出去安排一下，叫人去探探王家的底。若是王家人靠不住，回頭咱們再來商議怎麼辦。」如今他不再是以前的佞臣，做事也要講理了，也不能隨便就將人處置，王家人若只真的靠不住，他還要想對策，不惹人注意地將他們與杜家的婚事解決了。

見他眉間微蹙，蔣嫵就知道他又在琢磨這些事，心疼他勞累，就拉著他道：「天色晚了，不如先休息吧，明兒再去問也是一樣的。」

霍十九遲疑了一下，看著蔣嫵在燈光下溫柔的眼神，再煩亂也會想要靜一靜，這會兒也不想走開了，就點頭道：「也好。」

同一時間的宮中，小皇帝在養心殿後頭的隔間裡聽小綠的回話。

「寶華樓的火已查出是人為縱火，順天府已經接管了此事。奴才也暗中安排了眼線去查探當時的事，一有進展立即就來回皇上。」

「嗯。」小皇帝並未多言，拿起福祿壽喜琺瑯彩茶碗抿了一口花草茶。

小綠抬眸飛速地打量了小皇帝的神色，就蝦腰垂首，低聲諂媚道：「也不知是誰竟然就安排出那樣湊巧的事來，可見這一切都是天意，皇上是真龍天子，連上天都贊同皇上的意思。」

小皇帝聞言，積壓的怒氣就猛地竄上心頭，反手砸了茶碗。碎瓷聲在寂靜的養心殿顯得格外刺耳。

小綠嚇得撲通一聲跪下，門前的景同快步到了屋內，見並無刺客，就行禮躬身退出，將聞聲趕來的御前侍衛都打發了下去。「沒事、沒事，失手跌了個茶碗。」

侍衛的頭領是霍十九安排的人，擔憂皇帝有事，就跪地高聲道：「皇上，臣懷安給皇上請安。」

「下去吧，沒事。」小皇帝不耐煩地開口。

懷安見無恙，這才帶著侍衛退下。

小皇帝便踹了小綠一腳。「蠢材！」

「皇上息怒。」小綠跪下叩頭。

小皇帝站起身，煩躁地負手踱步，景同忙將他引到一旁，兩名小內侍快步進來，悄無聲息地將碎瓷撿進簸箕，又重新上了茶退了下去。

小皇帝則是站在窗前負手而立。英國公都已經死了，還有誰在這裡給他搗亂？

當日千秋亭，他讓朱雀佯作刺殺之事其實目的有三。一則，試探霍十九以及群臣的忠心；二則，試探蔣嫵的忠心；三則也是方便找個藉口留下蔣嫵在宮中養胎，那樣霍十九為了蔣嫵身子著想，就不會總是想要離開京都了。

他是為了盡釋前嫌，讓霍十九留下為國效忠，也是為了自己一個長久的依靠，他可不是要真的弄死蔣嫵與霍十九結仇。

試想此番寶華樓，蔣嫵若有個什麼意外，霍十九難道會甘休？

雖然這次的人不是他安排的，可難保霍十九不會在徹查之中揪出以前的那些事。小皇帝可沒有忘記霍家人的死因。

英國公死了，少了個跟霍十九告密的人是不假，可這件事的真相卻並未沈入地下，他真真是提心弔膽……

霍十九手下的人辦事俐落，很快就將工部侍郎王家的底細探聽清楚，王佑清乃是王家長房的嫡出次子，母親丁氏出身耕讀人家，性情溫和寬容，且次子將來雖不繼承家業，可王佑清卻是個人品端雅貴重的人，才剛十六就已是舉人，將來學業上是有大成就的。杜明鳶嫁過去既不用管家操心，又有個慈愛的婆婆，還有個潛力無限的丈夫，也算得上是一樁好姻緣。

蔣嫵笑著看完霍十九拿給她的所有資料，禁不住笑了。「我覺得這個王佑清是個靠得住的，你說呢？」

霍十九道：「與杜姑娘倒是門當戶對，性情上還不清楚，只有過一面之緣，是個很精神的少年郎，氣派沈穩，也很有正義感。」

蔣嫵捕捉到他話中的意思，噗哧笑道：「正義感從何處看出的？不會是你還是奸臣那會兒他衝撞過你吧。」

「妳猜的不錯，的確是有過。」霍十九毫不在意地笑著。「也託我這些年行事的福，朝中哪些人比較激進，哪些比較善於鑽營，我比一般人都清楚。大多數人見了我是敬而遠之，鑽營一些的就會上門巴結，比如我的那些義子乾孫，像王佑清那樣見了我能怒目而視且不懼我威嚴的，的確是一片正氣，假以時日會是一方棟梁。」

「對你不假辭色，反而還對了你的路子。」蔣嫵覺得這情況很好笑。

霍十九點頭。「是啊，不然當初我也不會那麼欣賞岳父的作為，更不會為了保住岳父想起聯姻，也不會有妳嫁入我霍家的門了。」

「公爺，夫人。」落蕊進了門，屈膝行禮。「外頭有客來了，曹公子正引著人上前廳。曹公子讓人來請公爺的示下，茶點是擺在前廳還是擺在花廳。」

霍十九就笑了起來，這說詞是他和曹玉商量好的，一旦文達佳琿過來，就以這種方式來叫他知道。

霍十九就道：「去傳話，請曹公子將朋友帶進來吧，都不是外人。」

「是。」落蕊快步退了下去。

不多時，就見一輛府中代步所用的小油車緩緩停在新增派了護衛的瀟藝院門前。

霍十九迎了出去，將文達佳琿與納穆迎了進來。

文達佳琿見了霍十九時略有些不自在，畢竟是強勢慣了的人，從前每一次來霍家都是站在對等的位置，或者更高一層的位置，卻不想今日自己成了需要霍十九幫助的那個。

他能幫助蔣嫵時，覺得起碼自己在用心和能力上都不輸給霍十九，就算她不屬於自己，好歹自己也不算比她的丈夫差。現在心裡卻是換了個感覺，是以這會兒再喜怒不形於色的人，臉上也略有一些尷尬。

霍十九很善於察言觀色，見文達佳琿唇角抿著、臉色也不自然，已猜得到大概，便隨和如從前與他笑談了幾句，果然，說話間文達佳琿已經覺得不那麼焦躁了。

進了瀟藝院，沿著抄手遊廊走了片刻，就見左前方蔣嫵一手扶著腰一手撫著隆起的腹部，在聽雨的陪同下下了丹墀。

她今日未施脂粉，長髮隨意用一根銀簪子鬆綰起，幾縷碎髮落在鬢邊，白皙修長的脖頸被雪白的立領遮擋，肩上搭著件藕色的錦緞小襖，一身石青色的素紗襦裙隨著她行動而款擺。饒是她大腹便便，走起路來依舊輕盈。

見了他，她先露出個微笑。「我道是誰呢，猜到是你來了，你的身子可好些了嗎？」

文達佳琿頷首道：「我沒事。倒是妳，前兒讓妳受驚了，沒傷著吧？」

「你瞧我，不是好端端地在這裡？」蔣嫵莞爾一笑，看了看左右，道：「這裡不是說話的地方，還是進屋裡去坐吧。」

文達佳琿頷首，抿著唇，到了嘴邊的話還是沒有說出來。她如今的確是好端端地在這裡不假，也虧得霍十九細心，對她的事又上心，身邊又有忠誠的下人護著。可是智者千慮必有一失，他擔憂的是往後這樣的事會接連不斷地發生，難道能保證每一次她都沒事嗎？

這樣看來，他奪回應有的東西就該更快一步，畢竟身處高位，能做的事情更多一些。

霍十九與蔣嫵、曹玉、文達佳琿一同進了屋。

聽雨則是跟隨著到了門前，見蔣嫵無恙，才放下了軟簾。一回頭，卻見納穆正站在一旁，臉上發紅地看著她。

二人的眼神乍然相對，納穆就驚慌地別開了眼，撓了撓後腦勺，咳嗽道：「聽、聽雨姑娘，那日妳沒傷著吧？」
聽雨一愣，臉上騰地紅了，在廊下不留神聽到蔣嫵與霍十九的對話，又一次如同倒灌的流水般灌進了她的腦海和心頭。
聽雨便搖了下頭，繞過了他，下了丹墀。
納穆連忙兩步追上，因貪看她嬌顏，竟忘了腳下就是臺階，險些將自己絆了一跤。
聽雨聽著動靜回頭，正看到納穆踉蹌站定的模樣，就禁不住愣了。
「你……你不是你們主子身邊的暗衛嗎？」
納穆站定，愣愣地點頭。
聽雨道：「難怪他會傷著……」
納穆急了。「我只是一時愣神！並非妳想的那樣無用，我們金國男兒個個都是好漢，會比你們燕國的男兒差？」
聽雨挑眉看了他一眼，並未言語。
納穆察覺自己的話說得太衝，怕嚇著美人，忙緩和了語調道：「聽雨姑娘莫要介意，我剛才那是一時間激動，妳做什麼去？我跟著妳。」
「不必了，我去燒水。」
「那我幫妳打水啊。」
二人說話的聲音漸漸遠了，站在屋內窗邊的蔣嫵才直起身子，笑盈盈的不說話。
他們剛才已經在窗邊將外頭的一幕都看清楚了。

文達佳琿詫異地與霍十九並肩坐下。他竟然沒發現，納穆竟然看上了蔣嫵身邊的婢女。果然他們主僕都是一個氣運，就要栽在燕國女子的手中嗎？

「你們剛來時沒被跟蹤吧？」蔣嫵問。

文達佳琿道：「這妳儘管放心，我雖不才，這個還是會注意的。你們府外監視的人確實少了一些了，看來如今霍英的聲名大噪果然是有效的。」

「有效什麼？不過是明處的人去了暗處罷了。你看到的也未必就是真的。」霍十九無所謂地道：「若是真有一日，日子能過安穩，沒有了那麼些監視的，我還真不慣呢。」

文達佳琿與曹玉聞言，都爽朗笑了。

曹玉就道：「爺儘管放心便是。外頭有多少眼睛我心裡都有數，這世上有螳螂捕蟬，焉知後頭就沒有黃雀呢？我也正好看看背後指使者是何人，為何這個時候了還要與您作對。」

文達佳琿笑道：「你們安排妥當了就好。今日我們進來時避開耳目花了很大的力氣。一個忠勇公府外頭時時刻刻有人監視著，傳出去叫人笑話。況且你自己這樣倒是好，但是蔣嫵呢？那些人能監視，就能做歹事呢，到時候你就是哭都來不及。」

霍十九聞言頷首道：「你說的是，我的確是做了準備的，回頭我會去與皇上說明。至於那個在府外新安插的人，卻都是九王爺的。」

「你們九王爺？」文達佳琿仔細回憶著記憶中的九王爺，腦海中浮現出一張年過古稀卻依然精神矍鑠的臉。「我倒是記得他是個無心朝務、不管正經事的……不過既然已經確定來人是他的安排，就更要加緊防備了。」

「多謝你，我自然會安排的。對了，不知道上次你說考慮的那一件事，你想得如何了？」

霍十九的話問出口時，蔣嫵就看向二人，很好奇他們達成了什麼協定。

文達佳琿頷首道：「我已經想好，就按著你說的做吧，否則不給你們的皇上一點實惠，我要做的也成不了。」

霍十九心底悄悄地鬆了口氣。只要文達佳琿答應了他的提議，他去與小皇帝說起這件事就更容易一些，對兩國都有利處，何樂而不為？

「那好，今日開始，你就繼續住在府裡吧。」霍十九與文達佳琿微笑著說話。

蔣嫵吩咐人預備了外院臨近書房的一個乾淨院落給文達佳琿以及兩名暗衛居住。納穆聽說可以繼續留在霍家，歡喜得當即咧嘴笑了。

文達佳琿瞧在眼裡也不戳破，都只隨著他去找聽雨。

眼瞧著京都城下了第一場大雪時，蔣嫵的身孕也已近七個月，寶華樓縱火一事總算結案，是個仇富的偷兒看不慣富人家那樣奢侈的日子，是以縱了火，不為了銀子，卻為了自己心裡的不平才起事。

蔣嫵聽了聽雨所言，禁不住笑了一下。「這說法未免有些牽強了。」

「不管怎麼說，寶華樓的案算是罷了，夫人也大可安心來好生養胎，再不要想外頭那些有的沒的。如今身子越發重了，自個兒還不舒坦呢，每日只吃那些安胎藥都能苦死，還有心思想外頭那些有的沒的，公爺在外頭，什麼不能做好？何苦想那麼多，不如丟開手吧。」

「妳看看，這丫頭，可不是越發老成了？」蔣嫵掐了掐聽雨的臉頰，笑道：「如此沈穩懂事，也難怪那個傻小子那樣子。」

如何也想不到蔣嫵竟會提起納穆來，聽雨低著頭，耳朵紅透，吶吶不成言。

蔣嫵就低聲溫和地道：「我瞧著他的條件倒是還可以，對妳也是真心的，聽雨，妳自己的意思呢？可覺得他值得託付？如果妳點頭，我立即就去與達鷹說。」

聽雨耳朵上的紅已經蔓延至臉頰和脖頸，就像是煮熟了的螃蟹，連連搖頭道：「夫人不要再說了，我跟那個呆子根本就沒什麼。」

「呆子？」蔣嫵拉長音。「哦，我知道了。妳且放心，這件事就不要管了，回頭我去問問達鷹。」

「夫人。」聽雨跺腳嬌嗔。

「夫人，公爺讓人給您送這個來。」廊下落蕊撩起暖簾進了屋，在門前將肩頭的雪撣乾淨，就進了內室，將一個精緻的木盒子放在蔣嫵手邊，羨慕又揶揄地道：「夫人，您瞧公爺多疼您，這麼一會兒還給您送禮物來。」

霍十九心細又溫柔，的確是經常會送她一些好吃好玩的小禮物，不在於多貴重，卻在於精緻和用心。

她不以為意，將盒子打開來，裡頭卻放著信封。蔣嫵瞇了瞇杏眼，將信封拆開，上頭是霍廿一的字跡。

蔣嫵忙急切地拆了信，那上頭寫了他們一家子在杭州府定居、七斤成長的一些趣事，還囑咐蔣嫵與霍十九好生照看自己。

蔣嫵將寫七斤的那一段反覆讀了又讀，這才繼續向下看，最後信裡頭寫道：「楊姑娘來家中拜訪，贈了一株紅珊瑚，爹娘盛情難卻收下了，卻不知背後要如何處置……」

蔣嫵看到此處禁不住笑，看來楊曦果真是與霍家人有緣分，這會兒杭州那個家的家門往哪兒開她都不知道，可是楊曦卻知道。

看來楊曦與曹玉或許還有戲。

「夫人。」

聽見曹玉的聲音，蔣嫵莞爾，真是說曹操曹操就到。

「進來吧，墨染。」

曹玉依舊是細聲細氣，在廊下道了聲「叨擾」，櫻雪在一旁為他掀起深藍色的夾竹棉簾，門外風雪一閃入目，待簾幕放下時已將寒氣隔絕，然櫻雪依舊覺得一股寒意撲面。

曹玉並未注意到婢女的神色，不過也不急著進裡屋去，先將肩頭上的雪撣了，搓著手就著廳裡的火盆暖手。

蔣嫵聽見動靜，笑著道：「墨染進來喝口熱茶。」

「我身上冷，莫要過了寒氣給妳。妳如今可不比從前了。」

蔣嫵這會兒已經扶著肚子起身，七個月的身孕顯得她身形笨重了不少，圓領的小襖外頭搭著一件羊毛比甲，行走時在她香肩下滑，險些落了地，聽雨忙上前來幫她披好。

依著落地罩旁，見曹玉還是一身淺灰色的長衫，比秋日裡穿的也未厚實多少，知道他們這些練武之人有什麼內功護體，不在乎寒冷，蔣嫵依舊禁不住打趣他。「你也不知多穿點，叫外頭的人瞧見你大冷的天還穿這麼少，弄不好就開始說公爺不給你穿暖吃飽，虐待大好青年呢。」

曹玉莞爾。「誰會這麼說？誰不知公府的差事好做？不但月錢不少拿，又不會有那些不良的主子朝打夕罵，平日裡忠勇公夫人喜歡了還經常有些賞賜，就連婢女穿戴得都跟個尋常富庶人家的小姐一樣，說公爺不給我吃飽，也得有人信啊。」

蔣嫵噗哧笑了。「你整日與阿英朝夕相處，說起話也越來越像他。」

見她展顏，曹玉也跟著微笑。「我是不大會說話的，不過是在熟人跟前才能說上兩句。剛外頭的暗線，我故意當作盜匪拿下了兩個，現在正在命人審問，好歹能起到一些威懾作用，九王爺那裡應當暫時不敢動作了，至於爺，今日說是要入宮去與皇上談金國陛下之事，晚些時候才回來。」

「要開始跟他說了？」蔣嫵朝著皇宮的方向抬了抬下巴。

曹玉點頭。「爺這些日與金國陛下一同部署了一番，以應付那些預想之中的麻煩，今日就說要入宮去與皇上談，這個時間文達白里也該覺得自己坐穩了那個位置，說不定正得意洋洋，也恰好方便乘虛而入。」

「只是天氣冷了，怕咱們燕國的兵士不耐寒。」

「這也無妨，若真要動兵，從西北方調兵剛好。」曹玉搓了搓手，見蔣嫵氣色很好，扶個肚子像是衣裳裡頭藏了個大西瓜，禁不住笑了起來。「夫人，我這就出門去了，免得爺久等。」

「嗯，急著辦正經事就快去吧，等回來時咱們再說說楊姑娘那裡的事。」

曹玉這會兒已經轉身，一聽到蔣嫵提起「楊姑娘」三個字，腳步自然放慢了。

「妳說楊姑娘？」

「是啊。」見他果真留意了，蔣嫵意味深長地笑著。「你快去吧，回來再與你說。」

他這會兒心吊著，生怕楊曦再為他做什麼事，哪裡還走得動？

「夫人不妨長話短說啊。」

「短不了、短不了，你們的感情要從長計議才是。」

曹玉臉上紅暈攀升，提起「感情」之事，他就是再好奇也不能留下追問，倒像是他有多在意楊曦似的，是以彆扭地「喔」了一聲，健步如飛地衝出去了。

「像是有狼在攆他。」蔣嫵喃喃，隨即噗哧笑了。

如果真的一點都不在意，哪裡會是這樣反應？如此掛心，分明還是在意的。

第六十九章 兩國商議

此時的御書房，小皇帝正盤膝坐在臨窗的暖炕上，手中捧著個琺瑯彩的手爐取暖，腳下的八寶鎏金炭盆裡的銀霜炭燃出紅光，景同拿了香片湊到近前，小心翼翼在不打擾到小皇帝與霍十九說話的前提之下，掀起手爐的蓋子，將香片放了進去，又退開到一旁。

他動作之時，小皇帝一直望著站在一旁的霍十九，似乎在考慮他說的話。

「……是以臣在見到文達佳琿時，並未急著將人送到皇上面前，一則是擔心金國人有不軌之心，是他們自己做了個局來坑騙皇上；二則也是想先探探究竟……如今看來，對方是盛意拳拳，希望得到皇上的幫助。」

小皇帝點了點頭。「英大哥說的，朕已經明白，只是不知道他希望朕如何幫忙，這其中又有什麼好處。」

霍十九聞言並未馬上作答，而是先分析了小皇帝的語氣。

他言語之中並未聽出有不快，只是略斂的額間洩漏了些許不耐。跟隨了小皇帝這麼久，霍十九哪裡會不清楚小皇帝的每一個表情代表了什麼意思？

看來果真如他所料的那樣，小皇帝對他的計劃抱持的態度並不積極。

霍十九接下來的言語就謹慎了些許，一切都以燕國的利益為主，並不提文達佳琿會得到什麼好處。他是想幫助文達佳琿，又同時給小皇帝也謀來好處，如此一舉兩得的事最怕的就是小皇帝想左。

「……皇上也知道，金國人天生蠻性，咱們若是幫了文達佳琿奪回王位，可以與之商定永久和平條約的簽署。要知道，現在在位的那位金國陛下年輕氣盛，背後還有個皇叔額騰伊野心勃勃。我大燕朝，地大物博，物產豐富，難免他們苦寒之地不生出覬覦之心。」

「你說的是，只是文達佳琿奪回皇位，難道就不會有覬覦之心嗎？」

「皇上若擔心他出爾反爾，這條約簽訂之時，可以邀請周邊小國共同見證。依臣看，那個文達佳琿是個極要臉面的人，他擔心輿論不好，自然不敢造次。」

小皇帝有些心動了。如今解決了英國公這顆毒瘤，朝中需要解決的事情還有很多，英國公當初的勢力盤根錯節，要清除其後患還需要至少十年時間。

不安內何以攘外？他的目標，是在他到霍十九這個年紀的時候，國家已經基本安定。然而他要大刀闊斧整理內務時，最擔憂的就是金國侵擾。金國現在的皇帝看起來就不是那麼好相與的，若真的動了兵，他一則不敢保證朝務未清時不會出現內亂，二則更不敢保證與金國交戰有必勝的把握。

小皇帝看向霍十九的眼神摻了一些感激。「英大哥，還是你考慮得周到。」

「並非是臣的考慮，而是皇上勵精圖治多年，感動了上蒼，天降此良機幫助皇上穩固江山。」

小皇帝很是相信這些說法，也的確覺得自己擔得起霍十九「勵精圖治」這四個字的形容，而且忍辱負重至今，他的確是為了大燕朝江山付出極多。

「英大哥，快別站著說話，坐下說吧。」小皇帝轉頭吩咐景同。「還不給忠勇公看座？」

「遵旨。」景同忙不迭地招呼小內侍來給霍十九擺好了官帽椅，又在上頭墊上厚實的坐褥。

霍十九行禮。「多謝皇上。」就在椅子上側身坐了一半。

小皇帝就與霍十九詳細地談起如何幫助文達佳琿奪回皇位的具體事宜和可能出現的狀況以及應對方略。

這一談，就到了日落時分。

小皇帝心裡大約有了個譜，揉著額頭道：「這事容朕再考慮考慮，時候不早了，英大哥也回去歇著吧。」

「是，那臣告退了。」霍十九站起身，恭敬行禮，退了下去。

小皇帝眯著眼想了想，突然道：「英大哥，如今文達佳琿住在你府中嗎？」

「回皇上，臣沒處安置他，又擔心他對皇上有不軌之心，是以將他放在眼皮子下也好控制，如今人在臣府中住著，外人想來是不知道的，不過……臣今日拿下了兩個毛賊。」

小皇帝聞言眉頭一跳。

他安排在霍十九府外的人若是被拿下，萬一一個口角不嚴被審問了出來，到時候他與霍十九之間豈非要生分？他現在最不願見到的就是霍十九離開他身邊，不再輔佐他。

他不在，他沒底，是以小皇帝的態度比之於今日一整天都要關切許多。

「哦？什麼人敢在英大哥府上造次，當真是不要他們的狗命了。英大哥若是信得過，將那毛賊交給朕來審，一定會審出他們的底細！」

小皇帝開口要人，心裡其實很忐忑，若是霍十九拒絕了，他的話就不是聖旨，而純粹成了商議。他乃九五之尊，行事需要與人商議嗎？那樣他心裡一定會很窩火。

現在的小皇帝，不僅不希望霍十九與他生分，更不希望他們在彼此心目中有所改變。他只希望霍十九始終是那個對他百依百順、百般疼護的人，他們之間是兄弟，是叔姪，也是君臣，他不希望自己心中對霍十九生出不好的印象來，平白壞了兩人的關係。

他也知道開口要人，霍十九未必會答應，卻又擔心霍十九抓住了他的人，讓霍十九查出什麼來，便也顧不得那麼多，只得開口了。

可想不到的是，霍十九聞言並無其餘情緒，只是行禮應是，又道：「多謝皇上體恤下臣，想來皇上身邊能人輩出，定能還臣個真相的。」

小皇帝驚喜不已，連連點頭道：「你放心，朕無論如何也會查清楚的。」

既然他應了下來，如果是別人的人也就罷了，若是他安排去的那些蠢材，回頭他也得好生整理一番影衛的編制，免得頻頻出錯讓人拿住把柄，正經事情做不成，只會給他添亂。

霍十九見小皇帝的情緒又好了許多，可以說是今兒一整日最開心的一刻，心裡就往下沈了沈，不過笑容卻是一點沒變，很是恭敬地問：「皇上還有何吩咐，需要臣去與文達佳琿說的？」

「也沒什麼了，其實你想的都很周到，也用不著朕再多言什麼。」小皇帝這會兒心情好了些，再回想下午他們二人的談話，發覺若不是帶著低落的情緒去面對這件事，幫襯文達佳琿對他以及燕國並無壞處，可以說是雙贏。

「既如此，臣就告退了。」

「英大哥慢走。喔，對了，姊姊如今也該有七個月了吧？府上該預備的已經準備齊全了吧？」

「回皇上，接生嬤嬤和奶子都已經預備了。」

「那就好，回頭也讓姊姊入宮來走動走動，再過一陣子即將臨盆，也就好一陣子不能走動了。蘭妃還跟朕說，想多與姊姊親近親近。」

霍十九笑著點頭，道：「既有皇上的吩咐，等哪一日天氣好，她身上也不難受，臣就帶著她來給皇上和蘭妃娘娘請安。」

「嗯。既如此，天色晚了，英大哥快些去吧，趁著這會兒天還沒全暗下來。」

「是。」霍十九再度行禮，到了廊下叫上曹玉，就快步離開了。

小皇帝則是在糊著明紙的窗櫺旁看了好半晌，直到霍十九與曹玉一黑一白的背影消失在月亮門處，這才回過頭來。

景同便道：「皇上，剛蘭妃娘娘吩咐人來說晚膳已經預備好了，您是在這裡用還是去娘娘那裡用？」

小皇帝這會兒滿腦子都是與金國要談的和平條約的事，哪裡還有心情去陪伴寵妃，當即不耐煩地擺手道：「告訴她自己去吃吧，不必等朕。」

「是。」景同見小皇帝不喜歡，忙退下了。

蘭妃那裡得了消息，只覺得臉上發熱，手上發抖，面子、裡子都有些掛不住了。宮裡妃嬪這麼多，皇上的寵愛卻大多都給了她，她原本覺得自己在皇帝的心目中應該是特別的，昨兒約好今日一同用午膳，皇上也是滿口答應了。

誰知道中午那會兒去請，就說與忠勇公有要緊事商量。到了晚膳，她的宮人親眼瞧著忠勇公離開了，皇上卻又不來，她明兒個弄不好就會成了整個宮裡的笑柄……

小皇帝與蘭妃各自糾結之時，霍十九已經乘上馬車，與曹玉並肩坐著往什剎海方向去。

曹玉便壓低聲音道：「我看皇上未必就全心信任爺，爺也該有個分寸。皇上積弱，自然多疑，爺是一心為了大燕，可難保皇上是不是也這樣想的，萬一再惹來殺身之禍可不是好事。」

「你說的是，我也發現了。」霍十九的心裡依舊是不好受，畢竟那是他在乎的孩子，可是事到如今，幾次三番的真相擺在眼前，他不做叛國的事都算對得起皇帝，也就不會再苛求自己去做其他了。他有家人，有孩子，也該為了他們負責，不能讓他們跟著自己陪葬才是。

「我如今，也就只剩下這麼一件要緊的事了。待到皇上與金國人簽訂了永保平安的條約，到文達佳琿登上王座起，我就必須要徹底離開此地了。」

總這樣下去，他覺得自己會越來越無法接受小皇帝的改變，早晚會崩潰的。

回到府裡，霍十九徑直回了上房。

才剛進院門，就瞧見屋內燈火通明，從窗紗映出的人影來看，就知道文達佳琿正在裡頭，另還有下人們來回走動的身影。

聽雨正端著一壺熱茶往屋裡去，納穆追在她身旁，很是殷勤地道：「聽雨姑娘，我幫妳端著啊，大冷天的仔細凍手。」

「不必，我自己來，你該哪兒去就去哪兒，別來搗亂。」

「這哪裡是搗亂，還是我來幫妳吧，妳有什麼活兒儘管吩咐。」

霍十九眼瞧著納穆像一隻忠誠的大狼狗緊跟著聽雨，依稀都能看到他那亂搖晃的尾巴，不禁搖頭失笑。

他與蔣嫵商議過聽雨和納穆的事，雖覺得這兩人很登對，但是女方畢竟需要矜持一些，如今只是納穆一頭熱可不成，也需要文達佳琿點頭才是。文達佳琿不點頭，納穆也沒有求親的權力，是以他們現在在觀望，一則看看文達佳琿的誠意，二則也是為了聽雨謀好下半輩子的幸福，也不枉費她忠心耿耿伺候了一場。

「公爺，您回來了。」落蕊掀起夾板暖簾。

霍十九頷首，就進了屋。

「你回來了？快來喝口熱茶暖暖身子。」蔣嫵就要起身去端茶。

霍十九忙兩、三步走到近前，扶著她在鋪設厚實坐褥的圈椅上坐下，動作小心翼翼地生怕她磕碰到。

「可不要妳來服侍我喝茶，妳好生歇著，別有不舒坦就是對我好了。」

文達佳琿笑道：「你瞧她，天生就是個好動的潑猴，還能真正消停下來？」

旁的婦人有孕也沒見過這麼有精神的，她越是這樣與眾不同，他就越喜歡，只可惜，接受了霍十九的幫助，他雖復位有望，卻離她越來越遠了。就算從前能夠狠得下心去奪人所愛，如今面對這樣幫助他的霍十九，他斷不能這麼做，不只是因為蔣嫵會不喜歡，最要緊的是良心上會過意不去。

霍十九似能理解文達佳琿在想什麼，笑著接過他的話。「她這麼活潑，這一胎必定會生個活潑的男孩。」

「你還想兒子呢？」蔣嫵不依，撫著肚子抬頭望他，眼中便有盈盈欲碎的波光。

其實她盼個女兒，也有些預感，覺得會是個女兒。她也不知道別的母親是不是也跟她一樣，有那種解釋不通的第六感。

見她不豫，霍十九忙焦急地解釋。「不是、不是，當然是男孩女孩都一樣，只要妳平平安安的，閨女兒子都好，都好。」

眼瞧著他急得臉都白了，蔣嫵也覺得自己有些無理取鬧，人家只是大膽假設了一下，又不是說必須要兒子。

看來有著身孕的確會容易不理智，蔣嫵禁不住笑了起來。

霍十九鬆了口氣，這才覺得額頭上已經沁出了汗，將外袍脫了，遞給一旁服侍的櫻雪，看了看地上燃著的黃銅獸足暖爐，雖覺得熱，但考慮到蔣嫵或許會冷，也就沒開口。

文達佳琿看戲似地在一旁看了許久，覺得單純瞧著他們相處也是極有趣的。

霍十九在她身旁挨著坐下，喝了口茶，便與文達佳琿道：「今日與皇上談了一整日，雖未有十分，可也有八、九分了。皇上的意思是讓我來與你定下個章程，回頭再去與他談。」

文達佳琿頷首，抱拳道：「勞動你了。大恩不言謝。」

「可不要這樣客套，若真說大恩，你對我霍家的恩，我們又該如何報答？」霍十九望著文達佳琿，眼中滿是誠懇。

文達佳琿便莞爾道：「好了，你我之間有來有往，也算是扯平了。我金國男兒並沒有那麼多的花花腸子，你的真心幫襯我記在心裡了，將來必定報答。」

他欣賞文達佳琿的便是這樣有一說一、有二說二的性子，也正因他是如此坦蕩的人，霍十九才沒有對他深惡痛絕。

蔣嫵見二人似有正經事要說，便也不多打擾，緩緩站起身，道：「我去吩咐廚下預備酒菜，待會兒你們邊吃邊聊。」

霍十九道：「叫她們去就是，妳不要勞累，歇著去吧。」

「那待會兒晚膳時見。」蔣嫵向文達佳琿頷首，就在櫻雪和聽雨的服侍下離開花廳，在廊下吩咐了人去小廚房預備晚膳，又問：「這個時辰我爹和二哥應當還沒用膳吧？待會兒做好了菜，記得給他們也送去一些。」

「知道了，夫人。」聽雨道。「我這就去吩咐，櫻雪扶著夫人回房歇息片刻吧。」

櫻雪道是，就服侍著蔣嫵進屋去。

晚膳時蔣嫵陪著一同用了飯，就自覺地回臥房歇著去了，霍十九和文達佳琿這廂則是促膝長談到夜半時分。

「……既如此，暫且就這樣定了吧，回頭你入宮與你們皇上談談，再商議不遲。我還有另外一樁事要與你商議。」談過正經事，文達佳琿咳嗽了一聲，似有些不自在地低聲道：「我想跟你要個人。」

霍十九一愣，隨後體諒地道：「要用什麼人只管開口便是，我雖不才，手下還有些親信可用。」

文達佳琿笑道：「你的心意我領了，但並不是要用什麼人，而是我的暗衛瞧上了你們府上的一個姑娘。」

霍十九恍然大悟，原來文達佳琿說的是納穆瞧上聽雨的那件事。他早就瞧出了他們的小兒女心思，只不過礙著他也算上是女方的人，總不好為聽雨去求男方來迎娶吧？他等的就是對方先開口，沒想到納穆沒來說，文達佳琿卻替他說了，看來文達佳琿對納穆很是看重。

霍十九也不直接點破，佯作不懂地道：「不知陛下說的是哪一個？說來聽聽，若是還沒有許人家，我去與嫵兒說。你也知道，這內宅裡的事都是嫵兒說了算的。」

文達佳琿也知道這件事其實應當找蔣嫵去，但畢竟他對蔣嫵的感情特殊，霍十九是知道的，若直接找了蔣嫵，好像他走她的門路反倒讓霍十九多想，他這才當面問起霍十九來。

「如此甚好，我那暗衛，就是納穆。他是我一手培養起來的人，幾歲就買了進來，暗中操練教導，到如今已經是我的左膀右臂，十分忠誠值得信賴，人品上我可以保證。至於他看上的是蔣嫵身邊的那個婢女，眉間有一顆美人痣的那個。」文達佳琿一時間沒想起女孩的名字。

「原來是聽雨。」霍十九頷首。

文達佳琿就道：「對，就是她。不知道她可許了人家不曾？」

「她並非家生子。」霍十九回答得模稜兩可，隨後道：「這樣吧，今日天已經晚了，嫵兒也早就睡下了，明兒個我去問她，再給你個信兒。」

「那也好。」文達佳琿痛快地應了下來，畢竟他是替納穆求取蔣嫵身邊的婢女，可不是來搶親，主人家說要等，當然就得等。

霍十九就與他作別，一個回了臥房，一個回了客院。

蔣嫵這廂睡得正熟，聽見霍十九回來的動靜也不過是瞇著眼看了他一眼，是否真正清醒過來都不一定。

而文達佳琿與納穆回到客院後，就道：「朕是幫你說到了，明兒個聽消息吧。」

納穆臉上羞臊得通紅，也虧得是夜裡點著燈，加上他皮膚黑，瞧不出他的臉色。他端正地跪下行禮，道：「多謝陛下。」

一夜無話。

次日蔣嫵睡到自然醒時，很意外地發現霍十九沒有去外院，竟還睡在她身邊呢。

看來他昨日與文達佳琿談到很晚，是累壞了。

蔣嫵的床褥是特製的，因如今肚子越發大了，尋常的床褥躺不平，她現在用的褥子還是懷霍翀時唐氏特意為她做的，中間下凹的那種，角度和弧度都剛剛好。

她略翻了個身，就看著霍十九的睡顏出神。

霍十九的睡容很是稚氣，似是夢到了什麼好事，唇角還微微有些上揚，勾起了一個俏皮的弧度。當然，若是忽略他額間因長期蹙眉而擠出的淡淡紋路和兩鬢的兩縷白髮，他看起來就像個十八、九歲的大孩子。

蔣嫵伸出手，輕輕拂過他下巴新生的淡淡鬍碴。

誰料他卻一把握住了她的手，瞇著眼，睡眼惺忪地道：「就知道是傻丫頭一直盯著我看呢。」

蔣嫵莞爾，聲音有些初醒時的沙啞。「我也知道你快醒了。」

「怎麼知道的？」霍十九翻了個身，摟著她的肩膀，在她額頭落下一吻，又習慣性地用下巴上的鬍碴去蹭她柔嫩的臉頰和脖頸。

蔣嫵最受不住癢，笑著閃躲，又被他親了好幾下，那人才作罷。

蔣嫵氣息不穩地道：「還不是聽你的呼吸都亂了？昨兒什麼時辰睡的？」

「子時過了才睡。」

「與達鷹談得如何？」

「差不多了，這次我想皇上必定會應允，但是我不想馬上就入宮去與皇上說，免得皇上以為我們早有預謀。」

蔣嫵靠著他的肩胛骨，聲音溫柔綿軟。「你辦這些事輕車熟路，只要注意一點，不要引起皇上的懷疑，他現在正是最敏感多疑的時候。」

霍十九摸了摸她的頭，道：「我曉得，會以自保為前提的。」

意識到話題太沈重，霍十九就笑著轉了個話頭。「昨夜達鷹與我商議，為納穆求娶聽雨了。」

「哦？」本來霍十九的懷抱太舒服了，她都又要睡著，聞言一下子精神了，手肘撐著身子半坐起身，長髮就滑落在身後鋪在枕上。「真是稀奇了，我本以為納穆受不住，會親自來求我要人呢，想不到達鷹對納穆這樣重視。」

「是啊，那妳打不打算放人呢？」

蔣嫵笑道：「我觀察了這些日子，納穆幾次三番地對聽雨示好，幫著她做這做那，又送小禮物，還總是鬧出一些烏龍來，比如上次送了個糖人，還不留神掉地上了。我看聽雨當時是既好氣又好笑，卻並不討厭。」

「那就是說聽雨也是有幾分相中了納穆的。」

「應當是，不過姑娘家臉皮薄，還是要我先開口試探試探。」

蔣嫵說著話，眼神中都注入了光采，好像消停了一陣子突然找到玩具的孩子似的。霍十九聽她這樣老成的說法，禁不住笑。

「說得好像妳多老成，妳不也是個姑娘？」

蔣嫵卻擺手。「那不一樣，我可是兩個孩子的娘呢。」輕輕地拍了拍肚子。

像是為了聲援蔣嫵似的，肚子裡的小傢伙也回應地踢了踢她碰過的地方。

蔣嫵愣了一下，就笑著拉霍十九的手放在她肚子上。「你看，這孩子好聰明，跟七斤一樣聰明呢！」

霍十九移動大手，裡頭就有個小傢伙隔著肚子去觸碰他的手。

這樣奇妙的感覺，雖經歷過一次，霍十九還是忍不住滿心的感動和歡喜。堂堂男兒，多大的事都不落淚，這會兒竟然感動到眼角有些濕潤。

「嫵兒，多謝妳。」

「謝什麼？」

「若沒有妳，我還不知道現在過著什麼樣的日子，多謝妳肯接受我，接受我的生活，也多謝妳肯為我養育孩子。」

蔣嫵心裡很是動容，因為這個時代、這個社會，能讓一個男人在女人面前說出這樣感性的話，且還抱著一顆感恩的心是著實不易的。他感謝她，她又何嘗不感激他？

蔣嫵卻不善於說那些動情的話，大咧咧地道：「也不是，我也得謝你，這孩子好歹算是咱們合夥的，若沒有你，我也沒兒子不是。」

原本煽情的那些氣氛，一下就散了。

「傻丫頭！」輕輕掐了掐她的臉頰，霍十九就道：「我這會兒要起來了，還有些事情要做，妳再睡一會兒吧。」

「我也起來，昨兒夜裡已經睡得夠多了。昨日可能是放下了心裡頭懸著的事，睡得格外好。」

霍十九就扶著蔣嫵起身，揚聲喚人進來服侍洗漱。

二人整理妥當後，一同用了早膳，霍十九就去外院給蔣學文請安，再去辦正經事。

蔣嫵這廂由聽雨扶著，披了件輕薄又保暖的黑狐裘在院子裡散步。

聽雨穿的是深綠色的比甲，外頭罩著細棉布的石青色大氅，素淡的顏色更顯得她淡施脂粉的容貌格外明麗。

蔣嫵一手握著小手爐，一手握著聽雨的手，一面走，一面禁不住去仔細打量她，就越發覺得納穆那小子真是有眼光！

納穆是金國人，聽雨嫁給他，怕是要去金國，她還真捨不得呢。

「聽雨。」

「夫人？」聽雨早就被蔣嫵看得發毛，她若再看下去還不開口，她覺得自己都要不會走路了。

蔣嫵看出她的不自在，心想姑娘家倒是很敏感，便也不拖拉，單刀直入地道：「妳覺得納穆那個人如何？」

聽雨哪裡想得到蔣嫵一開口就問這個，先是一愣，隨即臉上紅透了，舌頭似都不聽使喚，半晌才擠出了一句。「沒、沒覺得如何啊。」

「沒覺得如何？」蔣嫵點了點頭，一面散步，一面淡淡地道：「也是，那小子生得人高馬大的，就不似燕國男兒秀氣，而且還有些蠢，送個耳環丟一只，送個糖人掉地上，幫妳打個水都能摔一跤。這麼蠢的人，我也不放心將妳交給他。」

聽雨在蔣嫵說話時就連連搖頭，她每說一樣，她就搖一下頭，似是想急著為納穆辯駁，卻又不願忤逆了主子的意思。

到最後納穆成了蔣嫵口中的蠢材，她覺得自己一下子洩氣了，低垂著頭道：「是。」

是？

蔣嫵眨眼，覺得聽雨根本沒按著她的安排來「演」，她不是應該情難自禁地為納穆說好話嗎？再不濟也該為了納穆辯白幾句，難道聽雨真的不喜歡納穆？

仔細打量聽雨的臉色，蔣嫵就否定了這種猜測，她哪裡是不喜歡，分明是動了心又再克制自己的感情，不願意違逆主子。

如此忠心耿耿，蔣嫵既是喜歡又是心疼，也不忍心再逗她，無奈地道：「哎！真真是千里姻緣一線牽，誰能想得到，一個在金國，一個在燕國，相隔千里的兩個人竟然能相識，且還彼此心裡都有了對方？」

「夫人，您……」

「妳別急，昨兒金國陛下已經來問過阿英，為納穆求娶妳，所以我才來問妳的意思。婚姻大事關係到妳一生的幸福，我們都不想草率行事耽擱了妳。如今只問妳一句，妳是否心悅納穆，願意跟他？」

聽雨先是愣了一下，隨即就感動不已地低下頭。

其實主子就算是為了交文達佳琿這個朋友，將她直接送給納穆，她也無半分怨言，就算是送給個七老八十的老頭子，她也絕不會怨恨主子。可是主子沒有那麼做，而是來徵求她的意思，他們是真心為了她的未來著想，並不是流於表面，是真的將她當成人看。

聽雨這時十分慶幸自己沒有如同其他府裡的那些大丫鬟一樣，算計著爬上爺的床。因為她此時相信，只要做好自己該做的事，上天總會安排最好的來補償。

「我……我不知道。」聽雨到底抹不開臉。

蔣嫵笑道：「妳不知道，我卻知道了。」拉著聽雨的手搖了搖，道：「妳放心，這件事我來給妳安排。」

「是，婢子全聽夫人的安排。」

蔣嫵滿意地點頭。用午膳時，就與霍十九說了，霍十九則去告訴了文達佳琿，如此便將聽雨與納穆的事定了下來，著實讓人心裡開懷得緊。

而過了午後，卻傳來一個令人心寒的消息。

仇將軍回來了！可是他沒拿回陸將軍，小皇帝動了大氣，一怒之下將仇將軍給下了詔獄。

「什麼？」聽了四喜回話的霍十九立即覺得一口氣堵在胸口，半晌都沒緩過來。

仇將軍是奉旨去拿陸天明，若是依著從前，沒有完成皇上交代的事，皇帝發了怒，要發落一、兩個大臣也是使得的。可是現在是非常時期，原本許多為英國公做過事，或者擔心被誤會成英國公黨羽的大臣都抱持觀望態度，皇上不做那些能夠安撫人心的事，反倒將沒有完成吩咐的大臣下了詔獄，這樣做豈不是要寒了天下人的心？

如此一來，以後誰還敢出頭為皇上辦事？辦成了未必有賞賜，辦砸了就會下詔獄，誰還敢為皇上效忠？

就算再生氣，這樣做也是不可取的，怎麼小皇帝就沒有控制住脾氣，去犯這樣的低級錯誤！

霍十九吩咐下人給蔣嫵帶個話，就急匆匆地進了宮。

第七十章 牢獄之災

蔣嫵這廂得了宮裡出事的消息，心裡也著急。原本只來了個小丫頭在門前回話，她索性將人叫了進來，問：「剛才公爺入宮時神色如何，妳瞧見了嗎？」

「回夫人，婢子沒在公爺身邊伺候，並沒有瞧見，是四喜陪著公爺跟著出去的。」

蔣嫵有些失望，半晌擺手道：「知道了，妳去吧。」

小丫頭屈膝行禮退下。

聽雨見蔣嫵愁眉不展，便安慰道：「夫人莫擔憂，公爺行事是有數的，知道什麼該做，什麼不該做。」

蔣嫵煩躁地站起身，雙手撐著腰在地上來回踱步。

「妳不知道他的性子，那人倔強起來，十頭牛都未必能拉回他。他對皇上又是一門心思地心疼效忠，真正覺得皇上做得不妥，八成當面諫言就說出口來，將皇上的面子落了，對他還能有好處？」

「夫人，您可仔細身子，不要焦急。」聽雨在一旁攙扶著，雙手護著蔣嫵腰身，擋著桌角等有尖銳一端的所在，生怕她不留神碰撞到。

蔣嫵正著急時，文達佳琿卻先來了，見了蔣嫵先是安撫了一番，還安慰道：「妳男人久經官場，不是初出茅廬的傻小子了，他做事妳當放心才是。」

蔣嫵搖頭。「我哪裡放得下心呢？他對皇上的感情太複雜也太深沈，雖然我相信他理智上什麼都清楚，但是感情上想要控制得住難上加難。皇上是那樣的性子，有時候專門會狗咬呂洞賓，我擔心他們的矛盾會愈加激化，阿英傷心，皇上動氣，本該好好的兩個人，真弄到不可收拾的地步，該如何是好！」

「如何是好也不用妳來操心啊，妳如今只管照看好自己，別讓妳男人擔心，比什麼都好。」文達佳琿盤著手無奈地道：「蔣嫵，我從前都沒發現妳是這麼愛亂操心的人。」

「我哪裡是亂操心，而是事情就在眼前，彷彿可以預見一樣，不得不去擔心。」

「可以說妳這是關心則亂嗎？」

「我的確關心，但還沒慌亂。只是覺得……焦急。」蔣嫵在臨窗的暖炕上坐下，因肚子太大，坐下後又覺得有些憋氣，索性就斜倚軟枕側歪著。「他為了皇上做了許多事，心底當他像是自己的子姪那般愛護，如果皇上領情就罷了，現在皇上這樣的性子，恐怕天下臣子的進言他都聽得下去，唯獨聽不下阿英的。這個時候皇上對仇將軍的事，不論對錯，也都輪不到阿英來說，阿英不論說什麼都是錯。」

「妳說的也是，你們的皇帝根本沒有容人的雅量。」

「他何止是無雅量？他想要阿英留在他身邊，當他是親人一樣，能夠與他親近地說話，可同時他又喜歡看阿英對他忠心耿耿以臣子自居，百依百順的，才好找回這些年丟失掉的自尊心。的確，他是皇上，他要臣子做什麼，沒有人能說不，可是他的想法未免太霸道了，若真正是毫無感情，只有君臣之義，阿英或許還更好受一些，但皇上畢竟是皇上，是他一手帶大的孩子，阿英的傷心，恐怕會更多。」

蔣嫵一想到霍十九有可能在宮裡受委屈，眉頭就擰了起來。她唯有遞牌子一途才能入宮，但現在遞過去，最早也要明日才能進去。

霍十九明日這個時候都回家了，還要她去做什麼？

文達佳琿似能看穿蔣嫵的想法，擰眉道：「蔣嫵，妳可不要胡來。妳若在家裡，霍英沒有後顧之憂，做事也方便一些，妳若是跟著一同去了，只怕沒起到作用，反倒成了霍英的累贅了。」

蔣嫵低頭看看圓球一樣的肚子，無奈地點頭。「你說的是，正因為我認同你的說法，知道我若是跟著去了也只會是阿英的累贅，這會兒才會坐在這裡發牢騷。」

文達佳琿被她的話逗得噗哧笑了。「好了，妳就是這會兒想得再多也沒用，還是好生安下心來，妳自個兒著急，心情就有波動，就不怕妳孩子跟著受影響？」

蔣嫵笑道：「我的孩子壯實著呢。」

文達佳琿放不下心，也不顧及那麼多的忌諱，就留下來與蔣嫵說話。

這時的宮中御書房裡，小皇帝已與霍十九吵得面紅耳赤。

小皇帝盤膝坐在臨窗的暖炕上，手中抱著琺瑯彩的小暖爐，手指因太過用力而捏得指尖泛白。

霍十九站在小皇帝身側，眉間擠出一個「川」字。「……皇上，您既然問我的意思，就是想聽真話，怎麼臣說了真話您反而不高興？是不是臣說出順應皇上意思的話來，才算是對皇上好？」

「你……朕沒這麼說。」

「可皇上這麼想。」

「你來不會就是要與朕吵架的吧？」

「當然不是。」霍十九深吸了口氣，平息自己的怒氣，竭力理智地道：「就如同方才臣說的，仇將軍為人忠誠，這些年為官雖然沒有什麼大功績，卻也絕非惹是生非之人，陸天明帶著人逃去金國，這的確是教人氣憤，他的行為是叛逃不假，可皇上正值用人之際，這會兒若處置了仇將軍，難免會讓天下人知道了心寒啊。」

「心寒？朕的心才是最寒的！」小皇帝怒極了，一把甩了手中的小暖爐。

暖爐在地上滾了一圈，蓋子翻落，裡頭的炭火都掉在地上，將牡丹富貴的地氈燒了個黑窟窿，景同連忙手忙腳亂地用茶水將躍躍欲起的小火苗熄滅。

這是小皇帝素日裡喜歡的地氈，如今被弄出一塊黑窟窿，原本就氣憤的心情一下如同火盆裡澆入一杯酒。

小皇帝起身，聲音控制不住地拔高。「朕這些年來忍辱負重，為了這個國家做了多少，怎麼現在好不容易權力回到朕的手中，要懲罰個人也要經過你的同意？」

霍十九聞言，方才滿心翻騰的怒氣更盛。「皇上說這話，未免太過嚴重了。皇上是想給臣也扣個帽子嗎？」

「扣帽子?!」小皇帝手指戳著霍十九肩頭。「朕要是扣你的帽子，你有十個腦袋都不夠朕砍的！」

霍十九倏然張大眼，不可置信地看著小皇帝，隨即緩緩彎起嘴角笑了。「是，臣從前是奸臣，英國公還在時，臣有一段時間名聲甚至不如英國公呢，多謝皇上為臣平反了。」

「你！」小皇帝話窒在口中，竟有些不敢直視霍十九的眼。

可越是這樣不敢直視著他，他越覺得自己委屈氣憤。他已經是這個國家的主人了，難道還不能由著自己的心意去做事嗎？走了一個英國公，現在又多了個忠勇公，難道做事還要繼續聽人擺布安排嗎？

「皇上，臣話已經說到，就此告退了。」

霍十九覺得這個話題再繼續下去毫無意義，面對這樣一意孤行的小皇帝也覺得心灰意冷，轉身就要離開。

景同與小綠二人原本都伺候在門前，眼瞧著霍十九出門，兩人都不敢阻攔。

然而小皇帝氣沒消，霍十九又不經過他的允准就要告辭，更是促使他的火氣攀升，高聲呵斥道：「朕讓你走了嗎？」

霍十九停下了腳步，垂眸看著近在咫尺的暖簾，緩緩轉回身來。「皇上既覺得臣是在指手畫腳，干預皇上的決策，何必還留臣在此？」

「你這是什麼態度！」

「臣一直以來都是這樣的態度，是皇上的心思變了，才覺得臣的態度不對。」霍十九現下反而平靜，話音也如同清水一般，毫無波瀾。「皇上待見臣時，尚且覺得臣直言不諱是忠肝義膽，這會兒就覺得臣是忤逆皇上了？」

他越是平靜，就顯得小皇帝的怒氣越突兀，顯得他越缺少作為君主的氣度。

「你這般態度，分明是對朕不恭敬。」

「皇上誤解了。臣並非不恭敬，只是說出實情罷了。臣知道皇上的擔心，明日臣就上疏告老，至於皇上與金國的合作，還有肅清英國公餘黨之事，臣也無心去理會了。」霍十九行禮後，再度要離開。

小皇帝一聽他這會兒居然還一心想著要走，腦子裡最後一根弦終於繃斷了，手邊的小几被他暴躁地一把掀翻在地，大吼著道：「霍英！你不要以為朕不敢拿你怎樣！」

直呼名諱，且還是在這樣的情境之下，小皇帝還是第一次。

話吼了出來，小皇帝自己都愣了。

霍十九卻毫無訝異地提起袍襬跪下。「臣不敢。天下都是皇上的，何況霍英區區一個人？皇上大可以像對待仇將軍那樣對待臣，只是皇上莫要遷怒臣的妻子和腹中孩兒，臣已經沒有父母家人，只剩下那麼一點血脈，霍家不能在臣這裡斷了根。」

想起他做過的事，想起霍大栓和趙氏慈愛的笑臉，小皇帝心虛地別開眼。

「朕又沒說要殺你，但沒有朕的允准，你也不准離開朕！」

霍十九抬起頭來，默默地望著小皇帝，許久才道：「皇上何必如此執著？左右您是一國之君，絕不能做食言而肥之事，若是許諾了卻做不到，就會被人當作笑柄的。而仇將軍這事，若是能夠懸崖勒馬，天下臣民都只會誇讚皇上的智謀。」

話題饒了一圈，又回到了仇將軍。

小皇帝覺得自己的耐心已經告罄。轉念一想，這段日子只要一有個什麼事，霍十九就會悵然若失地提起霍家死去的那些人，難道是英國公臨死之前告訴了霍十九？

小皇帝仔細打量霍十九的神色，實在無法從他臉上看出端倪，再想那等滅門的慘事，如果霍十九知道是他做的，會到現在都不來質問？

霍十九對他不會藏著掖著，就比如今日不贊同仇將軍下詔獄，他寧可冒著被定犯上之罪的危險也要大膽進言。

小皇帝的心裡又有了點底。「你不必再說了，念在素日的情分，朕不治你的罪。你回去吧。」

「皇上，您若真將仇將軍治罪，往後真有了動兵的時候，恐怕會後悔，而且往後敢效忠您的人，會越來越少。因為不做事恰好沒事，做事做不成，皇上還會不問青紅皂白地殺人。」

小皇帝聽得心裡堵得慌，冷笑道：「其中也包括你嗎？覺得朕是個無道昏君，再也不想輔佐效忠朕？」

霍十九放聲笑了，笑聲爽朗是前所未有的。

小皇帝被他笑得不明所以，怒瞪著他。

霍十九笑得嗓子都有些啞了，才緩緩地道：「這麼多年來的相處，臣如何做的，皇上都是看在眼裡的，若這樣子皇上都能說出懷疑臣忠心的話，臣無話可說，只能遵從皇上的意思。」

「你什麼意思？」

「臣會繼續效忠皇上，但是不想再為官做事了，讓臣走吧。」

「朕若不答應仇將軍的事，你就以辭官為威脅？」

「這是兩碼事，皇上不必將這兩件事牽扯在一起。」

「朕將這兩件事牽扯在一起？分明是你在利用此事威脅朕！」

霍十九又是無聲地笑著，幾乎要笑出眼淚來。「皇上又給臣扣上帽子了，不問別的，也不算臣從前比茅坑還臭的名聲，就單單以辭官威脅天子，足夠將臣拖出去剮了。」

「你分明是蓄意挑釁朕！」

「臣沒有。」霍十九叩頭道：「臣只是直言進諫皇上。皇上不肯採納，覺得臣說的是錯的，就也罷了。臣也知道自己的三板斧早已起不了什麼作用，已經願意讓賢，皇上還要臣怎麼樣？」

「朕讓你怎麼樣？這下子反倒朕成了逼迫忠臣的歹人了？好，你既讓朕說，朕就開口，朕要你留下，全然效忠於朕，你做得到嗎？」

「皇上……」霍十九秀麗的眼中蒙上一層霧，鬢角的塵霜使他俊俏的臉顯得滄桑。「臣難道一直做的，都不算全然效忠嗎？天下是皇上的，皇上願意怎麼辦，臣不管了還不成嗎？」

「不成！朕要你留下！」

說到底，都是方才他那一句明日就要上疏辭官告老讓他慌了神。

「朕幾次三番挽留你，你不聽，朕放低了姿態求你，你不聽，如今又為了一個罪臣來以辭官做威脅，你不要以為朕真的不敢動你！」

「皇上是一國之君，又有什麼不敢的？」

小皇帝的聲音很高，語氣中洩漏出壓抑不去的火氣，反觀霍十九依舊能平靜地說話，談笑風生。

如此對比，什麼忠臣，什麼全為了他，霍十九分明是根本不在乎他！

「來人！」小皇帝暴躁地踹了一腳落地的小几。

景同與小綠見狀都垂首施禮。「皇上。」

「霍英忤逆聖意，目中無人狂妄自大，竟敢公然挑釁於朕！他不是為了罪臣說話嗎？那就將他跟那罪臣關同一間裡！」

「皇上，您的意思是……要將忠勇公下詔獄？」景同詫異不已。

小皇帝拂袖，轉回身不看霍十九。「還要朕再說一次？你的差事當得越發好了！」

「奴才這就去辦，這就去辦。」景同驚恐不已，柔聲道：「忠勇公，請吧。」

霍十九望著小皇帝的背影，眼中逐漸變作一片清明。俯身叩頭，額頭碰觸地面時，他便知道他們二人的君臣情分，已經盡了。

自此今後，霍英不再是從前那個一心為了國家自我犧牲的人。承諾先帝的，霍英已經做到，不算愧對君王，也不算愧對兄長，將來若到了地下見了義兄，大可以笑著施禮說一句不負所託。

他是臣子，不是木偶，心不可被一傷再傷，今後他只會多為了自己以及家人考慮。

抬起頭時，霍十九面色平靜地優雅起身，毫無情緒地道了聲。「多謝皇上賞，臣告退。」就隨著景同轉身離開御書房。

小皇帝聞聲霍然轉回身，雙手緊握成拳，死死望著霍十九的背影。

回頭，回頭啊！只要你回頭，朕就饒過你！朕就還如從前那樣對待你，依舊當你是兄長，是支柱！

只可惜，霍十九聽不到他心中所想，小皇帝只看到霍十九高眺的背影無比堅定，以在他面前從未有過的清冷疏遠離開了他的視線。

小皇帝便知道，霍十九這一次真的傷了心。

但是，他又何嘗不傷心？難道他就不能為了他順從一些嗎？就不能為了他留下嗎？

他家人都已經被他殺光了，如今就只剩媳婦，能在霍十九跟前吹風的就只有蔣嫵一個。必定是蔣嫵執意要離開京都，才讓霍十九萌生了離去的念頭！

否則以他的瞭解，霍十九那樣有雄心抱負的人，如今正是施展才華的大好時機，他會想走？一定是那個女人野性難馴，不安於室，勾得爺們必須順著她的心！

小皇帝憤怒地用力踹了一腳桌角。

剛悄無聲息進來收拾殘局的小內侍們被嚇得都跪了下來……

蔣嫵晚膳時就覺得心神不寧，只吃了小半碗熬得稀爛的粳米粥就撂了筷，蹙眉問聽雨。

「派人去打聽了嗎？怎麼公爺還不回來？」

「剛才人已經去了，夫人莫要焦急，皇上信任公爺，慣常就要留公爺說話的，今兒個沒準兒是兩人談起了國家大事，留下公爺吃晚飯，也未可知。」

蔣嫵搖了搖頭。如果是平常沒事的時候，莫說霍十九不回家來用飯，就是留在宮裡住下她也不管，可現下是出了仇將軍的事。

「夫人。」廊下來了個小丫頭。

聽雨眉頭就是一皺，忙迎了出去，撂下臉低聲訓斥。「誰准妳進來的？」

小丫頭原是聽了蔣嫵的吩咐，在外頭聽了信就急忙趕來回話了。只想著夫人吩咐的事她辦得妥當，定會得了賞賜。

見聽雨如此嚴厲，小丫頭心想莫非是自己搶了她的風頭她才不依，便高聲道：「是夫人吩咐我的。」

小女孩不過十歲，童音清脆得很，蔣嫵在屋裡聽得分明，就道：「讓她進來說話吧。」

聽雨跺了跺腳，心道自己真是疏忽了，定是下午夫人親自送金國陛下出去時吩咐了人，她雖跟在一旁，但只顧著與納穆說話，竟然沒注意到。

聽雨自責不已之時，小丫頭已經進了屋，也不敢抬眼去看屋內的華麗陳設，更不敢去瞧蔣嫵，就跪下磕了頭，道：「夫人吩咐我在外院守著，總算等到了，剛見曹公子去了客院，許是去見咱們府上的貴客了。」

蔣嫵聽得心頭一跳。「妳說只曹公子回來？」

「是。」

「那麼妳瞧見曹公子神色如何？」

「我、我沒瞧見。」小丫頭吶吶回話，又彷佛擔心蔣嫵怪罪，忙解釋。「曹公子跟一陣風似的，嗖地一下就飛進去了，我真沒瞧見他的神色。」

「我知道了。聽雨，賞。」

「是。」聽雨袖袋中小金錁子和銀錁子都是常備的，心裡生氣，卻也不能忤逆主子的意思，就賞給小丫頭兩個銀錁子。

小丫頭得意地看了聽雨一眼，磕頭歡喜地去了。

蔣嫵就道：「聽雨，預備轎子，我要去外院。還有，妳腳程快，先去外頭攔住曹公子，若是他不肯來見我，妳就說，我今日見不到他、問不清楚，我就直接入宮去。正門進不得，我就是翻牆也會去。」

聽雨被她一番話，嚇得臉都白了，連連道：「夫人您別激動，您好歹想想肚子裡的孩子，婢子這就去安排，您千萬別衝動。就在這兒等等，我這就去請曹公子來。外頭又下雪了，地上滑，您不要乘轎去外院了。」

蔣嫵「嗯」了一聲。「好，那便這樣，我等妳。」

聽雨連連點頭，健步如飛地出去了，慌得連大氅都忘了披上。

客院中，曹玉正與文達佳琿說話。「……我一直跟在後頭，就見他們將公爺送去了北鎮撫司的詔獄，那裡頭我從前經常出入，最是清楚其中的關竅了，公爺此去還不知要怎麼樣受罪，偏我單槍匹馬的救人倒是容易，但救了人出來，豈不是所有霍家的家眷都成了逃犯的家眷？陛下，您見多識廣，快幫忙想個法子，夫人那兒怕是早就已經急了。」

文達佳琿眉頭擰成疙瘩，拳頭有力地捶了兩下桌子。「蠢，真真是蠢！他是太高估自己在你們皇帝心裡的地位，也太低估了你們皇上的狼性！」

「公爺忠心耿耿，滿腔赤誠卻換得如此對待，我真是……」

「主子。」門外傳來納穆的聲音。「聽雨姑娘來了。」

文達佳琿與曹玉對視了一眼，瞬間覺得頭大如斗。

「怎麼來得這樣巧！」

「要不我躲起來？」

「不必，蔣嫵能讓人這會兒來，必然是已經安排了人看著你進來找我的，你藏也沒用，反倒讓她擔心。」文達佳琿就吩咐納穆。「讓她進來吧。」

簾子被撩起，聽雨進來行禮，見她只穿了件青色的夾襖，肩頭落雪，鼻尖凍得通紅，文達佳琿與曹玉就知道事情緊急。

「怎麼回事？」

「夫人在門前安排了人，知道曹公子回來了特意叫我來問，公爺到底怎麼了？」聽雨焦急道。

文達佳琿沈吟，看了眼曹玉，點了點頭。

曹玉便知道他的意思是說實話，就直言道：「公爺這會兒被下了詔獄，我是來與陛下商議該如何處置的。」

「天哪！」聽雨驚呼，隨即焦急得眼眶發紅。「今兒夫人擔憂了一整日，午膳好歹陛下在，她用了一些，晚膳根本幾乎什麼都沒吃，若是知道了公爺的事，她更作踐自己了，這樣下去可怎麼好？她受得了，腹中的孩子哪裡受得了？您二位快想想辦法啊！公爺不是最受皇上的寵信嗎，怎麼就被下了詔獄？」

曹玉咬了咬牙，沈聲道：「要不我入宮去，綁了皇上，逼他放公爺出來？」

幾人聞言面面相覷，都是沈默。

眼下這會兒霍十九若以正當途徑離開詔獄，要麼去求小皇帝，求得他心軟鬆口，要麼就只剩下強迫一途，總之都須得皇帝開口才有用，否則且不論他們是否有本事血洗詔獄，就算將霍十九救出來，整個霍家也背不起那樣的罪名。

現今皇帝既然下了旨，大家也都清楚他最是好面子，就算這會兒意識到自己關了霍十九不對，也絕不肯跌了自己的體面開口放人的。

是以，求是沒用的，總要等個十天半個月，此事發作之後漸漸淡了，小皇帝也找到有面子的說法才能放霍十九出來。到那時，真不知道霍十九在詔獄之中會受多少罪，這還是好的。

若往壞處想，小皇帝根本不覺得自己做錯，就將霍十九丟在詔獄裡殘害致死呢？歷朝歷代的功臣有此前車之鑑的也不少。

如此一想，霍十九在獄中怕是一刻也等不得了，曹玉所說的入宮去綁了小皇帝，倒是成了能讓他離開詔獄的捷徑。

「你若要去，我便陪你同去。」納穆拍了下曹玉的肩頭，他的主子受了霍家的恩惠，是時候可以幫把手的，他義不容辭。

曹玉感激地點頭。

聽雨則是擔憂地皺著眉。

入宮去綁了皇帝，逼迫他放人，現在說起來不過是上牙一碰下牙，可真正做起來談何容易？若是事不成，這兩人恐怕都要擱在宮裡了。

只是她無法阻攔，因為蔣嫵現在都快急瘋了。

「先不急，容我想想。」文達佳琿沈聲止住了二人的話。

如今姑且算作曹玉與納穆二人一定可以成功。只是善後呢？

若是站在金國的角度，如果曹玉綁了小皇帝，當然是對金國有天大的好處。一旦成事，燕國必定混亂，加上仇將軍被下詔獄、陸天明叛國的事，幾項夾攻起來，燕國內政肯定會亂成一鍋漿糊。

燕國皇帝內政尚且鬧不清楚的時候，正是金軍南下最好的時機。

文達佳琿自己可以不做皇帝，他相信自己的弟弟和兒子都有這個頭腦，一定會把握時機。

金國地處偏遠，燕國卻是地大物博，江南富庶的山河如果能納入金國的版圖，一定會開闢出一個前所未有的盛世來。屆時就算他不做皇帝，那麼金國也會是前所未有的強大。而要做到這些，現在他只需要由著曹玉行事。但是……

「不妥。」文達佳琿幾乎不曾猶豫就開了口。

納穆驚愕，忙道：「陛下，您……」

抬起手止住納穆的話，文達佳琿對曹玉道：「你是想救你家公爺出來，並非是想要燕國亡國吧？」

曹玉與聽雨都是一愣。

文達佳琿將方才分析的利害關係說明了，又道：「且不說白里和額騰伊是否會入關南侵，只說這樣，就算放了霍英出來，你們如何善後呢？難道逼你們的小皇帝下了旨，以後他們二人就不用見面了？你們能殺了他？殺了他，你們燕國還有人可以繼位嗎？」

聽雨和曹玉聽得都心驚。

文達佳琿又道：「更何況，你們公爺做了半輩子的奸佞，好不容易撥亂反正了，再給他扣上亂臣賊子的名字，你們可忍心？」

「不……」

「還有，你們說蔣嫵到時如何自處？她如今的身子骨，可禁不起任何折騰，那會要了她的命。」

室內一片沈靜。只有燭火搖曳，幾人呼吸可聞，甚至聽得到廊下的雪聲。

雪聲？

曹玉方才緊張著，這會兒略放鬆了些，立即察覺不對。納穆也在同一時間感覺到廊下的異常。二人當即一前一後飛掠出來，一人撩簾，一人下手，配合得天衣無縫。

然曹玉的手已搭上來人的脖頸時，卻一下子被嚇住了。

「夫人？」

蔣嫵微笑，輕輕拍開曹玉的手，柔軟的聲音中滿是笑意地揶揄道：「你們幾個也真是慌了，都是有功夫在身的人，墨染和納穆還都是高手呢，怎麼就沒發覺隔牆有耳？」

蔣嫵扶著腰身邁步進門。

曹玉已是嚇得額頭冒汗。「夫人來了怎麼不出聲呢？剛才多危險，我差一點就……」眼瞧著蔣嫵挺著個大肚子，他就連連抹汗，幸而自己沒用刀劍。

納穆也道：「我們的確是注意了外頭，誰料想夫人身懷六甲還能有這樣輕盈的身法，愣是沒叫我們發現。」

蔣嫵白了他一眼。「你倒是會躲罪過，明明是自己慌了神，滿心都在想別的，沒發覺外頭有人，就會往我身上推，我身法再輕盈，如今我輕盈得起來嗎？」

文達佳琿見蔣嫵氣度沈穩，雖瞧得出焦急，卻依舊能與人談笑風生，一點都不像尋常婦人那樣見到一點事就慌亂了，心裡喜歡得緊，便也配合地玩笑道：「你們這些辦老事的，可不是討打嗎？」

蔣嫵莞爾，在聽雨的服侍下靠邊坐了，道：「你們剛說的，我都聽到了。達鷹，多謝你。」

「謝我什麼，我還沒做什麼呢。」

「謝你直言不諱。」

「妳不必謝我，我只是沒丟掉自己做人的底線罷了，那樣卑鄙乘人之危的事我可做不出。」文達佳琿抱臂不屑地道：「也只有你們國那些滿口仁義道德的書呆子才有這些『聰明』的想法。」

「這等『聰明』，你未必沒有，只是你為人端正，不會去做。」蔣嫵笑道：「我與阿英沒白交你這個朋友。」

文達佳琿被她溫柔含笑的眼眸看得臉上發熱，內心悸動，卻也不好表露出來，就道：「剛才我們說的妳既然聽到了，那麼妳覺得當怎麼辦？」

聽雨站在蔣嫵身邊，生怕她是佯作堅強，其實心裡難過。

蔣嫵這會兒卻是平靜地道：「我來得晚了，沒有聽得太真切，你們是說阿英被下了詔獄是吧？」

曹玉和文達佳琿對視一眼，隨即小心翼翼地觀察蔣嫵的神色，猶豫著點了頭。「是。」

詔獄那種地方，好人進去都要被扒掉一層皮，那些錦衣衛素來做這等事最是熟練的。霍十九從前就是那裡的頭目，如今回了那兒，少不得會有一些曾經得罪過的人為難他吧？

他們想得到的事，蔣嫵定也想到了。

幾人都擔心蔣嫵擔憂，急切之下傷了身子。

誰料蔣嫵卻是鎮定地道：「既然知道去了哪兒，想法子就是了，乾著急也是沒用的，像墨染說的入宮去抓皇帝，的確是不妥。我不只是想要阿英回來，還想給我的子孫一片安寧的淨土，讓他們生活在太平盛世。戰亂之苦，我不想讓我的孩子經歷。即便事情沒有發展到最糟，整日過顛沛流離的逃亡生活也不是我要的。」

文達佳琿聞言，卻是像讓人點了穴一般，心裡似有個鈴鐺發出了清脆的聲響，瞬間讓他神智清明。

他以一個帝王的角度去想問題，只想到了領土是否擴張，地位是否鞏固，金國是否強盛，史書工筆是否將他記錄成千古一帝。然而蔣嫵作為母親，卻是為了子孫的平安幸福考慮，天下百姓，不論是金國的還是燕國的，又何嘗不是如此想？為人父母者，誰不為了子女計較長遠的幸福？

那等侵略、戰爭、殺戮，的確能擴張金國的領土，但是燕國的百姓難道就不是百姓了？若是說前一刻，他對霍十九所說的永久和平條約，還有些抵觸，覺得那是復位必須付出的代價，現在卻覺得徹底認同了。

唯有和平，才能讓兩國百姓安居樂業，國家昌盛興旺。

「妳說的是。」文達佳琿由衷地點頭。

蔣嫵雖不知文達佳琿心裡想了什麼，但見他神色清明，眼神堅定，也知他想通了什麼。

曹玉這會兒也知入宮去搶人不大妥當，十分焦急地問：「若這樣不可行，難道還去劫獄？」

「劫獄自然也不妥，難道阿英回來後，我要挺著肚子跟著他流亡去？我話撂在這裡，劫獄的事，你即便去了，他也不會跟你出來的。」

「那該如何是好？」曹玉急得恨不能抓頭。

蔣嫵道：「你先坐下歇會兒。聽雨去吩咐小廚房，預備些曹公子愛吃的，待會兒送他房裡去。」

「是，婢子這就去，只是夫人晚膳也沒用什麼，婢子讓廚房也為您預備一些？」

「我待會回去吃，妳讓他們把菜熱了就行。」

聽雨見蔣嫵好像想開了些，也不那麼焦急了，歡喜地行禮下去了。

蔣嫵就道：「我之前急，是因為不知道發生了什麼事。現在知道就好辦了，咱們都好生愛惜自己，別等阿英回來瞧著咱們個個都病歪歪的，讓他心堵。本來今日被他最敬重愛護的人這樣對待，也已經夠堵了。」

「夫人說的是，我實在是汗顏。那麼依著夫人想的，公爺的事當如何處置？」

蔣嫵想了想。「皇上責罰阿英，是因為阿英給仇將軍求情。那麼阿英為何為仇將軍求情呢？」

曹玉聞言先是沈默，隨即道：「定然不會因為私交的。您也知道，仇將軍那個人，很是有些清高，倒是與清流的許多人一樣，從前爺還是奸臣的時候，每次見了都會有些言語上的交鋒，就算後來爺的罪名洗清了，見了面也從未有過好臉。」

「我也知道，咱們與仇將軍一家子就是井水不犯河水，仇將軍與我爹倒是還好。」

蔣嫵想了想，又道：「阿英一心為了皇上，勸說他自然也是為了皇上的名聲考慮，絕非是因為與仇將軍的私交，是以今日阿英與皇上面談，必然是一直在爭論此事。」

「妳說的是。」文達佳琿頷首。「依著妳的意思呢？」

蔣嫵搖了搖頭。「我想的其實倒也容易，皇上既然不肯聽阿英的話，覺得阿英這樣做觸怒了他的威嚴，我們大可以讓他瞧瞧結果。」

「妳是說……」文達佳琿顯然已經明白了蔣嫵的意圖，笑著擊掌道：「甚妙！」

納穆還不大明白，蹙眉道：「夫人說的是什麼計劃？讓你們國的小皇帝瞧什麼結果？」

「當然是他將忠臣下了詔獄的結果。」蔣嫵冷笑。「派臣子做事，沒完成問罪的確是情有可原，可現在是多事之秋，該當籠絡人心的時候他連一件事都不會做，阿英原本去勸說他，也是為了他籠絡住人心著想，他不聽勸，反而將阿英也關了。」

「現在，可就不是只關了一個辦事不力的仇將軍，他關的還有前一陣大街小巷競相稱頌的忠勇公！這個忠勇公還是他親自封的！」曹玉接了蔣嫵的話。

蔣嫵聞言笑著點了點頭。「我想，清流雖然忠於皇上，可也絕不會個個都是只知道阿諛奉承的蠢材，這件事定然會有不少清流去覲見的，皇上自然會焦頭爛額一陣子了。」

「原來如此。」聽雨與有榮焉地道：「還是夫人聰慧。」說出這話，才發覺好像是說金國陛下不夠聰明似的，就低頭吐了下舌頭。

文達佳琿不以為意，笑道：「如此甚好，相較於無法收場的劫獄、逼宮之類，這法子雖會耽擱兩、三日，可也算得奏效最快，且兩廂無礙的了。」

「的確如此。」納穆深感佩服。或許，世上存在這樣一個奇女子讓陛下惦念著，也是一種幸福吧？

「既然這樣，那我們就依著這個計劃行事。」曹玉站起身道：「我去想法子怎麼聯絡清流。」

「你不必去。現成的清流之首就住在咱們府裡。」

「夫人是想去求親家老爺？」曹玉有些擔憂地道：「親家老爺對皇上崇拜得很，若是讓他知道了公爺曾經忤逆皇上的意思，不知會作何想法？保不齊一怒之下根本不想救公爺的命，也未可知。」

「我爹的確是頑固了一些，不過如你所說，他一心忠於皇上，自然會為了皇上考量的，會去分析怎麼做才是對皇上有好處，他也不喜歡讓皇上背上殘害忠臣功臣的罪名。」

「妳這麼說，也未嘗沒有道理。」文達佳琿道。「那稍後我與妳同去吧。」

「這不大好。」蔣嫵歉然笑道：「我爹性子頑固得很，雖兩國如今是友好的，可燕國人心底對金國人還是有所戒備，再者你現在還不適合暴露身分，起碼要等阿英與你詳談要回給皇上的事談好了之後。」

文達佳琿也知道蔣學文性子很倔強，若是叫他隨著人意一些是斷然不能的。他現在別說不是皇帝了，就算是皇帝，蔣學文也照樣對他不假辭色。還是不要去討人厭煩來得好，也免得蔣嫵夾在中間為難。

「那罷了，等需要我出面的時候，妳再叫我便是了。」

蔣嫵見文達佳琿的神色，就知他心中所想。從前雖也知道文達佳琿的性情豁達耿介，如今卻是第一次如此真切體會到這個年過三十的大男人讓人會心一笑的一面。

她便也不再多推辭，就笑著點頭道：「好，若有需要你出面的地方，我自然不會與你客氣的。」

扶著聽雨的手站起身來，蔣嫵一手撐著有些瘦的腰，道：「既如此商定了，我這就去問問我爹，你們也好生歇著吧，尤其是墨染。」

看向曹玉，她笑著道：「明日你還有好多事要做，說不定什麼時候就要依靠你，你可千萬不能心神不寧、精神不濟。越是有事發生，我們就必須越是堅強起來。」

「是，夫人儘管放心就是，我再不會亂想了，待會兒就回房去，靜候夫人佳音。」

「嗯，回去記著用膳。」蔣嫵就在聽雨的服侍之下出了門。

納穆一直跟著到了門口，撩起門簾看著蔣嫵與聽雨二人走向院門前。

文達佳琿與曹玉卻各自持著身分，不好這會兒就往前頭湊過去，二人對視了一眼，在彼此臉上都瞧見了相近的表情。

那是求而不得，不得不放手的無奈。

曹玉拱手道：「今日煩擾陛下了，多謝陛下方才直言不諱。」

「哪裡，我也是為了朋友。你記著，就算我們金國男兒裡有額騰伊和訥蘇肯那樣的害群之馬，但大多數的漢子都是熱血的直爽男兒。像我這樣的人多著呢，可不似你們燕國人，那麼多花花心思。」

文達佳琿每次說話時就喜歡說起燕國人如何，比之金國男兒又差了多少。早前幾次聽，曹玉都氣憤不已，如今雖也有些不舒坦，可也不氣了。反倒覺得這樣有話說在當面的性子很好，不似他們的皇帝，是那樣一個當面君子、背後小人之人。

一想起今日在宮中所經歷的，曹玉就覺得心裡堵得慌，沒有與文達佳琿繼續笑談的興致，便告辭去休息，用罷了晚膳，養精蓄銳。

第七十一章 製造輿論

這時候的蔣嫵，正在與蔣學文說話。

「……是以若是真為了皇上好，可千萬不能讓這件事鬧大起來。仇將軍雖然這些年沒有做過什麼大事業，好歹也是安分守己，何況放眼看去，若是真有用兵的一日，仇將軍也是能夠帶隊抵抗外敵的最佳人選，皇上這樣做，滿朝文武豈不寒心？」

蔣學文聞言，點了點頭，面色複雜地望著坐在自己對面身懷六甲的女兒。

從前就覺得子女之中，只有這丫頭特立獨行，膽大又心細，是個可用之材。如今瞧著行事作風是越發老成了，蔣學文看得很是喜歡，也不願意思量她心底真正是怎麼想的，就道：「剛我與妳二哥也在說這件事。皇上在氣頭上，原本懲處個無用之人也使得的，奈何現在是非常時期，由不得皇上如此。我也在想著要上疏進奏，求皇上為國本考慮，收回成命。」

「爹，其實您與阿英是想到一處去了。」蔣嫵面露愁容，低聲道：「阿英與您有一樣的想法，今日一大早就入宮去求皇上放人，可是皇上似是動了真氣，不但沒有採納阿英的進言，更是一怒之下將人關進了詔獄。」

「什麼？」蔣學文驚愕不已。「皇上竟真會將姑爺給關進詔獄？」

狐疑地眯著眼，蔣學文抿唇道：「皇上乃是明君，怎會因為臣子進言不符合自個兒的心思就將人關起來，那豈不成了昏君？」

「爹可不要這麼說。」蔣嫵嗔怪地道：「我只是陳述事實，至於皇上是怎樣的君王，爹清楚，阿英清楚，滿朝文武都清楚。」

蔣學文聞言就有些沈默。的確，小皇帝是什麼樣的君主，他很清楚……

霍十九進言時若真是激進一些，不符合皇上的喜好，皇上一怒之下將人發落去詔獄，也並非不可能。

「只是這件事還不知道是否定了，我現在就運作起來恐怕不妥。」

「爹是擔心女兒消息有虛？」蔣嫵擰著眉。

蔣晨風在一旁聽了半晌，見蔣學文似有意拒絕，蔣嫵臉色又不好，忙道：「三妹，爹不是這個意思，爹是想等等，估計明兒一早，這麼大的事必定會鬧得滿城皆知了。到時候爹去與那些老朋友們說起此事，也比較容易讓人信服。咱們自家人當然彼此信任，但是外人可未必。」

蔣嫵不願意深究蔣學文的想法，也不願意故意去曲解他的意思。蔣晨風的說法恰好給了她一個想得到的解釋，面上立即釋然笑著道：「爹，那麼明兒個您就可以去與清流的諸位大人們好生談談了？」

蔣學文摸了摸鼻子，事實上他也未答允下來。不過轉念一想。霍十九有此遭遇，他必然是要施以援手的，仇將軍又是那樣耿直的人品，他不可能袖手旁觀。思及此就點了頭，道：「妳放心吧，既是這樣，一旦明日消息傳了開，為父的就去走一趟。」

「多謝爹，您這般深明大義，是仇將軍和阿英的福氣，更是皇上的福氣。」蔣嫵苦笑著道：「其實說到底，咱們還不都是為了皇上的江山穩固嗎？沒道理當初英國公的事沒將皇上如何，到頭來卻自己將江山弄垮了，那樣外人不會說身邊輔佐的人不得力、沒有力勸死諫，反倒會說皇上是昏君。皇上忍辱負重多年，一向英明果決，若真個擔上這樣名聲，豈不冤枉？」

蔣學文認同地頷首。「想不到妳與爹想到一處去了，正是這個道理。自古以來，君要臣死，臣不得不死，做事不得力，皇上打也打得，罰也罰得，可哪裡有因為罰了臣子就壞了名聲的？爹會去求皇上回心轉意的，也是不想因為打老鼠而傷了玉瓶。」

「瞧爹說的，仇將軍又不是老鼠。」

「我的好女婿也不是老鼠啊。」蔣學文笑著逗蔣嫵。

蔣嫵禁不住笑了，撫著肚子道：「爹，天色不早，您也該歇息了。」

「嗯。妳快些回去吧，如今身子重，外頭又下著大雪，路正是不好走的時候，不要出來逛了，就連轎子最好也少坐，那些粗壯的婆子雖然有力氣，但並非不會摔跤的啊，妳如今這樣了，磕碰到了是能鬧著玩的嗎？」

「女兒知道了。」蔣嫵笑著起身，屈膝給蔣學文行了禮。

回了瀟藝院，蔣嫵隨便吃了口點心，漱口之後就更衣躺下了。

精緻的拔步床上，原本兩個人的位置如今只有她自己，身邊的位置空蕩蕩、冷冰冰的。摸了摸枕頭，那上頭似都能聞得到霍十九的氣息。

蔣嫵幽幽地嘆了口氣。她這會兒好歹有床睡有褥子鋪蓋，可霍十九呢？詔獄裡是什麼地方？且莫說裡頭那些人是否會給他用刑，就是這麼大冷天，歇在牢房裡也要大病一場了。

她如果沒有身孕還好，半夜裡能神不知、鬼不覺地進去給他送被褥棉衣，還能給他帶點心熱茶。

現在可好！這一胎如今都七個月了，她可再也不敢亂動。莫要霍十九還沒怎麼，她就鬧出個大事來，豈不是讓壞人得逞？

蔣嫵這樣想著，當真是睡不著了。一夜裡幾乎沒怎麼閉上眼，次日起身盥洗梳妝，眼下的陰影遮都遮不住。

昨日上夜的是落蕊，因白日裡累了，晚上睡得深沈，沒聽見蔣嫵起來。現在瞧見蔣嫵的憔悴，嚇了一大跳，忙叫人去請大夫來給蔣嫵把脈。

正當這時，外頭已有小丫頭驚慌失措地跑到廊下，不等人問就大聲嚷道：「夫人、夫人，不好了！外頭的人都說公爺犯了錯，被皇上下了詔獄！」

櫻雪就在廊下站著，一看那丫頭竟然不顧著蔣嫵是否有身孕，是否禁得住刺激就這樣大聲喧譁，且一點沈穩的氣度都沒有，立即冷下臉來斥責道：「這裡是妳能喧譁的地方？公爺在家時妳也這樣？妳身上的筋是不是不想要了！」

「櫻雪姊姊。」小丫頭緊張得額頭冒汗，連忙解釋道：「是真的，剛採買的楊嬤嬤出去，回來這消息就傳開了。」

「下去吧。」櫻雪打發了小丫頭，心裡無主了。

「櫻雪。」簾籠撩起，聽雨喚了櫻雪一聲。

櫻雪忙笑著過去，道：「聽雨姊姊。」

「怎麼回事？」聽雨昨兒就知道消息了，這會兒也不表現出來，免得將昨日夫人與金國陛下的密談不留神暴露了。

櫻雪就壓低嗓音問：「夫人都聽見了？」

「我剛在裡頭都聽得清清楚楚，夫人有功夫在身，哪裡聽不到。」

櫻雪就抿著唇隨聽雨進去。

蔣嫵便問了事情的經過，待櫻雪回了話，就讓她先下去了。

「看來事情已經傳開了，妳去告訴墨染，請他吃過飯就來，我與他商議正經事。」

聽雨應是，飛快地下去傳話，不多時曹玉就快步踏進了院中。

蔣嫵正透過窗戶上糊著的高麗明紙看院中的丫頭掃雪，見曹玉來了，就笑著道：「你來了。」

曹玉聽見動靜，在外頭也瞧見窗子上蔣嫵映出的影子，笑著道：「夫人。」

曹玉進了屋，就低聲道：「外頭已經傳開了，我又安排侯爺的人去宣揚，這下百姓們都知道仇將軍和爺都是被冤枉的，皇上定會受不住這樣的輿論。」

「這樣還不夠。」蔣嫵冷笑道：「他這些年坐享其成，阿英那樣為了他，他反而還不信任阿英，更是將對他有恩的人都關進詔獄，這樣的渣滓，給我提鞋都不配。我定要給阿英出這口惡氣不可。」

「夫人的意思是？」

「繼續造勢，傳得更大一些，都罵他才好呢！等勢頭和罵名都渲染開了，皇上才會後悔。」

「但公然那樣排揎皇上，保不齊會被抓了定罪成反叛的。」

蔣嫵挑眉道：「若是皇上為了自己的這點名聲，而對平民百姓如何了，那就是他自取滅亡的第一步。別人不好說，反正清流的人是絕不會贊同的。」

「也就是說，幫他樹敵？」

「對，就是讓他樹敵。一帆風順的滋味他體會得夠久了，也該讓他緊張緊張，否則我怎麼想都替阿英虧得慌。」

曹玉哭笑不得地望著蔣嫵。「想不到妳是這樣睚眥必報的人。」

「我以為你早就知道了。」蔣嫵不以為意。她這樣習慣了，也不在乎別人怎麼看她。

曹玉笑著道：「我是早就知道，卻不承想面對皇上，妳也會這樣做。」

「皇上怎麼了？若不是有阿英的輔佐，這些年那位置誰坐還不一定呢，現在他忘恩負義，阿英下不去手，我難道也要由著他去胡作非為，欺負了咱們？」

曹玉見蔣嫵情緒激動，便也知道，霍十九被下詔獄，她並非不著急、不心疼的，當時在眾人面前表現出的沈穩灑脫都是演給人瞧的。

「夫人莫擔心，我這就想法子去北鎮撫司衙門走動走動，看看能不能讓公爺少受點罪。」

蔣嫵笑著頷首。「那些人你或許都有些熟悉的，要是他們不念著你們之間的關係，就只想著升官發財，你就一巴掌拍死他們算了。」

「那怎麼能成……」

「沒什麼事不能成，尤其對於這些人，平日裡辛苦鬧著，阿英也沒少幫襯他們，現在有事了，這些人卻不動手相幫，哪裡是人該做的事？你也不用當他們是人一般對待，咱們使銀子不成，就威脅，他們總還是要命的。」

曹玉頷首。「夫人就歇著吧。今日我去安排，相信不出半日，親家老爺那邊就該聯繫人去運作了。」

蔣嫵點了點頭。

果然如曹玉所說，仇將軍和霍十九被下詔獄的事，就猶如冬日裡的一聲驚雷，炸得整個京都城都開了鍋。百姓們是只管過自己的平靜日子，但是那些有滿腔熱誠的愛國學子們就並非這樣了。

在曹玉暗中吩咐人的煽動下，不過到了傍晚時分，霍十九和仇將軍就一同成了被薄待的功臣。

蔣學文義正詞嚴地聯絡清流，以致小皇帝那裡見了清流的上疏，氣得一把掀了御書房暖炕上的小几。

「皇上息怒。」御書房內當值的內侍們見皇帝如此動氣，都被嚇得趴伏在地。

小皇帝眼看著滿屋子跪地求他息怒的奴才，心裡既是得意又是厭煩。得意的是，他乃九五之尊，人人都要仰他鼻息；厭煩的是，這些人只會說「息怒」。息怒哪是那麼容易的，上牙碰下牙就行了嗎？遇到事了，沒一個人能給他出些好主意！就那麼一個對他忠心耿耿為了他好的霍十九，現在還被個狐媚子拐得移了性情，也一心想著離開他了！

「都給朕滾出去！滾！」

小皇帝暴虐地將靠牆放置的條几上的梅瓶和香座都掃落在地，又負氣地踹了一腳銅製獸足暖爐。

小內侍們如釋重負，連滾帶爬地退了出去。

景同卻是不敢走，深吸了口氣，調整了情緒，柔著嗓音道：「皇上息怒。要仔細龍體啊！」

「仔細龍體？」小皇帝苦笑，跌坐在羅漢床邊的腳踏上。「這會兒了，誰還會顧著朕的龍體是否安康？那些迂腐的酸儒，頂著忠臣的名聲，一個個就會站著說話不腰疼，有事了不去想法子為朕分憂，個個都是抱著肩膀站岸，看戲不怕臺高。但凡朕有一丁點的錯處被他們拿捏了，一下子都捅了馬蜂窩一般擁上來指責朕！」

「皇上，奴才雖不懂朝務上的事，可是奴才在一旁冷眼瞧著，皇上也並未做錯過什麼啊。」

「朕隱忍多年，好不容易清了英國公那個毒瘤，如今朝務百廢待興，老賊留下的餘孽明著暗著有多少，都等著朕去清理。那陸天明是個帶兵的，在京畿大營掌管多年，知道不少其中的內務，如今叛國投敵去了金國，仇懋功抓不回來，那蠢材難道不該罰？」

「該罰，皇上是對的。」

「可是所有人都認為朕是錯的！就連英大哥都幫著罪臣說話！如今滿朝大臣，但凡有個喘氣的估計心裡都在罵朕苛待功臣，老百姓還不知怎麼罵朕！」

「皇上，那些人什麼都不懂，您大可不要去理會，就依著您的心思去行事。」

景同生得容貌俊秀，常侍奉在皇帝身邊，也最瞭解他的脾氣，就連回話時的語氣音調都掌握得恰到好處，如此順著皇帝的意思，引著他將胸中不快都吐了出來，小皇帝的確是舒坦了不少。

「景同，你不懂。」小皇帝的神色已經沒有方才那般像是隨時會吃人一樣暴躁，站起身來負手看向糊著明紙的格扇，幽幽嘆道：「朕從前以為，做了皇帝，就是一人之下萬人之上，朕想做什麼就做什麼，天下臣子和百姓，都要無條件地服從朕。」

小皇帝說話時，景同已悄無聲息地到了門前悄聲喚人進來。小內侍們輕手輕腳魚貫入內，悄悄在小皇帝背後收拾滿地狼藉。

景同則是笑著附和道：「皇上說的是，皇上是天子，那就是天的兒子，這天下，皇上最大，自然是您說什麼就是什麼，您要誰死誰就得死。」

「但是朕現在發現，其實並非如此簡單。」小皇帝拿起被他摔了的摺子，展開來又看。上頭聯名的大臣足有三十多人，且奏疏上言詞懇切，大有他若不放罪臣出詔獄，就要一同在金鑾殿碰死的意思。

他的江山還沒坐穩，英國公餘孽還未清理乾淨，就要一起得罪這麼多的大臣嗎？

他自問，一個人的意思，壓不過這麼多人的意思，也壓不住天下人的輿論。

「現在朕清楚了，做皇帝，不是一人說了算，而是要取其平衡……」如此說著，小皇帝只覺得滿心都是荒涼。

忽然之間，腦海中浮現出一個畫面。

那是夏日裡的傍晚，在別院中，他穿著雪白的坎肩、淺黃色的短褲，斜靠在醉翁椅上，而霍十九卻穿了一身半新不舊的納紗長衫，坐姿端正地坐在他身旁的交杌，手拿一把蒲扇，一面為他搧風，一面給他講「水能載舟，亦能覆舟」。

他當時聽著這些道理，心裡期待將來掌權的一日，口中卻說著喪氣話。「英大哥也不必說這些了，朕也沒有真正去處置國事的一日，還費勁做什麼？不如喝口酸梅湯舒坦。」

當時的霍十九卻是溫和地笑著，摸了摸他的頭，又繼續為他打扇，沒有做什麼信誓旦旦之言，卻只說了句。「皇上好生記著，這些都會用到的。」

是啊，霍十九信守承諾，讓他有用到那些道理的機會了，但是他卻要離開了。

小皇帝一想到霍十九會走，心裡就如同被針扎一樣疼。他清楚自己當初為何要將霍十九下了詔獄，就是因為他不想讓他走。

「皇上？」景同在一旁瞧著小皇帝望著摺子出神，細長的眼睛裡竟然有了淚光，心裡就是一跳，忙跪下了。「皇上您息怒，您若是氣急了，就是打奴才一頓出出氣也使得，可千萬不要作踐龍體啊！您這樣，奴才瞧著……瞧著心疼。」

鼻子一酸，景同先哭了。

小皇帝憋著嘴啐了他一口。「猴崽子，你非要惹朕。」袖子抹了把臉，心情也平復了不少。

回過身，見室內已經煥然一新，就像剛才他並沒有鬧得滿屋狼藉一樣，心情瞬間又好了一點。

緩緩地在羅漢床上坐下，小皇帝道：「你說，朕若是順應了他們的意思，放了人出來呢？會不會有人說朕是膽小怕事，懼怕了那些大臣？算不算是朕太軟弱，讓大臣拿捏著牽著鼻子走？」

景同聽聞小皇帝這話，就知道他必然是已經動搖了心思，是想放仇將軍與霍十九出獄了。

「皇上是主子，他們誰敢說皇上的不是啊。」

小皇帝聞言搖了搖頭，苦笑了一聲。他是真的亂了，竟然會與個閹人商議起這些事來。景同對他忠心耿耿，又是個低賤的奴才，有什麼自然都是以他的意思為主，可以說他說東，景同就不敢往西，在景同單純的思維裡，哪能理解朝中那麼多老狐狸的心思？

小皇帝就站起身，摸了一把景同的腦袋。「你呀，趕緊去給朕預備車馬，朕要微服出宮。」

景同知道小皇帝心情好了，又對自己很親暱，心裡十分歡喜，連忙笑著應聲，就退了下去。

此時的詔獄中，霍十九穿著一身灰褐色的囚服，外頭披著一床洗得泛白的厚實棉被，垂眸靠牆坐著。他的髮髻有些散亂，鬢角的灰白長髮垂在肩頭，顯得他的臉色十分蒼白憔悴。在他身旁，是臉頰上還掛著鞭痕的仇懋功。

「忠勇公，老夫從前是錯看你了。」仇懋功聲音十分虛弱，這些日他在詔獄之中吃了不少的苦頭，鞭笞是照著三餐來的，早就快受不住了，現下不過是硬撐著。

然而相較於他，忠勇公關進來也是沒少吃苦頭。

那些人似是想對他用刑，又擔心將來皇上看出傷口來，是以對他用的是針刑。細長的鋼針，扎進皮膚裡不過是留下個小點，卻是鑽心刺骨的疼。更要命的，是針順著指甲蓋下頭的嫩肉扎進去。

雖然沒像他那樣照著三餐挨鞭子，忠勇公進來後也是受了不少罪，偏偏還沒留下傷口，將來就是想告狀八成都證據不足。

「仇將軍說的哪裡話，我的名聲從前是不怎麼好，也怪不得將軍……」霍十九苦笑，道：「將軍先暫且歇歇，我相信皇上不過是一時生氣，很快就會回心轉意放咱們出去的。」

仇懋功搖了搖頭，重重嘆息了一聲，虛弱地道：「我雖然不是什麼名臣，卻也頂天立地了一輩子，英國公當初許給我高官厚祿，我依舊想著我是陳家的臣子，絕不能背信棄義，想不到如今好不容易盼著皇上成就了，我卻是這樣的下場，真是不知道該如何自處。」

個。

如此忠心耿耿的人，到頭來卻鬧得家破人亡，何止是仇懋功心寒，霍十九也是心寒的一個。

「皇上不過是小懲大誡罷了，仇將軍千萬堅持住，相信也就是這兩日了。」

「忠勇公果然是忠於皇上的好漢，到了這個時候還在為皇上說話。」仇懋功挪了一下冷得毫無知覺的腿，頓時渾身鞭傷刺痛，臉上潮紅，瞧得出正在發著高熱。

霍十九著實心急如焚。「仇將軍且等等，我這就想法子喚人給你弄藥來。」

「快別麻煩了，進了這裡，還打算豎著出去嗎？恐怕全屍都留不下。」

正說著話，霍十九已經站起身來，身上的棉被也蓋在仇懋功身上，幾步就到了牢門前，雙手抓著木質的柵欄剛要說話，卻聽見「吱嘎」一聲鐵門響動。

隨即就聽見一陣腳步聲，卻是個年輕的獄卒提著個籃子進來。

隨著腳步聲接近，那籃子中的東西散出的熱氣和濃郁的肉香米香，直充斥著人鼻端，讓霍十九腹中不自覺「咕嚕」了一聲。

小獄卒到了跟前，笑著打開了牢籠下方的小門。「喲，忠勇公，這是外頭有人孝敬您的，您快用了吧。」

將籃子裡的一隻燒雞，一大碗米飯，還有一小壺酒端出來，順著小門放在牢內地上，獄卒就要提著籃子出去。

霍十九道：「是誰送的吃食？」

獄卒駐足，回過身滿臉笑容地道：「忠勇公就甭問了，有好吃就吃，有好喝就喝，好生享受便是。」

霍十九看了看燒雞，就知道那不是自家送來的。

若是蔣嫵能送東西給他，不會是他不怎麼愛吃的燒雞，也不會沒有被褥傷藥等物。

霍十九輕笑一聲，雖身著囚服，鬢髮凌亂，臉色也蒼白得難看，但那種不怒自威的氣勢與似是與生俱來的疏離，卻讓小獄卒哆嗦了一下。

「你若想留個活路，就去給仇將軍請個大夫來。皇上一時生氣，將仇將軍關進來不假，可皇上沒說要仇將軍的命。這事沒有調查到水落石出之前，皇上若要仇將軍活十年，你們也得伺候他十年。現在刑用得狠了，人快折磨死了，皇上若是回心轉意了呢？估計那時皇上不會甘休，你們九族就脖子洗乾淨，等著被發落吧。」

霍十九說罷，就緩緩坐回到原位，將自己那床被子又給仇懋功好生蓋嚴實了，摸了摸他滾燙的額頭，又斜睨門前的人。「我與皇上的關係不說你也知道，聰明的就快去辦吧，這是你的活路。」

小獄卒聞言，心裡就是一動。

這仇將軍壞了事，家眷在外頭求了多久都沒送進一樣東西，可忠勇公才一進來，整個京都城的百姓都炸了鍋，據說清流大臣們還上疏皇上了。這不，九王爺都看不下去，吩咐人給忠勇公送酒菜來。

這人不容小覷，就算虎落平陽，他也不能做得太過，好歹也給自己留一條退路。

思及此，獄卒笑容真切了不少，忙行了禮道：「是，多謝忠勇公的提點，小的待會兒就去辦。」想了想又道：「想必炭火也是用完了，待會兒小的再拿些炭來，還有厚實的被褥再拿來些可好？」

霍十九淡淡道：「有勞。」

「不敢，不敢。」獄卒行了禮，快步就往外去。

仇懋功呵呵笑著，看樣子是想大笑，偏底氣不足，嗆咳了一聲道：「那些鼠輩，就只會奉承，真正上了戰場動起手來個個都是草包！」

「仇將軍莫要動怒，趨利避害、捧高踩低是人之常情，也不必為了這些生氣，你現在身子虛弱，還請保存體力才是，皇上這些日氣也該消了，很快就會放咱們出去。將軍的家人還在等著你，你也要為了他們保重才是。」

仇懋功輕笑，扯動了臉上的傷口，疼得他眉頭擰緊。想起家裡的人，又是嘆息。

「忠勇公，你果真是忠心耿耿，到了這個時候還是相信皇上。相比較你，我此時滿心憤怒，卻是不該了。」

霍十九笑著搖頭。他不是相信皇上，而是相信蔣嫵。

他入詔獄的第一晚，就在擔心蔣嫵和曹玉會一時衝動，派人來劫獄。那時候他是一定不會隨他們去的，否則整個霍家都要被定罪，蔣嫵的後半生豈不是要在顛沛流離之中度過？

但是緊張了一夜之後，他沒有見到蔣嫵和曹玉安排來的人，他就明白，她遠比他認為的要沈穩多了。再仔細想，若換作是他，釜底抽薪的辦法是什麼？皇上開口關了他，必然是要皇上開口放了他才好。

他雖然被從前開罪過的人用了針刑，卻在忍受痛苦的時候告訴自己，這些痛苦他需要刻在骨子裡，不要忘記痛苦的原由為何。往後，斷絕了那些愚蠢的心思，只為了家裡人便可。

他沒有似仇懋功那樣絕望，覺得出不去了，相反，他信任蔣嫵與文達佳琿的安排和能力，他必然很快就能出去。他瞭解蔣嫵的性子，如果不是有必定能夠救他出去的本事，她恐怕會第一時間來劫獄的。

牢房外傳來一陣腳步聲，在冗長的過道之中有些迴響。

霍十九蹙眉看向來人的方向，卻先瞧見穿了一身淺藍袍子、面容清秀的景同提了只燈籠。

牢裡光線昏暗，雖是白日裡，也須得燈籠照明才能看得清楚四周。

霍十九心頭就是一跳。景同是小皇帝身邊的人，他能提燈侍奉的人屈指可數，莫非是……

正想著，就見猜測中的人穿了件黑色貂絨的大氅，雙手插在暖袖之中，面無表情地走到了牢門前。

景同將燈籠插在高處，躬身站在一旁，而遠處守著的，還有小皇帝帶來的侍衛。

「英大哥。」

仇懋功原本昏昏欲睡，聽到腳步聲就強打精神睜開眼，乍然看到那光亮黑貂絨的袍襬，聽見那陌生又熟悉的聲音，當即嚇得睡意全無，身上的疼痛都要忘了，翻身撐著就想起身。

「皇上？」

霍十九扶住了仇懋功，二人一同行禮。「臣參見皇上。」

「免了吧。」小皇帝看了看四周潮濕的牆壁，以及在高處的小小斗窗裡飄進來的雪，吸了吸被凍得冰涼的鼻子，道：「這裡也怪冷的。」

仇懋功渾身顫抖，也不知是因為激動還是因為傷口疼。

霍十九卻是淡淡地道：「是，皇上請回去吧。牢裡陰氣重，莫過了病氣給您。」

小皇帝笑著道：「英大哥已經想通了嗎？」

「想通？」霍十九微笑著道：「臣不知道皇上在說什麼，臣以為那日已經說明白了。」

小皇帝看著霍十九那張蒼白狼狽之中依舊俊俏的臉，心裡又被那種熟悉的煩躁填滿了。他強壓著怒氣道：「朕不知道你有這麼大的本事。你才進詔獄，隔了一夜而已，外頭就已經喧鬧開來。老百姓裡有罵的，清流文臣也有上疏說朕苛待功臣的。朕想知道，你是怎麼想的？」

「皇上是一國之君，皇上說什麼，就是什麼。皇上說臣有罪，臣就有罪。」

霍十九的聲音清淡如泉，毫無任何感情。

小皇帝從中已經體會不到從前那清冷卻溫柔的人，每一次說話時的循循善誘。

他要離開他身邊，去外頭逍遙快活了！

這想法一旦冒上來，心裡那些難以抑制的煩躁就如同火苗上澆了一勺油般，一下子竄升得很高，灼得他心口像是要燒出個窟窿。

「仇懋功辦事不力，暫且革職，在家中養傷吧，沒得朕的允准，不許離開京都。」小皇帝沈聲道：「景同，吩咐太醫院的人，好生為仇懋功醫治。朕要在十日之內，看到個活蹦亂跳的仇懋功！」

「遵旨。」景同躬身應下。

仇懋功心情複雜地磕頭，不無動容地道：「臣謝皇上恩典。」

小皇帝又道：「至於英大哥，朕也會即刻放你出來，正巧這會兒姊姊已經被蘭妃請進宮裡，待會兒你隨朕回去，一同吃一頓團圓飯，就算是朕給你賠不是了。」

「皇上言重了。」霍十九垂眸應著，心裡卻是一陣擔憂。

蔣嫵七個多月的身孕，又是大雪天的，進宮去吃「鴻門宴」，也不知能否自保？

沈穩地起身，霍十九心裡的焦急不曾流露出半分。

小皇帝冷眼看著霍十九不卑不亢的態度，並未出現他期待看到的感激涕零，更沒有從霍十九的臉上看到平靜之外的其他情緒，心裡越發堵得慌，拂袖轉身道：「讓他們放人！」

「是。」景同忙吩咐了下去。

不多時，外頭就聚滿了人。

顯然是在詔獄之中負責看押的獄卒和錦衣衛那些個頭目剛得了皇上親臨的消息，急匆匆地聚來行禮。

小皇帝堵著氣，可到了外頭，卻一改方才的氣憤，溫和地吩咐景同安排人將仇將軍送回家中，又笑著邀霍十九與他同乘一輛馬車。

才剛受了霍十九提點的小獄卒嚇得額頭上都冒了汗。可不是如忠勇公所說嗎？皇上果真是回心轉意了，幸而他方才與忠勇公說話時還算客氣，否則那煞星一出去，想要弄死他還不是一句話的事？說不定話都不用說，只做個手勢，他就小命難保了。

獄卒糾結之時，卻有個人拉了他一把。

他回頭去瞧，就見是方才給忠勇公送酒菜的那個人。

那人生得中等身量，約莫三十出頭的年紀，續了兩撇小鬍子，穿的是身嶄新的深藍細棉襖，外頭罩著個羊毛的坎肩，一見小獄卒看過來，忙堆著笑道：「小兄弟，借一步說話，我有幾句話問你呢。」

因方才往裡頭遞東西時也得了一些好處，小獄卒也不好直接推辭，就趁著人散開之際，跟著這人到了拐角巷子處，低聲問：「什麼事？」

那人便道：「孝敬給忠勇公的東西，他老人家可動了筷？」

「沒瞧著皇上剛都御駕親臨了嗎？都只顧著接駕，哪裡有工夫去瞧那個呢。」

中年人從袖中掏出個銀錠子來，笑著塞進獄卒手中，湊在他耳邊低聲言語了幾句。

小獄卒驚詫地叫道：「你這人不至於吧，這麼些銀子，再買多少酒買不得，做什麼非要將那壺酒弄回來？」

「煩勞小哥，那燒雞忠勇公沒動，怎麼處置都成，只是那酒壺，是我家主子心愛之物，請務必將酒壺取回。」

獄卒掂了掂銀子，想了想道：「好吧，我就幫你這一遭。」

他便趁著無人注意之際到了裡頭，見原本牢裡放著的吃食都不見了，又急忙到了外頭來，見幾名獄卒正在分著吃雞，就只得上前將放在一旁的酒壺取來，又與兄弟幾人插科打諢幾句，承諾回頭再篩一壺更好的酒來給兄弟們暖暖身子，這才將滿滿的一壺酒成功地帶出來交給中年人。

那中年人收起酒壺，拉著小獄卒去了巷子深處，低聲笑著道：「小兄弟，可知道我是哪個府上的？」

「你不是九王爺府上的？你這人好生囉嗦，又問這個做什麼……」話音未落，已覺得腹部劇痛。低頭看去，雪亮的匕首從腹部拔出，鮮血透過棉襖湧了出來。

「你……」獄卒瞪大了眼，到了這會兒也想不出自己為何會喪命。

中年人在他倒下之際又補了兩刀，從他懷中搜出剛才那銀錠子，這才冷笑了一聲，拿起酒壺走了。

大雪簌簌落下，在倒地之人身上落了薄薄一層，鮮血洶湧而出處還冒著淡淡的熱氣……

第七十二章　險得千金

馬車上，小皇帝將黑貂絨大氅解下披在霍十九身上，見他臉色蒼白，頭髮散亂，不由心疼。

自與霍十九相識至今，他只知道他是十分瀟灑的人，從來都是氣度矜貴，神清氣爽，哪裡會有如此狼狽的時候？

小皇帝到底有些心軟了，就捺著性子道：「英大哥，你若不忤逆朕，又何至於如此呢？看你瘦了不少，臉色也不好看，你可還好？」

上下打量霍十九身上，並未見傷痕，他放心了不少。「朕只說關了你，又沒說要對你用刑，想來那些狗崽子們也不敢對你如何。」

霍十九頷首道：「皇上說的是，臣只受了針刑而已。不似仇將軍，滿身傷口層疊，還請皇上開恩，吩咐人好生為他醫治。往後若真有動兵之時，我大燕還要仰仗仇將軍。」

小皇帝聽著這話，就覺得心裡不爽。仰仗？他身為九五之尊，需要仰仗誰？

這一整日，包括去親自迎了霍十九與仇懋功出來，他都是心有不甘。既決定了要將人好生懲治一番，到了如今因為天下人的輿論不得已親自去放了人出來，當他現在心裡多舒坦嗎？

關心他兩句，他便又扯到仇懋功身上。

「好了，朕放了你出來，可不是為了讓你繼續來忤逆朕。待會兒回宮好生換身衣裳，朕已讓人給你預備了熱湯沐浴，好生去去晦氣，也暖暖身子。至於那針刑，回頭朕會好生問問的。」

霍十九只笑著點了下頭，不再多言了。二人的意見既然不同，他再多說又有什麼用？到了宮中，就去小皇帝的寢殿側殿裡頭沐浴更衣，換上了一身簇新的石青雲錦襖，披上小皇帝親賞的那件黑貂絨大氅，頭髮也整齊地以白玉簪子綰在頭頂，除了氣色不大好，其餘與往常並無二致。

小皇帝看他如此，心情也好了不少，就道：「朕剛已經問過了是何人對你用刑，已經吩咐了人將他們拿下，隨後交給你處置。英大哥，朕都親自去接你出來了，你也就不要再氣了吧？」

「臣不敢，臣惶恐。」霍十九跪下行禮，只說了這樣一句，再沒了多餘的話。

小皇帝就覺得霍十九有一些說不上來的變化，對他的態度還是恭敬，卻不那麼親暱了。

小皇帝就有些著急，起身道：「英大哥不會記朕的仇吧？雖關了你，那也是你忤逆朕的意思，朕不是放了你出來嗎？」

「臣不敢，皇上仁慈，臣身沐聖恩，感激不盡。」霍十九規矩地叩頭。

小皇帝看得咬牙，雙臂負在背後握著拳，半晌才放開，蹲下身耐心地道：「英大哥，朕也有朕的苦衷……」

霍十九只垂眸跪著，不去看小皇帝的臉，聽著他軟硬兼施，心裡卻如同冰封的湖面一般翻不起絲毫漣漪。

若說從前還不清醒，大冬日在詔獄裡受著，他也該「冷」靜了。

此時，宮人來通報，忠勇公夫人已到來的消息。

屋內大紅的波斯地氈上燃著三足寶塔的黃銅暖爐，後頭擺設著八仙桌，小皇帝端坐首位，霍十九則是偏著身子側坐於末位。

見蔣嫵來了，小皇帝笑道：「姊姊來了？來坐吧。小綠，先給忠勇公夫人上茶來。」

「多謝皇上賜茶，不過妾身不宜飲茶。」

蔣嫵將白狐裘交給聽雨收起來，先行禮。

小皇帝就笑著道：「倒是朕的疏忽了，快些坐下吧。」

「謝皇上。」

景同乘機上前來，在小皇帝身邊附耳低聲言語了幾句。

他們說話的工夫，蔣嫵則是拉過霍十九的手，打量他的臉色，又檢查他身上是否有傷口，最後眼神落在他的手上。

霍十九的手生得白皙修長，因長年握筆留下些繭子之外，其餘地方倒是不沾陽春水的細緻，可細緻的皮膚上，如今有多處紅點，尤其是十指指尖之處。

「這些是怎麼留下的？」蔣嫵抬眸看著霍十九。「他們給你用針刑了？」

霍十九原想著傷口不大，只要自己不說，蔣嫵應當也不會發覺，就算是看到了這些小紅點，也未必會想到是針刑，卻不料蔣嫵一下就發現了。

霍十九怕她焦急生氣，動了胎氣，忙笑著安撫道：「無礙的，一點都不疼，再說也不是什麼大傷，一點皮肉之傷罷了……」

「什麼皮肉之傷？」蔣嫵聲音驟然拔高。

那方與小皇帝回話的景同恰好一句話說完，小皇帝便向著二人方向看來。

如今在小皇帝心目中，蔣嫵就是消磨了霍十九的鬥志、攛掇霍十九離開他身邊的狐媚子，加之她性情與尋常女子又不同，偏有一身的好武藝又讓人不敢不忌憚，見她在他面前如此大聲說話，就有些不悅。

「姊姊怎麼了？」

小皇帝的一顰一笑、一舉一動代表什麼，霍十九都深諳於心，他這樣明顯的厭惡，讓霍十九起了反感，不等蔣嫵說話，就開口道：「皇上息怒。」

不鹹不淡的四個字，讓小皇帝冷靜了一些。

「英大哥說笑了，朕哪有發怒？只是聽見姊姊突然大聲說話，不瞭解發生何事而已。」轉向蔣嫵，又很是關心地道：「方才抬轎的狗奴才不留神，險些摔著姊姊，妳可還好？」

「什麼？」霍十九驚愕不已，忙看向蔣嫵，拉著她問：「竟還有這種事？妳怎麼樣？」

「我還好，無大礙的。」蔣嫵笑著。「我這裡根本不算什麼，倒是你。」他手上密密麻麻的針眼，每一個都代表著他承受過的一次疼痛。

小皇帝見霍十九只顧關心蔣嫵，兒子似都不大在意，越發認定了蔣嫵狐媚的事實，壓下不耐煩，道：「那些抬轎的，每人賞二十板子。」
「遵旨。」景同行禮。
蔣嫵卻道：「慢著。」
小皇帝便笑容僵硬地看向蔣嫵。
皇帝發話，那便是聖旨，有什麼異議也只能憋在心裡，誰敢在皇帝說話時說一句「慢著」？這女人越發無法無天了！
偏現在小皇帝心中只想著如何讓霍十九回心轉意留在他身邊，如何讓二人的關係回到最開始的狀態，是以這會兒根本無法在霍十九面前表現出絲毫對蔣嫵的不喜。
「姊姊還有事？」小皇帝仍舊在笑。
蔣嫵說：「皇上吩咐的極是，那些人的確該罰，不過妾身還有一事不明，宮中的人各司其職，每個人都是精挑細選上來的，蘭妃娘娘又是皇上的寵妃，宮中的人自然訓練有素，像這樣冰雪的路面的確是不好走，可那些人也未必就會摔著。萬全之策，還是先問清楚，他們是真正不留神，還是有人指使為妙，此為其一；二則還請皇上細問，到底何人，出於何居心，對阿英用了針刑。妾身相信皇上與阿英的情誼，就算是在氣頭上關了他，皇上也不會允准人對他動刑的。要知道，這刑罰看起來只是皮肉受苦，但卻是對人的侮辱。皇上縱然捨得阿英皮肉受苦，也不會對他存羞辱之心吧？」
小皇帝自然沒有存羞辱之心，因為關霍十九進詔獄時，他根本沒有想過那麼多。
這會兒見蔣嫵提起此事，小皇帝細想了想，的確是如此，但是一個女流之輩，敢打斷他的話，還敢如此提出異議來，他就忍不住譏笑了一聲，反問道：「誰對英大哥用刑，這很容易得出結果來，但不知姊姊打算讓朕如何處置這些人？難道妳還要朕殺了他們？」

蔣嫵怒極反笑。

「皇上說笑了，妾身怎會要殺了他們？只不過，他們未經皇上旨意就濫用刑罰，難道不用問罪？若皇上不予追究也就罷了，阿英受的針刑，妾身卻是要他們挨個兒嘗嘗。」

小皇帝被蔣嫵咄咄逼人的態度氣得臉色鐵青，他的確是沒下令對霍十九用刑，可也沒吩咐人不許用刑。這話當著霍十九的面又不能說。

蔣嫵見他如此，便道：「皇上也知道，十指連心，這針刑的歹毒之處就是讓人痛徹心腑，偏偏不留疤痕。只阿英一雙手，就讓我看到這麼多的針眼，他身上呢？這是皇上心中有阿英，放他出來得早，若是晚一些，這些傷痕都不見了，又有什麼能證明阿英被他們苛待過？皇上對阿英的情誼我是知道的，可外頭若是因為這些濫用私刑的奴才而議論皇上苛待功臣，又該如何？」

小皇帝被蔣嫵搶白一番，竟覺得無話可說。

都不必等到外頭人知道霍十九手上的傷，恐怕現在知道仇懋功受了那麼重的傷，外頭的人也早就鬧開了。但是無論如何，他無法被一個婦人牽著鼻子走。就算要討好霍十九，讓他留下，他身為皇帝的尊嚴又怎麼可以輕易被人踐踏？

「姊姊愛護英大哥，情切至深朕可以理解，但妳所說的這些，卻不好去辦。這件事朕會命人去查的，包括抬轎的內侍，還有對英大哥動刑的人是誰，回頭自然會處置，就不勞妳費心了。」

小皇帝的語速很快，音調又有些拔高，縱然滿面是笑，又哪裡有幾分真心？

蔣嫵也知道在這個節骨眼上也不好再立即逼著小皇帝行事了，就點頭道：「好，妾身就信皇上，自此就等著皇上調查的結果。」

倒像是分派給他一個任務似的！

小皇帝氣得藏在袖中的手緊握成拳，半晌方放開道：「朕一言九鼎，天子的話是不會反悔的。」

小綠和景同聽了半晌，見小皇帝已經是有十分不快，還在忍耐著，就小心翼翼地上前來問是否開宴，以轉移小皇帝的注意力。

小皇帝點了頭。

蔣嫵心疼霍十九被關在詔獄挨餓受凍，如今又知他被用了刑，偏小皇帝還將事情攬走，讓她不能立即為他出一口氣，心裡就覺得堵得慌，飯菜只略動了幾口就罷了。

霍十九心裡堵著，也沒什麼食慾，不過仍舊笑著給蔣嫵盛了一碗藥膳雞湯，遞到她手裡道：「妳好生將這碗湯喝了，待會兒咱們就回去歇著，嗯？」

他受了那麼多的委屈，蔣嫵看著就覺得心疼，更不忍心拒絕他的意思，就接過了琺瑯彩福祿壽喜的小碗來，笑著點頭。

景同這廂也給小皇帝盛了湯。

小皇帝冷眼看著霍十九與蔣嫵，就覺得十分委屈。以前若是一起用飯，霍十九是會先給他布菜盛湯的，現在他眼裡卻只有蔣嫵了。

他也不知道自己怎會有這種心思，許是因為霍十九幾次三番提出要離開他身邊，讓他覺得恐慌了，所以才越來越在意這件事。

氣氛很是沈悶。小皇帝默默地吃完了一碗，蔣嫵和霍十九見小皇帝撂下碗筷，便也都停了筷。

宮人們魚貫而入，服侍著小皇帝與霍十九夫婦漱口，動作敏捷麻利，不多時就已將飯菜撤走，端上了熱茶。

小皇帝端起茶碗，霍十九就起身行禮道：「多謝皇上賜飯，臣及拙荊感激不盡。」

「英大哥，何必跟朕這樣客套，豈不是顯得生分了？」

小皇帝緩緩放下了茶碗。

霍十九就道：「臣這就告退了。」

他也是看夠了他們夫妻二人如此顧著彼此，離開眼前反而安靜，也好想想將來該怎麼辦。

小皇帝隨意地擺手道：「那英大哥回去好生歇息。」

「是，多謝皇上。」

霍十九道是，回身扶起蔣嫵，卻發覺蔣嫵的臉色不大好。

「嫵兒？」

蔣嫵擰著眉，捂著腹部，只覺得下身又是一陣輕微的收縮。

「阿英……」

「怎麼了？」霍十九這下子慌了神，聲音拔高。「妳怎麼了？」扶著她讓她坐下。

蔣嫵在方才的位子坐定，抓著霍十九的手道：「我覺得不大對，好像……啊！」話音戛然而止，被一聲痛呼取代，因為一陣突然而來的收縮帶來了鑽心的疼痛，她明顯感覺到一股熱流緩緩流了出來。

蔣嫵驚慌地張大眼，抓著霍十九的手因用力而指尖泛白。

那樣能忍痛的人，竟會這樣！

霍十九當即慌了神，回過頭去。「皇上，快宣御醫來！她不大好！」

小皇帝在一旁早就看得傻眼，連連點頭道：「好、好，英大哥先別急，快先讓姊姊去躺著，就去裡頭吧！」

霍十九顧不得推辭，就將蔣嫵抱了起來，快步往裡頭去。

眼見著二人往裡去了，小皇帝也焦急不已。

「怎會如此呢？景同，快去叫御醫來！」

一回頭，就見景同一副受到驚嚇的表情，指著方才蔣嫵的座位。「皇……皇上，您瞧，那是不是血跡？」

小皇帝猛然低頭，就見幾點斑駁的血跡落在明黃的坐褥上。

他的心裡咯噔一跳。

蔣嫵的身孕才七個多月，如若因為他宴請入宮時有什麼閃失，恐怕霍十九會記恨一輩子的！那樣他可不是跳進黃河都洗不清了？

「嫵兒！」

正這樣想，屋內就傳來霍十九焦急的聲音。

小皇帝連連催景同。「去，快去，傳御醫！」

小皇帝聽著霍十九的聲音不對，忙奔進內室去看，就見蔣嫵被放置在臨窗的炕上，霍十九半蹲在炕沿，染血的右手藏在背後，左手緊握著蔣嫵的，慌亂地安撫道：「沒事、沒事，御醫馬上就來了，別怕啊。」

霍十九的臉色比蔣嫵的還要慘白，額頭上冷汗涔涔，說話時不只聲音發抖，嘴唇亦是發抖。

蔣嫵已經疼得臉色發白，覺得好像吃了這一頓飯之後，身體一下子就不是自己的了，下身已能感覺到液體流出，她又慌又怕，卻強作鎮定道：「我知道，沒事的。」

說出這話，心裡卻清楚，這孩子怕是要提前降生了。剛肩輿晃她那麼一下，都沒有什麼大礙，很有可能是剛才的飯菜出了問題，其他的她又沒動幾口，只霍十九盛的雞湯她喝光了……

「阿英，去查飯菜。」蔣嫵忍過一波收縮帶來的劇痛，虛弱地反握住霍十九的手。

霍十九聞言就是一愣，隨即恍然。

剛蔣嫵突然出了問題，他將人抱進來時發覺手上溫熱濕黏，將人放下就看到了血跡。突如而來的情況嚇得他心慌意亂，平日的沈穩早就都不見了，哪裡還想得到這些，卻是蔣嫵這一句話，如當頭棒喝，讓他一下子清醒過來。
「皇上。」霍十九依舊蹲在炕沿，回頭對小皇帝懇求道：「請立即吩咐人去徹查方才的飯菜茶點，還有，嚴刑拷問今日抬轎的那些人。今日的情況都是針對嫵兒，必有人在幕後指使！」
二人四目相對，霍十九漸漸瞇起秀麗的眼，小皇帝眸光中也閃過驚愕。
他們二人同時想起方才開宴之前，小皇帝吩咐了景同去告訴御膳房，午膳加幾道對孕婦安胎補身有益的菜餚和湯食來。
難道真的是那些菜有問題？
小皇帝真的有些慌了。現在不論那些飯菜是否有問題，霍十九怕都會懷疑到他頭上吧？
「英大哥是懷疑朕？」
「皇上何出此言？」霍十九驚愕於小皇帝思維的跳躍。
其實若非他有過「害死」霍家人的先例，就不會作賊心虛地擔憂霍十九聯想到他身上。
飯菜收拾妥當已經過去一陣子，霍十九擔憂若真是飯菜被動了手腳，這會兒會被人毀滅了證據，就焦急地道：「還請皇上儘快下令，不要耽擱了。」
「朕問你話，你是不是懷疑朕？」小皇帝的聲音不自禁拔高。
「皇上為何覺得臣是在懷疑您？」霍十九不悅地抿著唇。「皇上在擔憂什麼？嫵兒如今這樣，明知道有可能是有人暗害，難道不該調查清楚？皇上再耽擱下去，這事可就成了無頭案了！就算皇上不在乎，臣也必定要查清楚！」

霍十九索性直接到門前去吩咐景同。「聽見我的話了？還不快去！」

景同心裡叫苦，不去的話，他懼怕這個煞星，也不知皇上到底是什麼心思。去的話，皇上又沒發話。

「看來英大哥不僅是懷疑朕，連朕的人都敢隨意吩咐了，你眼裡、心裡根本就沒有朕！」

霍十九這會兒根本不想再與小皇帝糾纏，他滿心滿眼就只有蔣嫵的安危，快步回到蔣嫵身邊，握住她的手道：「別怕，我在這兒呢，御醫馬上就到了。」

小皇帝被徹底無視了。

望著霍十九與蔣嫵交握著的手，再看霍十九垂在身側往身上蹭血跡的另一隻手，深吸了口氣，壓下了滿心的情緒。

他定要查清，證明他的清白，否則他做過的霍十九不知道，他沒做的事卻讓霍十九誤解了，他豈不是冤？

「還不快去！」小皇帝帶著氣，回頭怒斥景同。

景同嚇得心頭一跳，忙行禮慌亂地退下了。

不多時殿外就傳來一陣腳步聲，聽雨滿臉淚痕地跟隨在幾名御醫身旁進了門。

霍十九急忙側身讓開，這會兒根本也顧不上那麼多禮數，只看著幾人給蔣嫵診過脈後都皺著眉，就覺得一顆心沈落在谷底。

「忠勇公夫人這是動了胎氣，還是先請接生的嬤嬤來吧。」

小皇帝和霍十九同時煞白了臉，聽雨的眼淚一下子就湧了出來。
「夫人這才七個多月……」
「那也是沒法子的事，好端端的怎會動了胎氣，倒像是服了催生的藥似的，這會兒也顧不上那麼多了，趕緊預備著！」
小皇帝知道蔣嫵若是有個三長兩短，不論真相是否與他有關，他與霍十九的關係都會變得無法彌補，忙回頭吩咐小綠。「還不按著太醫說的辦？」
小綠猶豫著道：「皇上，婦人產子污穢，就在這裡怕不合適，不如……」話沒說完，已收到兩道凌厲的目光。
未等霍十九開口，小皇帝已先道：「這會兒了，還顧得上那些？趕緊吩咐下去，調派有經驗的嬤嬤和宮人過來伺候，還有將地龍燒熱，再多拿些暖爐來，其餘的待會兒都聽接生嬤嬤的吩咐。狗奴才，還愣著做什麼！還不快去！」
「是、是，奴才這就去！」小綠想不到小皇帝對蔣嫵這樣在乎。
殿內忙亂了起來，不多時接生嬤嬤就被請來，霍十九與小皇帝都被請到外頭，霍十九的身上沾染了血跡，小皇帝便吩咐人又去取來一身嶄新的墨藍色錦袍，吩咐內侍服侍霍十九換上。
霍十九自離開內室，就一直處在呆愣狀態，展開手任由宮人服侍著更衣，又在黃銅盆裡洗了手。
看著白皙的手在明亮的黃銅盆中，看著盆中的水被染上了淡淡的紅色，霍十九的眸色一下變得清明銳利。

「皇上。今日之事，定是有人故意為之，意圖挑撥您與臣的君臣關係。」

小皇帝聞言擰眉。

「此話怎講？」

「皇上何必明知故問？」霍十九淡淡道：「臣才剛被皇上關過詔獄，嫵兒就在皇上的宴請之後出了這樣的事，任誰都會覺得皇上是心中怨恨臣，關了臣還要礙於輿論將臣放出來，只能暗地裡算計臣的家人以示報復吧。」

「荒唐！」小皇帝氣得臉色通紅。

雖然他很想收拾蔣嫵，除掉她，霍十九說不定就肯留在京都了，但他還沒來得及下手呢，這屎盆子怎麼可以扣在他頭上？到底是誰多事？

霍十九平靜地看著小皇帝，那雙洞徹一切的眼彷彿能看穿一切。

「當然荒唐。臣知道此事並非皇上所為，看來是有心人看不慣朝堂安定了。臣對嫵兒一心一意，所有人都知道。若是臣在此痛失心愛之人，就算臣不計算在皇上頭上，也會使咱們君臣產生隔閡。」

「難道就不會是姊姊的仇家來尋仇？」

「嫵兒她雖然性情乖張，但並非無理取鬧、心腸歹毒的人。她會樹敵都是為了臣與皇上的事，那些人尋上她，其實與尋上臣和皇上一樣。」

小皇帝就點了點頭。

「只要英大哥別誤會朕就行了。這幕後之人用心也未免太過歹毒，有事對咱們男人來就罷了，卻針對個女子！若只針對大人也罷了，卻連姊姊腹中的孩子都不打算放過。英大哥放心，查出這人是誰，朕定不會輕饒。」

小皇帝沒有發現，幾句話之間，他已經忘記方才誤以為霍十九懷疑他。

霍十九重重地頷首。「多謝皇上。」想了想，又道：「皇上，其實自嫵兒有孕以來，臣府中就養了幾個嬤嬤，她們較為瞭解她的身子，臣斗膽，可否請皇上恩准臣讓她們入宮來從旁協助？」

如今情況特殊，他們二人的關係又非比尋常，小皇帝自然不會拒絕，就點了頭。

霍十九便叫了滿臉淚痕的聽雨過來，低聲吩咐了幾句。

聽雨用袖子抹了把臉，重重點頭道：「公爺放心，奴婢這就去辦。」隨即由一個小內侍快步引著出去了。

這時宮人已經將內室的窗前都掛上厚實的錦緞窗簾，屋裡燃了黃銅的暖爐，還點了燈，御醫們已經退到外頭去，相互斟酌著開方子，內室裡則由接生嬤嬤與宮女照顧。

等了半個時辰，小皇帝就去了御書房。

霍十九在外頭坐不住，又進了裡屋。

蔣嫵這會兒已是面色雪白，才吃了一劑催生的湯藥，還不知要怎麼煎熬。這時候又沒有手術，也沒有輸血，孩子才七個多月，身體疼得像快承受不住……

蔣嫵歷經沙場都不覺懼怕，刀口舔血也能談笑風生的人，第一次感覺到恐慌。

或許她這一次挺不過去呢？

睜開眼，看到霍十九就在她身邊，焦急地與接生嬤嬤低聲說著什麼。

蔣嫵就喚了他一聲。「阿英。」

霍十九聞言立即過來。「嫵兒，妳覺得怎麼樣？」

「沒什麼大礙，你不必緊張，只不過是孩子提前降生而已。」蔣嫵咬牙忍痛，笑著道：「你先去別處吧，這裡不乾淨。你也是在詔獄中折騰了這麼久，早就累了吧？趕緊去睡一覺，說不定等你睡醒了，咱們的孩子就出生了呢。」

霍十九何嘗不知這是蔣嫵在安慰他？

蹲在暖炕旁，雙手握著她柔若無骨的小手，摩挲她指腹和掌心的薄繭，霍十九緩緩地低頭，吻她的手指。

「我知道，待會兒我就去歇著，妳且放寬心，皇上安排的都是最好的御醫，接生嬤嬤也選了宮裡最有經驗的幾位，待會兒咱們府裡的幾位也會被聽雨帶來，就連妳喜歡的枕頭褥子我都吩咐她帶來了。」

「還是你想得細心，我為孩子縫製的衣裳才做了一半。」蔣嫵說著話，又是一陣陣痛，疼得她咬緊牙，閉上眼。

霍十九只看她的神色，也瞧不出是有多疼，但她的手指在他掌心微微顫抖著……

霍十九眼眶濕潤了，這個時候他不能給她洩氣，用力握住她的手，道：「好姑娘，妳在我心目中是最堅強的女子。妳要記得，七斤還等著妳，我也在等著妳，這孩子只不過是急著想來到這個世界，咱們早就做足了準備，且等著便是了。妳放心，我會一直陪著妳。」

蔣嫵耳中嗡嗡直響，霍十九的話像是在天邊傳來的，她張開眼，半晌方點頭道：「好。你先出去歇著吧。」

「是啊，公爺就去歇息著吧。這產房污穢，男人家待在這裡不大好。」

接生嬤嬤早在一旁看了這麼久，對外頭忠勇公夫人頗受寵愛的流言就算有所懷疑，這會兒也全然信了，幾人都很是恭敬諂媚，對蔣嫵的動作也都輕柔得很。

霍十九頷首道：「煩勞幾位嬤嬤了。」

幾人受寵若驚。「不敢，不敢，這都是奴婢的分內之事。」

霍十九緩步到了門口，剛宮人們掛在內外之間的厚實深色暖簾就被放了下來，遮擋住了視線。然而霍十九卻依舊扶著落地罩站在門前，面對著暖簾，彷彿有透視眼看得到裡頭似的。

背後的幾名宮人面面相覷，有預備好茶點的人，就想請霍十九先去歇息，卻見他握著落地罩的手緊握成拳，指甲都掐進了木頭裡，出了血也不在乎，宮人們哪裡還敢上前來，都只在一旁垂首靜默。

正當這會兒，外頭就有錯雜的腳步聲傳來，是御醫又送來了催產的湯藥。

霍十九看著那一白瓷碗黑漆漆的藥被端進去，不多時又有宮人端了空碗出來，心就又往下沈。

「公爺，公爺。」門外傳來景同的聲音。

霍十九忙三兩步奔了出去。

見了霍十九，景同恭恭敬敬地行禮道：「回公爺的話，那幾個抬轎的內侍都打死了，也沒人招出個人來。看來是真的因為路滑，不留神摔倒的。」

「打死了？」霍十九瞇起眼來，似笑非笑地道：「景公公辦的好差事，正經事沒問出來，就先將人給打死了。」

景同臉上的諂笑就有些掛不住了，忙跪地求饒。「請公爺息怒。」

「我哪裡能有什麼怒呢？景公公去回皇上吧。」

「這……是。」景同爬起身，急匆匆地退下了。

其實他剛回過了皇上，那摔倒的小內侍也是交給皇帝後才說了實話。因為幕後主使者，是蘭妃身邊最得力的宮女秋悅。這若是讓霍十九知道，還不懷疑到皇上頭上？蘭妃好歹也是皇上現在最寵愛的妃子，她行事的原因，外人都會歸結在皇上身上吧。

霍十九拳頭緊握得直響。可恨的是現在是在宮中，他縱然有天大的本事也施展不出來，他的人根本不可能貿然進宮來，否則還要依靠那些人？人打死了，那些傳膳的可是有證據在，或許能得到一些令他滿意的答案。

宮門外，聽雨跳下馬車，焦急地扶著三名婦人下車，早就有內侍駕著馬車等在一旁，又引著那三位穩婆上了另一輛馬車往裡頭趕去。

曹玉則是回身來到第二輛馬車近前，撩起車簾道：「陛下真的要在此處等著？天寒地凍的，恐怕會染風寒。」

文達佳琿擰著眉，道：「難道讓我入宮？」

「這當然不成，您現在面聖不適合，畢竟公爺與您要談的那些還都沒與皇上說明呢。」

「這不就得了，我這裡有湯婆子，再說爺們家還怕什麼冷？你們這裡根本也不及我們那裡的冬天寒冷，你快去吧，記得有什麼情況趕緊出來與我說。」

文達佳琿這會兒只能乾著急，剛聽雨回去帶穩婆出來，他就已經嚇得魂不守舍了。素來不信什麼神明庇佑的他，這會兒內心裡也早將所有想得到的神佛都求了一遍。

曹玉這會兒也焦急宮中的情況，一則急著告訴霍十九今日下午他在詔獄所得的消息，二則也想知道蔣嫵是否平安，就也不再拖沓，行禮快步離開了。

文達佳琿則吩咐納穆將馬車趕往與曹玉約定的位置，找了個不引人注目的胡同停了下來。

曹玉一路暢通無阻地來到偏殿時，就聽見屋裡正是一片混亂。他嚇得當即三魂七魄都似飛了出去，自己都不知是怎麼進了屋。

就聽見內室裡蔣嫵的聲音十分虛弱地道：「……這樣不好，孩子怕會憋壞了，聽我的，若是待會兒實在不行，就將我的肚子剖開，孩子一定能活。」

「不准，不准！」霍十九的聲音從未這樣絕望過。「不行，就算這孩子不要，也定要保住大人，否則我要妳們全體陪葬！」

「公爺，奴婢一定盡力！」

曹玉很想知道裡頭到底發生了什麼，又因礙著身分性別，不好進去，就只能站在門前乾著急。

這時的蔣嫵臉色白中泛黃，冷汗濕黏了頭髮貼在額頭，雙手緊緊握著床褥，忍痛之中還不忘瞪著霍十九。「都已經破了水這麼久，孩子本就不足月，會憋壞的，你一個大男人，能不能先出去。」雖然是怒斥，聲音卻是前所未有的虛弱，幾乎不可聞。

霍十九狂暴地吼道：「不行！我不管，我就在這裡看著！妳們都仔細著，我說了，先保大人！」

被霍十九吼得，接生嬤嬤與穩婆也都亂了手腳。

聽雨抹著淚，也顧不上什麼主僕禮儀了。「公爺您快出去吧，您在這裡，她們都手忙腳亂了！」

霍十九也擔心那些人施展不開，深深看了蔣嫵一會兒，這才到了外間。

驟然離開溫暖的屋內，冷風撲面，霍十九才察覺到臉頰上的濕意冰涼，忙用袖子擦拭。

「爺，夫人怎樣了？」

霍十九咬牙。「不大好。墨染，你來得正好，我這裡走不開，進來又沒帶人來，你快去御膳房，嫵兒就是吃了午膳之後才發作的，尤其注意查那個藥膳雞湯！皇上為了嫵兒好，還特意吩咐要預備做對孕婦有益的食材，他們竟敢在飯菜裡動手腳，真是該死！」

「好，爺放心，我這就去。還有一件事，今日是否有人去詔獄裡給爺送了酒菜？」

霍十九一愣。「是有，送的是燒雞、米飯和酒。我猜想不是你們送來的，就沒動。」

「虧得爺沒動。我今日聽夫人的吩咐去了詔獄，本是想進去給您送湯婆子、藥材等物，卻看到了那一幕，長話短說，我親眼看到有一個獄卒在被殺前，交給凶手一只酒壺，而且我跟蹤後發現那殺人凶手進了九王府。」

「你是說，九王府的人給我送了吃食後，又收回了酒壺？」

「沒錯，不只是酒壺，還有裡頭的酒。公爺知道了，心裡也有個數。我這就去御膳房。」曹玉快步離開了。

霍十九跌坐在圈椅上，就連天色轉暗，掌燈時分，皇帝和蘭妃一同來了也未察覺。直到戌時三刻，室內傳來一聲嬰兒嚮亮的啼哭。

「公爺！生了生了，恭喜公爺，是個千金！」接生嬤嬤將個襁褓抱了出來。

霍十九看著襁褓中小貓崽一樣的孩子，心一下子揪了起來。「嫵兒怎麼樣？」

接生嬤嬤原本面上還掛著報喜時該有的笑，卻在聽聞霍十九的詢問時，笑容僵硬了起來。

「公爺，夫人身體底子好，這會兒裡頭也正忙碌著，當無大礙的。」

若真無大礙，這會兒就要說是母女平安之類的話了，何至於如此支吾？這些奴才當差，為了躲避責任，這樣的情況通常都會說得稍嚴重一些以保萬全，霍十九現在不知她是故意這樣說，以防止蔣嫵出現突發狀況，還是蔣嫵現在真的不大好。

他待在外頭等候著，這一次遠沒有七斤降生時那麼久，但這一次卻是因為動了胎氣，用催產的藥將孩子催生下來的，想來母體或許都沒有做好萬全的準備吧……

霍十九沈默地凝望接生嬤嬤，令接生嬤嬤心頭發顫。

小皇帝也不好在這時候插話。到底是蘭妃八面玲瓏，到近前很是喜愛地看著襁褓中的小女嬰，笑著道：「這孩子雖是早產了，但是氣色極好，生得又漂亮，一看就是福壽雙全的命。」

接生嬤嬤也跟著奉承起來。

二人說著好聽的話，霍十九卻不打算聽，舉步走向內室時，裡頭卻傳來一陣慌亂的呼聲。

「不好了，血好像止不住！快去問御醫！」

霍十九一聽，心立即跌進了冰窟窿，雙腿似都不是自己的了，小腿打顫，險些跌坐在地。他踉蹌著奔上前，險些與端著滿銅盆血水的宮女撞個對面。

一看盆中鮮紅的血水，霍十九的心臟都要麻痺，連滾帶爬地闖了進去，力氣之大，門口兩位接生嬤嬤都沒攔住。

屋內血腥味與一股難言的刺鼻腥味瀰漫，蔣嫵躺在床榻上，面色慘白，雙目睜著，眼神卻有些渙散。

接生嬤嬤、穩婆和宮裡的醫婆在床榻前撐起的被單下忙碌著，小宮女一盆盆地端來的熱水，端出去時就染上猩紅。

外頭御醫急匆匆命人端來湯藥，再一次送到蔣嫵口邊。

「夫人，快用這湯藥。」有嬤嬤扶著蔣嫵，將湯藥強行灌入。

而蔣嫵卻好像沒什麼知覺，只是下意識地配合。

醫婆已取來金針，開始針灸止血的穴位。

霍十九站在落地罩旁，眼看著這一幕，一下子靠上背後的牆壁，頹然滑坐在地上。

不要了！以後說什麼也不要孩子了！只求神佛保佑，千萬讓她平安無事，否則這一生，他該怎麼度過？

他甚至不敢想蔣嫵若真的離開他，他該怎麼辦。跟著她去？七斤和剛出世還沒取名字的女兒怎麼辦？若為了孩子獨活，一輩子都會是行屍走肉。

不，他絕不要她有事！

「你們，若不能救活她，我滅你們所有人全族。」霍十九的聲音像從冷水裡撈過，低沈又冰冷，還帶著寒徹心底的顫抖。

在場之人都嚇壞了，他們毫不懷疑忠勇公有這個能力。因為忠勇公是皇上最看重的人，且從前他也不是沒做過這樣的事。

為了全族人，哪裡還有人敢不盡力。

蔣嫵聽見了霍十九的聲音，但已經沒有力氣說話，甚至連動一下手指的力氣都沒有。此刻她還沒有暈過去，全靠著一縷意志力在支撐著。

她太需要這條命了。腦海中閃過前生今世許多畫面，有悲涼的，有熱血的……她發現對前世的記憶已經不知不覺地淡化了，彷彿心底深處刻畫的所有人和事，都是與霍十九有關的，她這才發現自己悲哀地變得貪生怕死，因為她的牽掛太多，更不能丟了性命。

也不知時間過去多久，蔣嫵的眼皮終於控制不住地閉上了。在她昏迷之前並沒有聽到所有人都長吁了口氣的聲音。

霍十九被宮人攙扶起身，醫婆便猶豫著請了霍十九去一旁，低聲說道：「公爺，如今瞧著血是止住了。只是夫人今後，怕是生養有些困難。這一次傷了母體……」

眼見霍十九臉色越來越難看，醫婆忙道：「不過夫人年輕，身體底子素來又好，好生將養著，許是三年五載自然就會好起來。」

女人傷了母體，那是多大的傷害！霍十九雖不是女人，也不在乎女人，但在有了蔣嫵之後，也會特意去看一些千金科的書，學著怎樣做才是對她好。

若是真這樣，蔣嫵的體質怕是會垮了。然而好歹她活著！已是萬幸！

只要他好生愛惜她，將養著，她現在還不足二十歲，早晚都會好的。

思及此，霍十九難看的臉色有所緩和，道了一句辛苦。

眾人又是長吁了口氣，好歹全族的命算是保住了。

而一旁的聽雨，早已經忍不住落淚，心疼地取了帕子來為蔣嫵擦臉擦手。

霍十九走到近前輕輕接過，坐在炕沿，旁若無人地拉起她冰涼的手為她擦拭。昏迷之中的蔣嫵，手指瑟縮了一下，卻沒有絲毫反抗的力氣。

那麼警覺的人，這次沈睡著，根本沒有如往常一般慵懶地睜開眼，喚他一聲「阿英」。

霍十九滾燙的淚落在她的手背，「啪」的一下跌碎了。

聽雨捂著嘴低泣出聲，轉身撩了暖簾出去。而伺候的宮女與嬤嬤們，更是低著頭看著角落，根本不敢看霍十九。

外室也是一片凝重，顯然方才對霍十九回過的話，醫婆已經回過了小皇帝。在場的蘭妃和不知何時回來的曹玉都聽得清清楚楚。

乳娘這會兒正在餵剛出生的小姐吃奶，那孩子力氣尚小，似吸吮的力氣都不足……

第七十三章　君臣隔閡

曹玉看了眼內殿的方向，方才調查的事不好現在回，總要給霍十九一些與蔣嫵相處的時間，又想起外頭還有人在等消息，就趁著小皇帝吩咐蘭妃好生撥人來伺候蔣嫵之際，快步出去了。他一路暢通無阻地出了宮，踏著月色跑去文達佳琿停了馬車的巷子。

文達佳琿與納穆早已等得心急如焚，見曹玉回來，滿臉凝重，心裡都是一沈。

曹玉便簡明扼要地將情況說了。

文達佳琿聽了，沈默了許久，最後才道：「好在人還活著。只要人活著，一切都有希望。我國也有許多名醫，蔣嫵才多大啊，將來好生養著，一定會好起來的。要緊的是她人活著。」

「陛下說的是。」曹玉頷首，心中卻想著，說不定不能有孩子，還不用再冒險呢。

文達佳琿又道：「她生了女兒，你們主子沒說什麼？」

曹玉搖頭。「公爺一心只記掛夫人的安危，孩子大約都沒正眼看過。而且夫人此番是有人暗中陷害，公爺想追查還來不及，哪裡還有心情去想是男孩還是女孩。」

「你說，有人陷害？怎麼回事？」

「有人在午膳的雞湯中下了催生的藥材，加之抬轎的小內侍滑倒，夫人也許有些動了胎氣。兩相夾攻，再強健的人也受不住。」

文達佳琿愣了一下，怒極反笑。「真他娘的好笑！在皇宮裡，還能出這樣的岔子？你們皇帝是死的？他手底下的人怎麼管束的！」

曹玉冷笑了。「如果就是他吩咐下去的呢？」

文達佳琿一下子愣住了。

曹玉低聲道：「剛才我去御膳房調查傳膳的人，查到了宮中某妃嬪身邊的人。而這個人恰好卻被皇帝剛剛處置了。陛下，你說怎麼會這麼巧？線索剛剛有就被切斷了，幕後之人是誰，咱們是不是很好猜測？」

「要麼是妃嬪吩咐手下動手，要麼是在皇帝授意之下，妃嬪吩咐人動手，再不然，皇帝和妃嬪都不知情，那宮人私下動手的，再不然就是他們默許。」

「皇上閹了公爺，夫人暗中用計造大了輿論聲勢，逼迫今日皇帝不得不去親自將仇將軍和公爺接出來，我很難相信這件事與皇帝一點關係都沒有。」

「這事不好說。你們皇帝的確是做得出來這樣的事，不過也或許是有奸臣暗中挑撥霍英與你們皇帝的關係，也未可知。」文達佳琿抱臂冷笑了一聲。「不過蔣嫵是在他的地盤出了事，就是他的不是！」

曹玉與文達佳琿又說了一會兒話，就急著回宮去了。

文達佳琿得知蔣嫵生命無憂，便也回了府裡。

而霍十九這廂，在蔣嫵熟睡之後，就去聽了曹玉的回話。

曹玉說話時，小皇帝與蘭妃都坐在一旁。他們二人神色凝重，壓低了聲音，小皇帝根本聽不到他們說了什麼，只是不知為何，他總覺得他們的談話內容有自己。

難道真正是應了「作賊心虛」這四個字？小皇帝怒不可遏地看向蘭妃，咬牙冷笑。

蘭妃嚇得身上一抖，心裡將已死的秋悅罵了個狗血淋頭。誰讓她私自做這種事？分明就是給她添亂啊！

霍十九這時快步走了過來。「皇上，臣能否請蘭妃娘娘借一步說話？」

因為霍十九的眼神實在太過凌厲，蘭妃嚇得身上就是一抖。

早前尚未入宮侍奉皇上時，蘭妃就聽說過霍十九的為人。那時候他是臭名昭著的大奸臣，比起英國公行事更加跋扈囂張。可是真正見到人時，想不到他卻是個容貌清俊、氣質矜貴的翩翩公子，加上她是皇帝妃嬪，見面的機會又不多。

她還曾經想過，霍十九在外的名聲怕也是被人加油添醋而來的。後來他忠臣的身分昭然大白，她就再也不覺得這人有什麼可怕，至少不會做傳說中那些扒皮抽筋的勾當吧？

可現在，她卻再不敢輕視他，甚至連眼神都不敢與他相對。彷彿他的眼神是刀子，能夠刺穿她的眼，刺穿她的頭顱。

「忠勇公與本宮有話說？」蘭妃強作鎮定地微笑，眼角餘光求助地看向小皇帝。

小皇帝則是微笑著道：「英大哥，發生了何事？」

霍十九沈靜的眼中滿是苦楚，卻是異常平靜，聲音如常地問道：「皇上還當臣是家人嗎？」

小皇帝一怔，心中著實有些慌亂了。

他剛發現秋悅不對，立即毫不猶豫地將人處置了，且沒有立即追究蘭妃，就是擔心霍十九會看出端倪，對他產生懷疑。

他想粉飾太平，當作所有事情都沒有發生過，沒有任何跡象指向他，讓霍十九對他不變，永遠都留在他的身邊。蔣嫵這次能夠活下來，是她自己命大，往後自然還有機會來處置她，斷了霍十九的念想。

然而，小皇帝卻想不到霍十九會用這樣的眼神看著他，陌生到令他覺得恐慌，甚至覺得想哭。

「英大哥為何這樣問？朕自然當你是家人，永遠都是。」

「既然皇上這樣說，臣便不與皇上客氣。」修長的手指指著蘭妃，眼神卻一直都望著小皇帝。「讓臣審問這個人，臣查到，今日給嫵兒抬轎的小內侍摔倒，以及方才御膳房中查出雞湯中有催產的藥材，都與這個人宮中一個叫做秋悅的宮女有關。而秋悅，方才被她給處置了。臣要審她，查出她加害嫵兒的原由。」

在他面前，如此大大方方地說出要審問他的妃子！

若是霍十九的態度軟化一些，或者是言語中的哀求多一些，小皇帝或許心裡還好受一點。然而方才他們還產生過爭執，前一日他還將霍十九丟進詔獄，現在霍十九說出要審問他妃子這樣的話，無疑是在放火。

「英大哥，你是在與朕開玩笑嗎？」小皇帝冷笑。

對蘭妃的保護，無關喜愛，只在於他的體面。

霍十九將小皇帝的顰笑看在眼中，早已經涼透的心一瞬被燃起的怒火包圍。

「臣沒有開玩笑。皇上如此保護著蘭妃，不讓臣查問，是不是皇上知道些什麼？」

一句話，直說中了他的痛處。

小皇帝惱羞成怒地拔高了聲音。「英大哥說到底還是在懷疑朕！」

「皇上不想讓臣懷疑，就不要做這樣讓臣懷疑的事！臣並沒有要將蘭妃如何，難道只問她幾句話都不可？今日之事，臣本覺得是有人故意如此，意在挑撥皇上與臣之間的關係。可現在看皇上的行事做法，不得不讓臣往多了想！」

「霍英，你放肆！」小皇帝是九五之尊，被英國公壓制了這麼多年，一直都在伏低做小裝孫子，到現在好不容易登上大寶，以為自己能說了算，今日卻首次在群臣情緒激昂之下服了軟，懂得了為君之道不是發號施令，而是權衡之術。

他惱怒蘭妃手下的人私自行動，也不想讓事情發展到不可收拾的地步，但是霍十九這樣的態度，無疑是戳中了他心裡最不願意被人碰觸到的地方。

「連你都敢對朕這樣！」小皇帝抬手朝著霍十九臉上就是一巴掌。

若是從前，霍十九會受著，會跪下，會叩頭讓他息怒，然而這一次，小皇帝的手掌根本沒有挨上霍十九的臉頰。

霍十九的大手握住小皇帝的手腕，另一手提起了他明黃的衣領。「皇上還要打臣嗎？你做的事，難道真當臣什麼都不知道？」

小皇帝心裡咯噔一跳。他殺了霍十九的父母親人，這是一輩子也抹不去的陰影。

「你……你說什麼？」

「我說什麼難道皇上不清楚？我只想幫皇上這最後一段時間，拿下與金國永久的和平條約，這樣就算我帶著嫵兒遠走他鄉，也可以放得下心，你就不用擔憂我會變成第二個英國公了，我也得到自由，不用看著這個傷心地，對著傷心的人，難道這樣不好嗎？皇上非要將事情做絕嗎？如今，我只有嫵兒……你怎樣對我都行，你是君王，我都認了！可你為何還要這樣對嫵兒？」

盛怒之下，霍十九的語速極快，一聲高過一聲，也不自稱為臣了。他一直在忍耐，一直在失望與落寞中掙扎，在牢中受針刑時，沒有人能想像得到他的悲涼。他一心效忠的帝王，竟然想殺他家人，殺他妻子，殺他孩子，還要將他也在利用乾淨之後徹底踩在腳底，這樣才放心。

他的忍耐早已經到了極限，今日那一盆盆的血水，還有蔣嫵往後再難生養的消息，就是壓垮他的最後一根稻草！

霍十九手上力道加重，猛然甩開小皇帝被擒住的那隻手，反手就是一拳，正打在小皇帝臉上。

「啊！瘋了，忠勇公瘋了！」

「來人！」

景同和蘭妃都被嚇得大呼。

曹玉卻是隨意抬手，一指點了景同的穴，另一手掐住了蘭妃的喉嚨。這二人的聲音都戛然而止。

小皇帝被打得先是發愣，隨後震怒，也顧不上那麼多，就重重地揮拳還擊。「你敢對朕動手，反了你！」

霍十九和小皇帝都不是武藝高強之人，但也都是經常鍛鍊身體、身體素質十分強健的人。

霍十九年長成熟，正是男子力氣最大的年齡，小皇帝稍顯稚嫩，但也使出吃奶的力氣。二人竟是不用功夫，毫無技巧，就像蠻牛一樣地打在一起。你給我一拳，我踹你一腳，不多時候兩人都鬢髮散亂，也都掛了彩。

這過程，內侍裡的宮人和嬤嬤早已嚇得屁都不敢放一個，而外頭的侍衛，也呆愣愣地不敢闖進來。

因為皇帝沒有發話……

「你竟對朕動手，你不配為臣！」

「我不配？我若不配，你今日就不在這裡！」

「你挾恩圖報，算什麼正人君子！」

「既知道是恩，為何還恩將仇報？」

兩人越吵越凶，越打越累，很快都氣喘吁吁地癱在地上。

眾人都已經嚇傻，哪裡見過敢跟皇帝肉搏的大臣啊！侍衛們甚至覺得自己下一刻就會被皇帝拉出去斬了滅口，內室裡的嬤嬤們也是這樣想。

就在這時，一聲嬰兒響亮的啼哭聲打破了殿內詭異的寧靜。

霍十九的躁亂，也在這一聲啼哭之中終歸沈寂。

他先是低沈地笑，笑聲越來越大，最後竟是狂妄地放聲大笑，到最後，聲音落入喉嚨，變成哽咽，但他眼中卻沒有一滴淚。

爬起身子，霍十九走進內室，用被子裹住蔣嫵，小心翼翼地抱著出來，聲音溫柔得彷彿剛才發狂的人不是他。

「嫵兒，咱們先回家。」

蔣嫵依舊昏迷著，側臉貼著他的胸口，柔軟身子毫無力氣，像斷了線的木偶。

霍十九走向門外，院中的侍衛不知該如何是好。

曹玉這時放開掐著蘭妃脖頸的手，蘭妃立即跌坐在地猛咳起來。

侍衛橫刀，擋住霍十九的去路。

霍十九腳步一頓，說了句。「讓開。」

屋內癱坐在地的小皇帝用手背蹭了下嘴角的血跡，驟然高聲大罵。「滾！都給朕讓開，讓他滾！」

曹玉就去將剛出生的嬰兒，以襁褓仔細包好交給聽雨，又帶上方才帶來的穩婆，徑直追著霍十九出去了。

看著那一行人越走越遠，小皇帝緩緩站起身來。環顧一周，發生這樣的鬧劇，竟然被這麼多人知道了。再看蘭妃，細長的眼中沒有絲毫溫度。

小皇帝只說了句。「自行了斷吧。」就快步下了丹墀，往外去了。

「皇上！」蘭妃不可置信地追了上去，一把抱住了小皇帝。「皇上，臣妾冤枉，臣妾冤枉啊！」

「妳冤枉？」小皇帝掙開她的雙手，冷笑了一聲。「朕何嘗不冤枉？若非妳治下無方，出了個秋悅，今日又哪裡會變成這樣？」

「臣妾與皇上都是被誤解的啊！忠勇公他今日分明是以下犯上！」

「他犯上，是他的罪，早晚朕會收拾他。看在妳伺候了朕一場，妳就自行了斷吧，朕不動妳。」

甩開蘭妃的手，小皇帝快步出去了。

室內的接生嬤嬤和外頭的侍衛們，同時鬆了口氣。

蘭妃跌坐在地上，泣不成聲。

而霍十九這裡，已吩咐了小太監預備馬車，抱著蔣嫵乘了上去。聽雨抱著襁褓上了另外一輛，至於三位穩婆則上了最後一輛車。

曹玉跟在霍十九的馬車旁。「公爺，今日這樣貿然帶著夫人出來，怕對她身子不好。」

霍十九儘量讓她躺得舒服一些。「留在宮裡不安全，現在回家，總比在宮裡丟了性命好。」

曹玉默然，許久才道：「稍後回府我立即去找周大夫來給夫人瞧瞧，公爺莫擔憂，夫人身體底子好，只要好生調養必然會好起來的。」

霍十九輕輕頷首，垂首望著靠在他臂彎中虛弱的人。大概也只有這樣的時候，她才會如此柔弱地將自己的重量完全交給他吧？

他雖喜歡柔弱嬌美的她，但更希望她平安。他寧可她在他跟前永遠強勢下去。

手掌輕撫她的臉頰，霍十九發現她正在發熱。這下子他著急了，額頭貼著她的額頭，發現她果真是發燒了。

「她正在發熱。咱們得再快點。」

「是！」曹玉索性到了馬車外頭，幫著趕車去。

一路回到霍府，霍十九索性吩咐人直接將馬車從側門趕入府內，到瀟藝院門前才停下。蔣嫵一直昏迷著，就連被霍十九連人帶被地抱進屋、放在榻上都不自知。

闔府上下都知道蔣嫵早產的消息。

幾乎是周大夫和醫婆剛趕到，蔣學文和蔣晨風也急忙來了。

蔣學文披著厚實的大氅，頭上戴著黑色暖帽，在廊下明亮的燈光映照之中就顯得臉色極為蒼白。

「姑爺，嫵姊兒她怎麼樣了？」

「岳父。」霍十九先行了一禮，隨後道：「今日宮中發生了一些事……嫵兒這會兒在發燒。她剛誕下一女。」

「是嗎？」蔣學文愣了一下，又問：「她身子怎麼樣？大夫如何說的？」

「御醫和周大夫都說細細調養無礙，只是她往後恐怕……哎，來日方長，好生調養著身子應當會好的。」霍十九道。「外頭冷，岳父和二舅哥還是先去偏廳休息，我讓乳娘將天佑抱來。」

「天佑？」

「嗯，我給女兒取的小名。」霍十九心中的苦楚不足為外人道。今日蔣嫵能夠平安誕下孩子已經是上天保佑，但願上天能再發慈悲，保佑她們母女都能平安。

霍十九沈默時，神色是前所未有的落寞。

他身上的袍子有幾處髒污，甚至還有被扯破的地方，髮髻鬆垮、鬢髮凌亂，嘴角有一處瘀青，這分明是與人打了一架的樣子。

蔣學文與蔣晨風都猜想他心裡不好過，也不好這會兒就問原由，只順著他的意思道：「叫天佑很好，孩子改日再看，現在她還太小，我們兩個才從外頭來，還一身寒氣。」

聽雨已經將天佑交給早就養在府裡的乳娘帶下去照顧了。霍十九也不忍心折騰那麼小的孩子，對於蔣學文與蔣晨風的體諒，他感激於心。

蔣學文就道：「我看你氣色不好，如今嫵姊兒並無生命危險，也沒有你能幫忙的地方，不如你快些去睡上一覺。你若是垮了，她也沒了主心骨，總不好讓她在虛弱之中還為你擔憂吧。」

蔣學文很是瞭解霍十九的心理，他的勸說，恰好說到霍十九的心坎。這兩日經歷太多，在詔獄之中那樣寒冷也不可能好好睡覺，加之後來一連串的變化和驚嚇，他早就已經倦極，只是硬撐罷了。

他便也不再與蔣學文和蔣晨風客氣，又說了幾句話，就送了二人回外院去。霍十九就和衣睡在臥房外間臨窗的羅漢床上。

其實說是睡，他也並未真正完全睡著，內室裡下人來回走動，低聲說話他都隱約聽得見。心頭掛念著蔣嫵的身子，又只能乾著急幫不上忙。

好在次日蔣嫵就退了燒，只是人還昏睡著。

霍十九起身盥洗後，換了身乾淨衣裳，也不去外院做事，更不入宮，就只是待在臥房裡陪著蔣嫵，其間還去看了孩子。

到了下午時分，蔣嫵醒了。睜開眼看到的不是宮中華貴的建築，而是熟悉的百子千孫帳子，心下就覺得安定。

因為帳子垂著以遮擋陽光，蔣嫵並不能看清外頭，仔細側耳，只能聽見有人在，就道：「阿英？」

她的嗓子有些沙啞，但霍十九一直注意著她的情況，幾乎是立即從羅漢床上跳下來，來不及穿鞋就跑到拔步床前掀起帳子。

蔣嫵見他一身整潔，氣色也還好，就笑了一下。「我睡了多久了？」

話一出口，她才發現自己的聲音是前所未有的沙啞虛弱。

「快一整日了。」霍十九拿溫水，以湯匙餵她喝了幾口。

「孩子呢？」昨日產後她就一直處在半昏迷半清醒的狀態，只隱約聽見了產下個女兒。

霍十九笑著俯身親吻她的額頭，隨後道：「孩子很好，外頭太冷了，我就不讓乳娘抱著她來給妳瞧了。我給她取了個小名，叫天佑。」

「天佑？是紀念這一次的劫後餘生嗎？」蔣嫵笑著打趣他。

霍十九搖頭。「是希望上天保佑。」

二人凝望著彼此。自霍十九被下了詔獄，到昨日蔣嫵用膳後驟然動了胎氣，生生死死都在這兩日之間，彼此心裡都增了不少滄桑。

「嫵兒，等妳身子好起來，咱們就離開。」

蔣嫵知道霍十九是與小皇帝發生了什麼不愉快。以他的性子，若是真的查出一些小皇帝有可能對她不利的證據，他八成還會不顧君臣禮儀去揍人。

「好，你說什麼時候離開，咱們就什麼時候走。」蔣嫵低柔的聲音中滿是安撫。

霍十九微笑著捏了捏她蒼白的臉頰。

「公爺，金國陛下來了。」廊下聽雨回話。

霍十九高聲道：「快請進來。」隨即道：「昨日妳出了那樣的事，陛下因擔心妳，又不能進宮裡去等消息，就將馬車停在宮門外，一直等到妳脫離危險他才放心地回來。」

霍十九只是陳述事實，並未有吃醋的模樣。更何況面對虛弱的蔣嫵，他也已經沒有其他的心思。

蔣嫵就點了點頭。「達鷹是夠朋友的。」

「我當然夠朋友。」文達佳琿的聲音從外間傳來。高聲說話，就是在進門前先給屋內的人一個準備。

霍十九起身來迎，將他迎進了內室。

文達佳琿在距離蔣嫵不近不遠的位置拉了把椅子坐下。「蔣嫵，妳好些了嗎？」

「我沒事，多謝你掛心。」蔣嫵感激地微笑。

見她氣色雖差，但精神上很好，文達佳琿就放下了心，直截了當地道：「我今日來是與你們二位辭行的。」

「辭行？」霍十九驚愕道：「你打算去哪兒？要過多久回來？」

文達佳琿就拍了拍霍十九的肩頭，笑容坦蕩地道：「霍英，好兄弟。你今次盡心盡力的幫襯，我達鷹都看在眼裡，記在心上。他日我必定報答。」

「不，我這還沒幫上你的忙呢，再者皇上已經都吩咐了我與你定下細則來，再去與他瞧。陛下若有事必須親自去辦，要離開京都一段日子，那不如咱們抓緊時間商定下來，我去與皇上談。陛下則是該做什麼就做什麼，等你回來時說不定已經辦成了。」

文達佳琿微笑著搖搖頭，目光落在拔步床上昏昏欲睡的蔣嫵身上。

「我的意思是，我不需要燕國皇帝幫忙了。」

「為何？」霍十九蹙眉道：「已經走到今日，放棄未免太可惜了。」

轉念一想，霍十九又了然地道：「陛下也不必擔憂我，我雖然與皇上打了一架，但我們之間的嫌隙還沒有那麼大，況且永久的和平對於皇上來說也是難得，他必然會聽你的提議。就算不讓燕國大撈一筆，只要兩廂雙贏，他也是樂意的。」

「他樂意，我卻不樂意了。」文達佳琿想起小皇帝的齷齪，就撇了下嘴。「你如此聰明的人，應當也懂得什麼叫因利乘便。你們國家兵力本就有限，出兵幫助我奪回皇位，且不說能不能戰勝，不論輸贏，恐怕對燕國都沒有什麼好處。這事是咱們與他提出的，就算他自己想起來要做，往後下頭有人議論時，他也難免會多想。你們的皇帝太多疑了。」

「陛下是說，你擔心皇上覺得我投靠了金國，否則怎麼只為了金國說話？」

「的確如此。你與你們皇帝的關係已經到了如今這個地步，我的事你就暫且不必理會了。」

這個決定，是文達佳琿思考了一整夜的結果。

蔣嫵如今這樣，他如果還死皮賴臉地指望霍十九來幫他，保不齊霍十九就會被人扣上一頂叛國的帽子。霍十九的安穩就是蔣嫵的安穩，他幫不上別的，但不要給蔣嫵添麻煩他能夠做到。

「陛下，你還是再仔細想想，這件事咱們從長計議。已經走到了這一步，陛下不該放棄。」

「誰說我放棄了？」文達佳琿本想再解釋，但蔣嫵那方已經傳來平穩的呼吸聲，顯然她虛弱到強打精神也做不到了，他也就不再解釋，起身道：「霍英，多謝你這些日的周旋。」

霍十九心裡百般地內疚，因為答應了朋友的事他沒有做到。

但是文達佳琿也的確是貼心，在這個時候促成兩國和談的確不是那麼容易，只要發兵就會勞民傷財。皇上才不會在乎是誰做金國的皇帝，只要和平，不要侵擾到燕國來就是好的。

他若是在與他打了一架後還能那樣去找他，的確會為難。

文達佳琿竟然為了這樣的理由，就要放棄燕國的幫助？

「陛下不必顧慮，其實情況並未有你想的那樣糟糕，我與皇上之間的關係複雜得很，早前有動手的時候，也並沒什麼。這件事不如就還按照咱們之前商議的去做吧。」

他已經被小皇帝懷疑得不少，就算再多懷疑一點又有何妨？他做的事對得起良心，對得起先帝，就連這件要幫襯文達佳琿的事也是雙贏，短暫的戰爭可為小皇帝謀求長久的安穩，他無愧於心，坦蕩得很。

文達佳琿可以為了考慮他的難處主動告辭，但他不能棄他於不顧。如果他不幫忙，他想不到文達佳琿還要怎樣做才能奪回皇位。

文達佳琿看向霍十九的眼神中充滿感激，他閱人無數，何人真心、何人假意他分得清楚，霍十九不論是出於報恩也好，朋友之誼也罷，在如此危難之際，自身尚且還有許多麻煩，他卻能如此為他著想。

況且他又不是不知道他對蔣嫵的心意，試問若是換個位置，他未必會有此等胸襟。霍十九不是軟弱的人，他能夠這樣真心待他，他很是動容。

「好兄弟！」文達佳琿又拍拍他的肩膀。「你的好意我心領了，但我已有決定。這皇位於我來說，卻也不是最要緊的。我半生戎馬，曾經期待過自己榮登大寶一日的風光，也曾有掌權天下的野心，但是真正得到手後，我卻知道這天下最無情的位置便是皇帝的位置。」

霍十九想不到文達佳琿竟然會說出這樣的話來。縱然他現在壓低聲音，但他語氣之中的豁達卻可聽得真切。

「為了皇位，我失去的已經夠多。先前有我的二弟，現在就連我的親弟弟和親兒子也能聯手一起來對付我。而你們國呢？為了皇位，翁婿可以反目，兄弟鬩牆的事不勝枚舉，如今這麼一瞧我也算是看夠了。」

「可是你只因為走了一趟大燕，就莫名其妙地被取而代之，多冤枉？」而且霍十九還深知他走大燕一趟，多是為了蔣嫵。

「不冤，你也不必替我惋惜。」文達佳琿笑道。「我行事歷來我行我素，極少因為局勢而掩藏自己真正的願望，從未委屈過自己，隨心所欲的事情我既然能做，也付得起代價。」

「那是皇位，不是別的，難道你真的能夠捨棄？」

「誰說我一定會捨棄？大約這世界上到處都是一樣，有狠心的子女，卻沒有狠心的父母。對自己的兒子，我真的下不了手。這段時間，我冷眼看著，他處事的手腕尚可，雖不夠老道，歷練一番自然會好的，左右將來皇位也要傳給他。」

霍十九驚愕地道：「你莫非打算就這樣了？這算什麼？提前退位？」

「外頭不是都說了，我是『駕崩』的人了。」文達佳琿作了決定後，笑容一下子輕鬆了。「做皇帝的滋味我嘗過了，也知道其中的苦辣酸甜，這事也就擱下了。如今我尚且有一件事情要辦，我可以當這是傳位給我兒子，卻無法容忍額騰伊攝政，是以我打算明日就啟程回國，暗中聯絡從前的部下。」

聽了這一番話，霍十九對文達佳琿的性情是真正瞭解了，也不覺得驚訝，由衷地感慨道：「陛下當真是性情中人，也是豁達之人。竟然能夠放得下皇位……你是我所見過的男子中，最為豁達的一個。」

「彼此。」文達佳琿意味深長地笑著，轉而低聲道：「我不打擾了，讓蔣嫵好生休息吧！我只是來與你辭行。」

「可你往後怎麼辦？回去聯絡部下之後呢？」

「我從前是想兵臨城下，逼白里退位，那樣回去得名正言順，也不至於傷害了他。而現在，我既然不想做皇帝了，行事也就容易了。我在金國的舊部之中有許多都是武藝高強之人，比之曹墨染也不差多少。」

「我明白了。」霍十九不等文達佳琿說完，已經理解地頷首道：「若是不用考慮奪位，自然就不必讓你的手下去傷害你的兒子，也根本用不上兵臨城下，只要解決了額騰伊即可。」

「正是。」文達佳琿站起身，笑道：「與明白人說話就是不費力氣。明日一早我就告辭了，蔣嫵身子不好，你好生照顧，等我辦完了事再來找你們。」

「好。」霍十九見文達佳琿心意已決，也不再多言，送了他到廊下，低聲叮囑道：「雖然我現在已經不是十分得皇上的信任，但這些年經營下來，手上也有些可用的人，稍後我讓墨染去找你，點選一些死士跟你去。」

文達佳琿相當動容，剛要推辭，霍十九卻道：「不必與我客套。昔日你救了我全家人性命的大恩我無以為報，本想今次為你赴湯蹈火，說服皇上，卻不想我已經不得皇上信任，又因為嫵兒的事情將隔閡鬧得更大，我心中愧疚得很，你若不肯讓我幫忙，我心裡會更愧疚。」

他如此真誠，文達佳琿反倒不好推辭了，看著霍十九半晌，才搖搖頭道：「你們的皇帝真是……」

瞎了他的狗眼。但是當著霍十九的面，文達佳琿不好說小皇帝什麼，只是搖搖頭，負手去了。

次日清晨，文達佳琿便帶著納穆與另外一名侍衛離開了霍家。

臨別前，納穆特地來找聽雨，信誓旦旦地道：「……隨著主子辦完事，我定然回來找妳。」

聽雨這些日與納穆幾乎形影不離，驟然分別，必然不捨得，可也無法，他們都有必須要做的事，也只能看著納穆離開，在心中祈禱他們一行人順利平安。

第七十四章 公然抗旨

蔣嫵的身子，在霍十九整日的陪伴之中漸漸好轉。

而剛出生的天佑，雖然瘦弱，卻也一日健康過一日。

霍十九沒有上朝，也沒有入宮，就一直在家中陪伴蔣嫵，外頭瘋傳的那些傳聞他聽了如同清風過耳，不縈於心：譬如仇將軍在詔獄中被用了刑，出來之後就傷勢甚危，如今已是命懸一線，百姓們得知後個個義憤填膺，許多人怒罵皇帝荼毒良臣；再譬如宮裡一場疫病死了許多人，包括蘭妃在內，就連當日伺候蔣嫵生產的嬤嬤也都病死了，小皇帝特意讓太醫院的人住在宮裡好生照顧，也沒有挽回她們的性命……

蔣嫵雖在月子裡，不方便活動，但也不願意在這樣的時間不清楚外頭的動向，這些消息還都是聽小丫頭繪聲繪色說起的。

她便問霍十九。「皇上這是將那日的人都給滅口了？」

「嗯。」霍十九無奈地道：「他的一顆心，也就那麼一丁點了，除了會簡單粗暴，動輒殺人解決問題，不知道還能做什麼。將來我走後，也不知他會將這國家治理成什麼樣子。」

蔣嫵這些日子就聽霍十九總在說離開之後的話，其實她很瞭解霍十九的抱負，也知道他的擔憂和不捨。

「你真的捨得放下這些？」

「真的。」霍十九為她掖被子，又摸摸她的額頭。「這裡的事我已經插不上手了，就算留下，他不信任我，我又能怎麼辦？縱然我有千般抱負，現在也已經失去展示的機會，不如從此一心都為了家裡，為了妳。對於你們，我著實虧欠良多。」

他語氣中的自責讓她不捨。「你哪裡有虧欠我們，你所做的事，爹娘和我只有佩服而已，反正你若留下，我也不會有半分異議。你若想遠走天涯，我也陪你一起。咱們一家子是絕不會分開的。」

霍十九動容地頷首。其實早些年他的事，家人都不知情，自然也談不上理解。若非有蔣嫵，或許現在他與父母弟妹之間還有著一層隔閡。

總之，他能有今日的生活，多虧有她。

到底是年輕，蔣嫵的身體素質素來又好，不過一個半月時間，她就已經恢復如常了。

而年關將至，朝野之中也熱鬧起來。

不過這些熱鬧與霍十九無關。

自從那日之後，霍十九就再未主動入宮，調查凶手的事也暫且放下了。

小皇帝見他不來，許是自持身分，自然也不會請他。

如此一來，到了年關之前，霍十九與小皇帝竟然一次面都沒見過，倒是府裡多出個常客。

仇懋功傷勢痊癒後，就常常來霍府。他在詔獄中見識了霍十九的為人，也隱約知道宮中的事，心裡有了些猜測，就與霍十九親近了不少。加之仇懋功為人爽朗，正是霍十九欣賞的脾氣，二人相處融洽不說，談天論地、針砭時弊之時，也常常叫上蔣學文一同。

想起當初蔣學文與仇懋功一派對付霍十九時，三人每每唏噓，感慨世事無常。

他們三個不論是表明忠誠與不忠誠的，如今也有兩個賦閒在家了。霍十九雖然沒有被罷官免職，但他言語之中也早就萌生去意。

三人在外院書房閒聊時，曹玉就到了屋門前。「公爺。」

「墨染來了。」霍十九微笑請他進來，問道：「怎麼了?臉色這麼差?」

曹玉看了看蔣學文與仇懋功，便道：「剛才打探出一個消息來，特意來回爺。聽說九王爺入宮，勸說皇上對金國動兵。」

曹玉說罷，就詢問地看向霍十九。畢竟那日在詔獄外頭發生的事，旁人不知道，他與霍十九卻是知道的。

說起來霍十九與九王爺早些年並未有過正面衝突，霍十九是奸臣，九王爺只是個閒散王爺，不理會朝務，二人見面的機會很少。唯一的一次交鋒，九王爺也是為了大燕朝著想，藉著霍十九要去與金國商定歸還國土之事，逼迫他立下軍令狀。

這樣一個平日裡不管正經事，偶爾做事也是為了大燕朝著想的王爺，讓人很難將他與狼子野心那一類的人聯繫起來。

命人監視霍十九，可以解釋成他不放心，擔心霍十九再度作惡；命人暗殺霍十九，也可以解釋做他們之間許有誤會，可是攛掇小皇帝這會兒對金國動兵，所動的就不只是臣子，其中勞民傷財不說，還不能為燕國換來任何確切可得的利益。

九王爺這是要做什麼？

不只是霍十九沈默，仇懋功與蔣學文對視了一眼，也都雙雙無語。

「九王爺這是想做什麼？」仇懋功喃喃道：「對金國用兵，哪裡能行？就算如今金國的皇帝年少，可那背後還有個城府不低於訥蘇肯的額騰伊在，而且被英國公敗壞了這麼多年，我國國庫空虛，人才凋零，去戰一次若不能有十分把握，是絕不能行的。」

蔣學文沈思道：「你這樣說的極有道理。你明白的，皇上未必不明白，如今只說是九王爺攛掇皇上，卻沒說皇上已經同意了吧？咱們都稍安勿躁。」

「不，岳父。」霍十九凝重地道：「或許您與仇將軍都不瞭解，我卻是最瞭解皇上的性子。九王爺勸說皇上對金國用兵，必然以金國積弱為理由。皇上那個年紀，正是初生牛犢不怕虎，而且在他的思維之中，最擅長的就是簡單粗暴，一擊制敵。皇上又有野心，如果一直讓自己處在弱勢，他必定是不依的，他需要的是勝利，是天下人對他的口碑。如果能拿下金國，這將是史書工筆上對皇上濃墨重彩的一筆紀錄，九王爺許是戳中了皇上的軟肋。」

「你說的極是。」蔣學文也贊同地頷首。「老夫現在就是不明白，九王爺為何要這樣做？」

是啊，到底為何？

霍十九陷入了沈思，片刻問曹玉。「可聽說皇上答允了嗎？」

曹玉道：「並未聽說，可也未曾聽說皇上有反對。」

就是說小皇帝極有可能聽了九王爺的話，在沒有與文達佳琿談妥的利益為前提之下，打算以燕國現在的國力去拚一次？

大約是文達佳琿先前自他這裡離開，沒再理小皇帝，小皇帝礙著體面不願意紆尊降貴來詢問，才有此舉希望霍十九主動去詢問？

這樣一想，也的確是有可能。小皇帝只道他一心都為了燕國著想，或許就是想以此法逼著他入宮去面聖，也未可知。

霍十九倒希望是這樣，若真如此，起碼能夠說明小皇帝還不至於太愚蠢。

三人完全沒有談論國事的興致。仇懋功告辭後，蔣晨風就推著輪椅，送蔣學文回客院。

霍十九這廂並未如往常那般立即回瀟藝院，而是沈靜地端坐在臨窗鋪設官綠色坐褥的羅漢床上發呆。

曹玉在一旁，將霍十九的神色看得分明。「公爺，你打算入宮去嗎？」

霍十九抬眸，苦笑道：「你覺得我應該去嗎？」

曹玉搖了搖頭。「我是個粗人，朝務上的事，我不懂許多。我只知道如今這樣的情況，你安生留在府中是錯，入宮去也是錯。」

「是啊，怎麼做都是錯。」霍十九沈聲嘆息。「入宮去，皇上會嫌我指手畫腳，是多事；不入宮去，皇上又嫌我不關心他，心裡沒有朝務。我也是左右兩難。」

「既然爺什麼都看得明白，又何苦呢？這些日我看你雖陪伴在夫人身邊，但一人獨處時，總是滿面愁容。我想不光是我瞧得出來，夫人那樣聰慧也早就看出來了，只是她不問罷了，您這樣下去不行，不光是您自苦，就連夫人心裡也跟著不好受。要怎麼做，咱們也該有個了結。」

曹玉所說的，正是霍十九心中所想的。

留在京都聽聞一切消息，即使不理會，卻心中擔憂；去理會，又是另外一番煎熬。左右他已經不被小皇帝信任，糾纏下去於他們二人都無益處，他努力了這麼多年，為他肅清了英國公，也算得上是盡力了，是時候該離開了。

只是……在霍十九內心深處，到底還是有著抱負的。

從前寄情於山水時，是先皇與他幾次相交，點醒了他，讓他從一個只知遊山玩水、任由光陰流過的人變成了後來這樣。能夠為了大燕朝做些什麼，儘管有苦楚，他依然覺得充實。只是想不到啊！他所努力和堅持的事，到頭來卻成了他必須要割捨的。

「罷了。我這就上疏辭官。」

出兵與不出兵，也都該皇帝說了算。他就算出言勸阻，皇帝又怎麼會聽他的，說了也是白說。

霍十九就起身去了書案旁，吩咐了四喜進來研磨鋪紙。他拿起紫毫筆，半晌才落筆。

蔣嫵這廂剛看過南方來的書信，就抱著天佑玩。

蔣嫵如今是子女雙全，雖然兒子不在身邊，但現下身子也恢復得好了，霍十九又常常陪伴在她身旁，這些日她心裡滿足，氣色也格外好。

聽雨就在一旁笑著道：「夫人如今的氣色比剛進府裡來時還要好呢。」

「整日裡調養著，除了吃就是睡，什麼都揀最好的往這裡送，我氣色能不好嗎？」蔣嫵見天佑睏了，就讓乳娘將孩子帶了下去。

她起身活動活動肩膀，道：「左右如今我也好了，我打算每日照舊去練功。我瞧著妳的功夫一直都是那個樣子，不如妳陪著我練好了。」

聽雨聞言忙點頭。「練功不是不好，只是夫人身子才剛恢復，還不用太著急，慢慢練起來也就是了。」

到如今，蔣嫵自己還不知道她往後再難有子嗣的事，霍十九曾經下了嚴令，這事不准任何人透露，知道的也就僅限他們幾個。因此聽雨對蔣嫵的憐惜越發多了，心中暗想著，替夫人尋來調養身子的方子也該適時地用起來。

這樣想著，外頭就見落蕊笑著進門來。

「夫人，剛四喜來了，說公爺請您自己用膳。他有點事，要出去一趟。」

「出去？」蔣嫵一愣，下意識就覺得事情不對。

畢竟這些日子整日朝夕相處，耳鬢廝磨慣了，霍十九就算要出去，也不至於不回來與她說一聲，除非是在外頭有特別急的事。

「四喜現在人呢？」蔣嫵的聲音沒有了方才玩笑的笑意。

見她臉色不好，落蕊也斂顏道：「四喜剛到了院門前，與婢子說完就回去了。這會兒人該當沒走遠，夫人要找他，婢子這就去追。」

蔣嫵想了想道：「不必，我自己去。正好我也許久都沒有走動了，出去呼吸呼吸新鮮空氣也好。」

聽雨忙道：「還是乘車去吧，此處距離外院還遠著呢。夫人就算體力支撐得住，也許公爺已經出門了呢？」

「說的也是。」蔣嫵就允了聽雨去吩咐預備代步用的小馬車。

聽雨出去安排時，擔心蔣嫵乘車依舊是趕不上，耽擱了正經事，就安排了個小丫頭飛奔著趕去前頭告訴霍十九一聲。

是以蔣嫵離開瀟藝院，乘著馬車，抱著小手爐，將臉縮進白兔毛領的水藍色披風中，才剛搖搖晃晃向前走了一陣，馬車就緩緩停下了。

霍十九撩起車簾，笑道：「這麼冷的天，怎麼就出來了？妳要有什麼事問我，就直接吩咐人去叫我不就得了。」

蔣嫵見他神色輕鬆，就忍不住玩笑道：「叫你就回來？你不介意，我也不敢啊。」

「妳呀，有什麼不敢？」霍十九用食指刮了一下她的鼻子，說話間已經上了馬車，挨著蔣嫵身旁坐下。

聽雨就吩咐趕車和跟隨在一旁伺候的人都走遠一些，以方便主子說話。

蔣嫵靠著霍十九的肩頭問：「四喜說你出去有事？」

「嗯。」霍十九知道瞞不住蔣嫵，索性也不隱瞞，直言道：「九王爺攛掇皇上出兵金國。我看著事情不大好，原本不想理會，也已經寫好摺子告老，只不過仔細想想，已經這麼多年的感情了，看出端倪了若不與皇上說明，心裡總過意不去。」

「你就是心軟，他拿捏的也是你的心軟。我若是皇上，見你生氣與我冷戰，我也會鬧出一些麻煩來讓你擔心我的。」

「妳的意思是皇上是故意的？」

蔣嫵凝望霍十九，在光線昏暗、空間閉塞的馬車裡，她看清了他眼中的擔憂，就覺得一口氣悶在胸口裡。

她不該因為霍十九的忠君愛國而動氣的。他的品格是多少人推崇的，作為人夫，他如此深情也是多少婦人求不來的。他的優秀之處實在是很多，但偶爾一次的死心眼，也真能活活氣死人。

蔣嫵不回答，又以那樣的眼神看著自己，霍十九就知道她動了氣。

「嫵兒，妳有話但說無妨。」

「我的確有許多話想說，但我現在只問你一句，你是一定要入宮去面聖嗎？」

霍十九頷首。「我不多留，將辭官的摺子交了，再將要說的話說完，即刻就歸。」

蔣嫵最是瞭解霍十九的性子，一旦決定了，旁人說破了嘴皮子都未必勸得住！除非……

「皇上不配你這樣用心，你對他早已仁至義盡了，他不是剛學會走路的奶娃娃，他已經是成年人，應當對自己的抉擇負責。你是他的臣子，不是他爹，你就不能多為我們母子考慮考慮嗎？」蔣嫵的聲音越來越低，雖是質問，最後卻如同嗚咽哽在喉頭。

霍十九聽著心疼，剛要解釋，卻發覺她右手成拳，緊緊攥著衣襟。

「嫵兒？」

大手剛剛撫上她，她身子就靠在他懷裡，呼吸急促，像是喘不過氣來。

「嫵兒！」霍十九這下子著急了。素來剛強的人，若不是真正難受至極，也不會如此虛弱地依靠他。

這讓霍十九聯想到那日在宮中她產下天佑時的情景。

「嫵兒，妳怎麼樣？」霍十九掀起窗紗焦急地吩咐聽雨。「快回瀟藝院，立即請周大夫！」

「是！」聽雨嚇得臉都白了，急忙小跑著去請周大夫。

馬車也被粗使的僕婦駕著一路往瀟藝院趕去。

蔣嫵靠在霍十九臂彎側躺，由於臉埋在他胸口，他看不到她唇角狡黠的笑。為了別讓他傻到自個兒入宮去找麻煩，她也只能出此下策。

馬車到了瀟藝院，霍十九徑直將蔣嫵抱回臥房，放在臨窗的暖炕上。她的小臉掩在白兔毛領子中，顯得巴掌大的臉越發小，顏色也蒼白。

蔣嫵適時地張開眼，笑了一下。「我沒事，你別這樣緊張，方才不過是心悸了一下。」

「好端端的怎會心悸？難道是妳身子還沒徹底恢復？」霍十九拉著她雙手，眉頭擰成疙瘩，急切地道：「嫵兒，妳別動氣，我都聽妳的。妳若不喜歡我入宮我就不去了，只要妳好好的。」

「不，你不必為了考慮我而勉強自己，我瞭解你們男子都有自己的抱負。譬如我爹，當初不也是為了抱負……我理解的。這會兒我沒事了，你快去吧，免得耽擱了時辰。」像是為了證明自己沒事，蔣嫵還「勉強」要起身。

提起當初蔣學文的作為，霍十九越發覺得心疼，且愧疚之感濃濃瀰漫上來。

他佩服蔣學文的剛正，但也曾經鄙夷過他的行為。一個男人家，為了朝廷的事竟然要犧牲家人，甚至連親女兒都不惜當作籌碼。

然而時至今日回首望去，他與蔣學文又有什麼區別？他也拖累家人屢次涉險，尤其是蔣嫵，自大婚當日血染喜服，她的日子就一直沒有消停過。

原本那樣健康的年輕姑娘，為他留了滿身的傷疤，連引以為傲的好身體都失去了，甚至往後都不能再有孩子。她豁達地讓他去做自己想做的事，就如同當初明知道他這裡是「龍潭虎穴」，依然答應了蔣學文去刺探消息一樣。

她的溫柔一直沒變過，他的可惡也越來越像當初的蔣學文。

「嫵兒，我知錯了。」霍十九一把抱住蔣嫵，大掌撫摸著她的背。「我不去了，不理會了，讓人將請辭的摺子送去就算了，妳好生歇著，這事千萬別往心裡去，待會兒周大夫就來了。」

蔣嫵雙手摟住了他的腰身。想不到她只是表達出意願，又裝一下病，霍十九就打消了這個念頭。她終於知道自己在霍十九心目中，究竟占著何等重要的地位。或許她不必裝病，只要把話說出口，他也會考慮的。能得他如此真心相待，她既動容又滿足。

周大夫不多時就來了，為蔣嫵診治過後，只道是產後虛弱，虧空了身子，到這會兒也沒養好，因急火攻心這才短暫心悸，只需要平和心情，好生將養著就無礙。

霍十九聽了越發內疚。「急火攻心」還不都是被他氣的？

稍後，曹玉到了內宅來，霍十九就將那摺子交給他，請他親自帶給皇帝。

曹玉莞爾，他也不贊同霍十九入宮去，在這個節骨眼上很可能就成了出頭鳥，到底還是夫人有法子。

小皇帝在御書房側間喝悶酒，景同和小綠一左一右侍奉兩側，一個手執白瓷壺斟酒，一個以公筷為皇帝布菜。

「自從霍天佑降生至今，英大哥已經有多久沒入宮了？」

「回皇上話，約莫有一個半月了。」景同小心翼翼地回。

小皇帝搖了搖食指。「錯了，是四十七天了。四十七天！」仰頭，將白瓷酒盅裡的溫酒一飲而盡，愣了片刻，忽然起身，猛地砸碎。

「四十七天，他好狠的心，就這樣放著朕不管不顧！為了一個妖女，多年的情分都不顧了！那蔣嫵不知是說了什麼才能讓英大哥那樣一心為國的人，將最在乎的朝務也放下了這麼久！她該死！」

「皇上息怒。」景同與小綠齊齊跪地，叩頭道：「皇上若想見忠勇公，奴才這就去傳。」

「不！朕不傳，他難道就不來見朕嗎？朕去請了他才來，那就不是他的心意，而是朕的！」

景同低著頭，不敢再多言。

小綠卻是憤然道：「皇上請下旨，只要您一聲令下，奴才立即帶人去將那妖女正法！除了這禍患，也免得往後她在忠勇公耳邊吹風，離間皇上與臣子的關係。」

小皇帝抿唇，瞇著眼，似在思考此法是否可行。

小綠與景同都沈默地垂首等候著皇帝的吩咐。

然而就在這時，外頭小內侍來回道：「皇上，忠勇公有奏疏遞了進來。」

小皇帝眼睛一亮，起身道：「呈上來！」

內侍捧著托盤，將剛送來的奏疏呈上。

小皇帝一面展開一面問：「誰送來的？」

「是曹大人。」內侍行禮，躬身退下。

小皇帝將內容瀏覽了一遍，漸漸地握緊拳頭，咬牙切齒地將奏疏狠狠摔在地上。

「好、好！這才是朕的忠臣呢。這才是朕的股肱！在這個節骨眼上，朕正是用人之際，就連朕的挽留都不作數，他就執意要走！」

這山河之大，萬民之博，他覺得自己根本離不開霍十九的輔佐。可是就算他威脅利誘，以情感去束縛，都沒有說服霍十九留下，如今竟還趁著他即將出兵金國之際要告老！

「沒那麼容易！」小皇帝冷笑了一聲。「景同，去忠勇公府傳朕的旨意。金國蠻子屢次侵擾我大燕周邊，忠勇公瞭解錦州、寧遠甚多，且善謀斷，有急智，著加封大元帥，點十萬兵馬，仇懋功、焦忠義為左右將軍，即刻預備，年後出征！」

「遵旨。」景同叩首，忙退了下去。

「不是要告老嗎？朕就偏不讓你告老！」小皇帝的聲音從牙縫裡擠出來，負在背後的雙手因用力握著而關節發白。

皇帝的聖旨傳到霍家時，驚得蔣嫵真正心悸了。

送走了景同，蔣嫵拉著霍十九的衣袖，半晌說不出話來。

「要你出征？」

「嗯。」霍十九苦笑，安撫道：「妳不必擔憂，有仇將軍和焦將軍在呢。」

「我不擔心，因為我會陪你去。」

「妳在開什麼玩笑！」霍十九聲音焦急，擰眉道：「嫵兒，妳聽我的話，回頭我就去安排，妳與孩子們即刻暗中啟程吧。」

「你打算讓我去杭州定居，然後你的一切消息就只能從旁人口中得知嗎？霍英，你能不能再自私一點！」

蔣嫵第一次如此對霍十九拔高嗓音。「你換位思考，若你是我，你會如何？就算是陷阱，只要你在我眼皮子底下，一起去死我也不怕！可你知道我最怕什麼嗎？我怕我過得安安穩穩，在那樣假裝安定溫馨的日子裡，整日睡不著覺，擔心你的情況，猜測你是不是已經戰死，或者根本會被你的好皇帝害死！」

霍十九望著蔣嫵，竟然無言以對。

蔣嫵深吸了口氣，以平復暴躁的情緒，半晌方道：「就這麼定了。」
蔣嫵話音方落，卻突然見外頭的聽雨快步進來，竟連個招呼都不打。
「夫人！」
「怎麼了？這樣慌張？」
聽雨臉色蒼白地道：「是皇上身邊的綠公公來了，說……說要接小姐入宮！」
「妳說什麼？」
「皇上要小姐入宮！」
蔣嫵聞言，險些咬碎了滿口銀牙。「好、好！我說必然會有後招等著你，將你女兒弄到他自個兒手裡，豈不是比什麼軍令狀都管用？就是要你死，你都要立即去死！這就是你的好皇帝！」
「嫵兒，妳莫動氣。」霍十九見蔣嫵氣得臉都白了，擔心她再犯心悸的毛病，忙扶著她坐下。「妳消消氣，仔細自己的身子。這事我心裡有數，自會去解決的。」
「你要將天佑交給小綠帶走嗎？」
霍十九在她身旁坐下，摟著她的肩膀，讓她螓首枕在他肩頭，一下下安撫地輕拍她的背。「這件事，我不會妥協的。」
「不將天佑交出去，豈不成了抗旨不遵？皇上萬一治你的罪呢？」蔣嫵不等霍十九回答，就坐正了身子，望著霍十九的雙眼極為認真地道：「阿英，我去宰了他，你會不會恨上我？」

「什麼？」霍十九愣住，一時間沒反應過來蔣嫵說的是誰。

「我說，我去將那白眼狼宰了，再擁你做皇帝，你會不會……」話沒說完，已經被捂住了口。

霍十九連連搖頭。「這話豈能亂說？仔細被人聽了去！嫵兒，我知道皇上的所作所為讓妳心寒，其實我也是心寒的，但這樣大逆不道的話再也不要說。」

他的語氣是前所未有的認真，其中透著嚴厲。「我自會解決這件事。」

即便要殺人見血，他也不想再讓蔣嫵的雙手染血。

「你難道能忤逆皇上的意思？他要天佑入宮，難道不讓孩子去？」

霍十九語氣悲涼。「走到今日，讓我出兵卻不信任，還要留個人質，讓我情何以堪？」

他站起身，又一次摸摸蔣嫵的額頭。「妳不要出去，這件事我會處理妥當，妳現在身子不比從前了，到底是傷了底子，妳再不愛惜自己一些可怎麼好？如今妳還有我，就放心地依靠我，不要凡事都攬在自己身上，知道嗎？」

蔣嫵知道霍十九說這一番話並無別的意思，完全是為了她好。她方才燃燒的怒意，在他的溫柔和包容之中也平息了許多。而且這時候她也希望看到霍十九的手腕，看看他面對這樣情況會怎麼做？是與她不謀而合，還是與她想的截然相反？

蔣嫵就點了點頭。「好，我聽你的，就在這裡等消息。」

霍十九頷首，讓聽雨帶著人來先服侍蔣嫵喝了湯藥就去小憩一會兒，這才到了廊下。

曹玉早已經等候在此。

霍十九看了曹玉一眼，點了下頭。

曹玉立即會意，抿唇頷首，跟著他往前廳走去。

小綠早已喝了一壺茶，這會兒正無聊地端坐著沈思，想像待會兒霍十九會有的反應和應對的辦法。

一見霍十九來，小綠忙站起來行禮。「公爺。」

「綠公公。」霍十九淡淡稱呼了一聲，隨即在首位端坐，吩咐婢子重新上茶。

「忠勇公今兒個氣色真好。」小綠沒話找話地奉承。

霍十九此時閒適地坐在首位，斜倚著一側扶手，接過婢子端來的茶碗，隨手以碗蓋撥弄茶碗中懸著的茶葉，並未有理會小綠的意思。

小綠在皇帝身邊當差久了，莫說是宮中的內侍，就連朝中的大臣見了他和景同，也要多幾分敬意的，也只有霍十九在他們面前還能拿得出主子的架子，心裡雖然不好受，卻也服氣。誰讓他與皇上共患難過，在皇上心裡還有不可替代的地位呢！

一碗茶，霍十九足足撥弄了一炷香的時間。

小綠也不敢催促，只低頭等候著霍十九發話。

過了片刻，霍十九緩緩放下茶碗，道：「皇上的口諭？」

小綠一愣，隨即道：「是，皇上吩咐奴才親自來接小姐入宮小住。」

「你去告訴皇上，天佑在襁褓之中，太過年幼，不合適入宮給皇上添麻煩。」

小綠驚愕地瞪著霍十九。「忠勇公這是……要抗旨？」

「是啊。」霍十九語氣輕鬆地道：「還是說你不願意傳這個話？也好，你若不願意，自然有人願意，也就不煩勞你了。」

小綠警覺地望向周圍。

連面對皇帝，人家說動手就動手，打完了還能帶著老婆、孩子安然無恙地過日子，就只見小皇帝在宮裡糾結了四十七天，也沒見他如何，就足見這個人的能力。他這會兒敢說半個不字，恐怕小命就要交代在此處。

「忠勇公的吩咐，奴才自當盡力去辦。既然小姐身子不好，奴才這就回去回皇上。」

「嗯，送綠公公出去。」霍十九依舊是淡淡的語氣。

小綠連忙叩頭，渾身緊繃，防備著曹玉突然襲擊，灰溜溜地退了出去。

霍十九站起身。「咱們就入宮去吧。皇上那裡，也要防備旁人進言不當。」

「那我這就去預備一下，稍後陪你同去。」

霍十九點頭。

曹玉轉身出去吩咐人備車，又安排府裡的防衛時，霍十九負手站在廊下，望著倒座屋頂的積雪出神。

若說方才小綠來之前，他還有些心軟，看出情況不對，就開始為小皇帝擔憂，急忙地想去提醒他行事小心，千萬不要中了圈套。

可是在小皇帝如此決絕之後，這樣的心思又淡了幾分，他甚至在心底嘲笑自己的婦人之仁。

小皇帝聽了小綠的回話，半晌沒回過神來。「他公然說他抗旨？」

「是，奴才無能，無法勸降他幾句。他身邊跟著曹大人，奴才沒有完全把握能夠取勝，是以皇上說若看情況不妙就動手，奴才做不到。」

小綠跪得端端正正，十分委屈地陳述，將方才霍十九的惡形惡狀又仔細說了一遍。

小皇帝這會兒雖然生氣，但更多的卻是意外。霍十九變成了現在這樣……他都不知道到底是為了什麼。

他做過的虧心事，已經在日夜折磨他。難道霍十九的轉變也與這個有關？

小綠期待小皇帝發飆嚴懲霍十九，然而他尚且未等到小皇帝發話，外頭就有小內侍回話。「皇上，忠勇公求見。」

終於來了！四十七天過去，他終於肯來見他！

小皇帝雖氣，更多的卻是莫名的興奮，向著門前快走兩步，又轉了回來。他是皇帝，當然要端著身分。

霍十九與曹玉到了屋內雙雙行禮。

小皇帝就揮手屏退了其餘宮人，身邊只留下景同和小綠。

「英大哥捨得來了？」

「皇上取笑了。臣不才，如今老婆、孩子熱炕頭就是臣的全部了，是以才請辭告老，還請皇上履行當日的承諾。」

「這話說出來，叫朕替你寒磣。你大好男兒，正是壯年，卻只想著隨媳婦一同過養老的日子，英大哥，你以前不是這樣的人啊！」

「皇上說笑了，臣歷來也不是什麼樣的人，臣不過是尋常男子罷了。」霍十九不打算在此事上糾纏，就只道：「皇上既然信得過微臣出兵金國，臣照辦便是。但是天佑才剛出生不久，著實不該進宮來給皇上添麻煩，若皇上喜歡那孩子，等她大一些再抱來陪陪您。」

小皇帝與霍十九沈默對視，兩人半晌無語。

就連景同與小綠都察覺到二人之間情況不對，呼吸都不敢大聲。

「皇上不允臣告老，又派臣出兵，已是不遵守承諾。而且如今出兵金國，並非明智之舉。」

身為天子，被如此直言數落，小皇帝哪裡受得住。

「那這麼些天你不入宮來與朕說，這會兒旨意都頒下了你才馬後炮！」

「臣以為皇上會動腦想想的。」

「你！」

許久未見，小皇帝想不到再見面，他們依舊不能好好說話。

「出兵之事，朕主意已定，既然英大哥已接旨，那就沒什麼好說的了。」

小皇帝似笑非笑，負手站在霍十九面前。

霍十九則是平靜地望著他，許久深吸了口氣。「此事先擱下，臣還有一事要與皇上說。」

「何事？」

霍十九便從袖中拿出一封書信來，交到小皇帝手上。「這是臣的人這些日截獲的九王爺與京畿大營守將劉元安之間的通信。皇上看看，就知道臣為何不贊同皇上出兵金國了。」

小皇帝挑眉。「有這樣的信為何剛才不拿出來？」

霍十九搖頭不語。其實他這一次也是意氣用事，只是想看看小皇帝的反應罷了。看來他太高看自己，原來在小皇帝心中，他的地位也不過如此。

小皇帝狐疑地看了霍十九一眼，又轉而去看那些書信。越是瞧，眉頭越是皺緊，最後憤然道：「這些是真的？」

「皇上應當知道臣的為人，沒有必要去誣陷九王爺和劉元安。」

陸天明帶了親信逃離燕國不久，小皇帝就安排了劉元安接手京畿大營的兵馬，可想不到，他卻與九王爺私下來往如此之密。

霍十九便道：「皇上，九王爺建議您出兵，實在是別有用心。金國強盛，臣帶十萬兵馬未必敵得過，到時候勞民傷財不說，最要緊的是已經沒有餘力能夠顧得上京都。九王爺若是安守本分還好，萬一他存了不臣之心，要緊的兵馬都去了前線，您這裡又該如何？皇上，攘外必先安內，您有雄才大略是好事，但行事前，也先將咱們自己這頭清理乾淨。」

小皇帝這一下終於意識到事情的嚴重性，拿著霍十九呈上的密報靠坐在羅漢床上，似是在衡量利弊。

霍十九又將這些日曹玉悄然來往於九王府中所見的事大略說了。

小皇帝沈不住氣了。「混帳，他竟然敢如此攛掇朕！朕若聽了他的話，豈不是中了調虎離山之計！」

霍十九暗中搖頭。其實小皇帝已經中計了，這樣說不過是在給自己找場子罷了。而且他也清楚，小皇帝如今或許並未全信他的話，必會再去查證的。

「臣要回的都已說明，皇上盡可以派人去查探。只是要臣帶兵前往金國，卻是大大的不妥。」

「可朕已經頒旨，國書也下了……」

小皇帝有些焦急，習慣性地看向霍十九。以往他有無法辦妥的事，交給霍十九，無論多難，霍十九都會為他想到辦法。

可這一次，霍十九只是垂眸道：「皇上，臣要回的話已經說明了。天色不早，皇上也歇著吧，臣就告退了。」

小皇帝抿唇。他們二人恐怕再也回不到從前稱得上「相依為命」的日子了。

的確，他們之間有種種的糾葛。他也的確殺他家人，對不住他。可他不是也幾次三番地與他動手打架、忤逆他嗎？他對自己越來越冷淡，彷彿他是個外人，好像他們根本就沒有共同經歷過患難。

如果他一心辭官是發自內心，那麼他的執意離開是小的背叛；若是他假借辭官避人耳目，以圖其他呢？連他認為最不可能有問題的九王爺，都存了這樣的野心……

其實他早前就曾經想過，扳倒了英國公後，霍十九會不會成為第二個權傾朝野的「英國公」？

他要辭官，小皇帝心裡著實也鬆了口氣。他很矛盾，霍十九走，他捨不得；霍十九留，他又擔心……

小皇帝擺了擺手。「罷了，你去吧。」

霍十九行了禮，由景同送了出去。

小皇帝便回頭吩咐了小綠。「去查證他說的是否屬實。」

「是。」小綠行禮退下。

屋內再無旁人，小皇帝終於可以靜下來想想，如果九王爺的事屬實，他又該怎麼辦？

至於天佑的事，也不知是否因為有了正經事要辦，小皇帝竟然不再提起了。

第七十五章 京畿大營

如此過了幾日便是除夕，小皇帝派人來請，霍十九卻推說自己染了風寒，不便入宮。送走了內侍，蔣嫵笑著道：「你這樣對皇上，他怕要氣死了，治你的罪你該如何？」

「最壞也不過是這樣了。」霍十九說罷，便壓低聲音鄭重地道：「嫵兒，京都已不宜久留，妳也是時候帶著孩子離開了。」

蔣嫵的笑容僵在臉上。

「我以為這個話題我們已經討論過了。天佑我自然會交給妥貼的人抱走，你若出征，我必須跟在你身邊。」

「我不准。」霍十九沈聲道。「那是戰場，不是兒戲。妳是女流之輩，跟在我身邊反而會讓我擔心！」

「你不要忘了當初黃玉山一戰是誰救了你們一群男人！」蔣嫵也著急了。「這件事沒得商量，你就是去闖龍潭虎穴，我也必然要跟去！」

霍十九抿唇，無可奈何地望著蔣嫵。「咱們夫妻二人若都無恙也就罷了。若是咱們都有事，孩子該怎麼辦？好歹也該做兩手準備，為孩子們留一手。妳帶著孩子暗中去南方找爹娘他們，我這裡還有墨染。」

「你以為，我這樣的性子如果不跟在你身邊，皇上不會懷疑？你就不怕他再截殺咱們的孩子？我若走了讓你單獨上戰場，那才是反常！」
「嫵兒！」霍十九冷著臉，嚴厲地道：「此事我心意已決，妳只需照辦便是！」
「你！」
蔣嫵自與霍十九相識相知，就從未見他這樣霸道地對過自己，她也知道霍十九是一心為了她好，才逼著她帶著孩子去安全的地方，可是他不在她眼皮子底下，她又怎麼可能安心？她雖不敢吹噓自己的武功天下第一，可是卻能保證，在危急時刻最盡心保護他的人一定是她。看來她是要使殺手鐧了……
蔣嫵抿著唇，眼中迅速蒙上一層水霧，卻瞪大了眼強忍著不讓淚水落下。
那委屈倔強、忍著不哭的模樣，已讓霍十九心疼不已。
「嫵兒，我不是吼妳。」一改方才的嚴厲，霍十九將她摟在懷裡安撫道：「我是為了咱們的未來著想啊，妳聽話，不要讓我為難好嗎？」
蔣嫵的身子一直緊繃著，站起身就走，撩起暖簾要出門之際，霍十九分明聽到了她壓抑的哽咽聲。
這世上，最能動到他的心的，就是蔣嫵的眼淚。
因為她那樣剛強，素來是流血不流淚的性子……若非傷心至極，絕不會在人前示弱，就是方才在他面前，她也是強忍著不哭。那一聲難以壓制的哽咽，包含了多少心酸？
暖簾落下，阻隔了二人。
蔣嫵站在門口等了片刻，卻沒等到霍十九追來。

這個頑固的傢伙！

他這會兒不帶她去，不代表她不能暗中跟去，這樣的事她又不是沒做過。只是他不肯鬆口，就能打消她跟著他的念頭了？

蔣嫵站在廊下沒動。遠處的聽雨和落蕊瞧見，又不敢湊上來。

屋內的霍十九呆愣了片刻，才想起今日是除夕。

大過年的，他竟然把很少落淚的媳婦惹哭了。若是霍大栓在，必定會不問原由罰他去跪豬圈。

爹娘過得應該很好吧？七斤也長大了不少吧？

真想遠離紛爭的漩渦，與家人守在一處，若是沒有外頭這些事，他一輩子都不願意與蔣嫵吵架。

來到門前，緩緩撩起暖簾，本以為蔣嫵會等在這裡，卻沒看到人。

霍十九見聽雨走來，就問：「夫人呢？」

「沒瞧見啊。」

「沒看到她出來？」

聽雨搖頭。「沒有。」又驚訝地道：「公爺問這個做什麼？夫人不在房裡嗎？」

霍十九呆了片刻，眼中突然就浮現出蔣嫵如花的笑顏，認真地問他。「如果我宰了他，你會不會記恨我。」

難道……糟了！

他早該想到，以蔣嫵的立場，既然他不帶她出征，那麼最有效的辦法就是不讓他出征。可皇上的旨意已經昭告天下，還有什麼能夠阻止他出征呢？

唯一一個，或許就是刺殺小皇帝。

可是皇帝是一國之君，今日是除夕夜，宮中辦宴的人又多雜，且皇帝身邊養著高手，蔣嫵的身子在這一次早產之後早就虧損了，一著急尚且還會心悸，何況是與人動手？

「快去請墨染！」霍十九焦急地吩咐聽雨，自己則是前往廂房。

孩子早已在乳娘的照顧下入睡了。再問張嫂子，卻說方才夫人神色古怪地來看了天佑一眼就走了。

霍十九後悔不已。早知道蔣嫵會去冒這個險，還不如將她帶在身邊……

曹玉急忙趕來，見霍十九如此驚慌也嚇了一跳。「公爺，怎麼了？」

「我懷疑嫵兒會去刺殺皇上。」

「啊？怎會如此？」

「她要隨我出征，我不許，還與她爭執了幾句……」霍十九將事情大致說了一遍。

曹玉面色凝重起來。「公爺，不知現今的情況，夫人知道多少？她知道九王爺的事嗎？」

霍十九道：「我雖未與她說明過，可也從來沒有刻意隱瞞，怎麼？」

「我覺得夫人不但有可能會對皇上動手，更有可能會去刺殺九王爺！」

霍十九心裡咯噔一跳。這兩個，無論是哪一個都不好對付……

「早知道我就不與她置氣，答應帶著她就好了！」

讓她在他眼皮子底下，也比她不在他身邊、去刺殺旁人做那些危險的事好。現在他在家尚且如此，他若出征，她豈不是留在京都，想殺誰就能奔著誰去？

「不行，我得出去找找。」

「大過年的您上哪兒找啊？」曹玉說話時，目光就落在霍十九身後。

霍十九敏銳地察覺曹玉的眼神不對，猛然回頭，卻見蔣嫵就在他背後斜倚著門框立著。

「嫵兒？」

「怎麼樣，想通了？決定帶我出征了？」

霍十九哭笑不得地抹了把汗。「想通了。我帶妳去。」

蔣嫵白了他一眼。「我看你就是敬酒不吃吃罰酒，還不快進來穿上大氅，咱們也好去前頭吃年夜飯！」

霍十九鬱悶地去更衣，與蔣嫵、曹玉一同到了前頭花廳，和蔣學文、蔣晨風一同守歲。

正月初三凌晨，天色尚暗，蔣嫵將熟睡中的天佑交給了乳娘，吩咐霍十九信任的死士跟隨保護一路前往杭州。

天色大亮時，小皇帝親自到了霍府。

霍十九沒想到小皇帝竟然還會再登霍家的門。

他們親如兄弟時，小皇帝明裡暗裡到霍家來都只像回家一樣，對霍大栓和趙氏也當作自個兒的父母，從來不會見外，如今再聽說小皇帝登門，他竟然會覺得驚訝！怎麼會發展到，連他到家裡來都會覺得驚訝的地步……

時移世易，有些時光是再也回不去了。

「阿英？」蔣嫵拉著霍十九的手緊了緊。

感受到她溫暖柔軟的小手帶來的熱度，霍十九定了定心神，道：「待會兒皇上若問起孩子，我會直接告訴他為保安全送走了，妳不必太驚訝。」

「你這便是真正與他擺明立場了？」蔣嫵嘆息，卻也理解霍十九的做法，莞爾道：「我發現你這個人許是命不好，似乎自相識起，就一直見你做費力不討好的事。」

「是啊，大約我這輩子的好運都被娶妳回來用光了。」

蔣嫵挑眉看他。

霍十九繼而補充道：「不過如此已經足夠。」

蔣嫵失笑。這會兒他還打趣得起來，就說明他沒事。

二人到了前廳時，小皇帝正在喝茶，景同和小綠一左一右站在他身旁，後頭還有十名御前侍衛扶刀而立。

霍十九見了這陣仗，心裡反倒安定了。看來不止他一個人覺得彆扭，小皇帝那裡更彆扭，如此嚴陣以待，比當年去英國公府上有過之而無不及。

「皇上聖安。」霍十九與蔣嫵行了大禮。

小皇帝笑著道：「都平身吧。」

「謝皇上。」

蔣嫵與霍十九就站在了一側。

小皇帝並不似從前那般讓座，更不避諱蔣嫵在場，就開門見山地道：「今日朕來，是有件事要請英大哥去辦。原本朕已擬了密旨，不過左思右想，還是親自前來與你商議一番才妥當。」

「皇上有何吩咐，但說無妨。」

「英大哥先看看這個。」小皇帝把玩著手上的藍寶石戒子，回頭看向景同。

景同立即會意地上前，雙手將皇帝的密旨呈給霍十九。

霍十九展開來，細細看過之後，面露讚賞地望著小皇帝。「皇上此計甚好。」

得到霍十九的肯定，小皇帝歡喜地道：「真的嗎？英大哥不覺得朕所做不妥？」

「當然不。」霍十九將密旨收入懷中，笑著道：「皇上此法出其不意，不但能夠免於金、燕兩國的戰爭，更能一舉將九王爺的根底掀了，沒有了京畿大營劉元安的支撐，他也沒了底牌，京都乃至大燕安穩可保。」

小皇帝認真地點頭。「朕正是這個意思。」

他起身緩步走到霍十九面前，笑著道：「英大哥，那日你的話，朕仔細想過，的確如你所言，現在發兵金國並非最佳時機，且當日與文孝帝簽訂的和平條約期限未到，若我大燕先撕毀條約，說起來到底難聽。攘外必先安內，朕如今最需要做的是先穩定朝政，拔除英國公殘餘黨羽。」

「皇上說的甚是。」

小皇帝轉而便道：「虎符在英大哥處，此番行動朕打算只讓你帶焦忠義前去，三千營的兵馬和北方大營的三萬兵馬供你調遣。」

一旁聽了許久的蔣嫵疑惑越發深了，先前不是說要發兵十萬踏平金國嗎？怎麼這會兒卻變成三萬三了。

霍十九只笑著搖頭。「不，皇上，若按著密旨之上您的計策，人多反而達不到奇襲的效果。如今九王爺已到了京畿大營，我此番只與焦將軍一同帶領三千營的將士前去，一擊制敵便是了。」

小皇帝聞言沈吟，許久後點了點頭。「如此也好，左右虎符在你手中，你若要用人隨時調派便是。事成之後，朕定要重謝你。」

「為皇上做任何事都是臣的本分，又怎能擔得起重謝？只求皇上允准臣攜妻兒告老。」

小皇帝聞言，抿著唇沈默了片刻，終究是長嘆了一聲。「英大哥，朕當真是留不住你了嗎？」

他這一聲嘆息惆悵滿懷，讓霍十九也染上別離的愁緒。

「皇上，您如今已經能做得很好，臣將來即便遠在天涯，也會記得腳下踏的是大燕的江山，是皇上治理的江山。」

二人四目相對，小皇帝細長的眼中漸漸有了濕意，他緩步上前，張開雙臂抱住了霍十九。這才發現自己早已經長得與霍十九一樣高，且似乎還比霍十九壯實一些。

「英大哥，我捨不得你。

「你能不能不走？

「你留下吧，我認你做親哥哥，封你為王，只要你留下。

「我再不會逼迫你做你不願的事，你若不喜理會朝務，只做閒散王爺也可以。

「留下吧……」

小皇帝一聲聲勸說，最後落入喉嚨變作呢喃。

一旁的蔣嫵看著霍十九面上動容的神色，也跟著心軟了。

就算再有錯，他們到底曾經是並肩作戰，親如兄弟，一同經歷了多少風雨才走到了今日。然而，覆水難收，小皇帝能讓時光倒流，回到派人刺殺霍家人之前嗎？

如果沒有發生這樣的事令霍十九徹底寒心，他那樣一心為了皇帝的人，怕早就會在小皇帝的哀求下心軟了。

現在，蔣嫵知道霍十九就算不願意割捨，也會忍著剜肉刮骨的痛，割捨掉這段不該再牽扯下去的君臣之情。

「皇上，多謝您的厚愛。」霍十九雙臂摟著小皇帝的背安撫地拍了拍，就像是小皇帝小時候一樣，溫和地道：「只是，天下沒有不散的宴席。」

小皇帝聞言身子一僵，緩緩直起身退後了幾步，定定地望著霍十九，似想從霍十九的表情中看出一些他的情緒。

小皇帝半晌後，便道：「罷了，既然英大哥心意已決，朕就不再勉強，今次事成之後，朕就讓你致政。」

霍十九微笑，並未有得到皇帝承諾的喜悅，因為他覺得小皇帝回答時的表情讓他很陌生。

對於一個從皇帝九歲起至今就幾乎形影不離的人來說，小皇帝的一顰一笑、一舉一動，他都已經牢牢地刻印在心裡，甚至比對自己的孩子還要瞭解。

霍十九知道，小皇帝說出這番話時心裡是不情願的。

「謝皇上，那麼臣明日便帶人前去。」

小皇帝點頭，道：「今日之事，切不可再對人言。你出發之前，朕就不送你了。」

「皇上只等著臣的好消息便是。」霍十九鄭重道。

「朕一向信得過你。」小皇帝也十分認真地回答，隨即笑了起來，輕鬆地問：「天佑呢？朕想看看這孩子。」

霍十九道：「臣已經命人將天佑帶去了安全的地方。因臣早前得罪的人不少，怕萬一離京，會讓孩子遭殃。」

小皇帝面色一變，半晌方笑著道：「所以朕才讓天佑入宮去啊，你還偏不許。」

霍十九慚愧道：「孩子還小，怕給皇上添麻煩。」

小皇帝也知道這會兒人都送走了，他再多說什麼也是徒勞，就不再繼續這個話題，只略微關心了蔣嫵的身體幾句，就帶人離開了霍府。

霍十九與蔣嫵將人送到府門前，便緩緩往府裡走去。

蔣嫵問道：「皇上到底要做什麼？我瞧著他方才離開時的臉色很是不對，雖與往常並無太大的變化，但怎麼瞧著都覺得他不大正常。」

「妳看出來了？」

「嗯，我雖與皇上接觸不如你那樣多，但是他的情緒還是能看出一些的。皇上的密旨是要讓你去拿下九王爺和劉元安？」

霍十九頷首。

蔣嫵回憶方才二人的對話，漸漸明白了。「皇上不會是讓你帶著焦忠義的三千營，去奇襲京畿大營吧？」

霍十九讚許地點頭。「不錯。」

「不錯什麼啊！」蔣嫵憤然道。「他還真會想，怎麼就不安排別人去？不是要你去攻打金國嗎？這又改了主意成聲東擊西了？」

「不錯，就是聲東擊西。」霍十九攬著蔣嫵肩膀，笑道：「無論如何，皇上懂得如此變通，我還是很欣慰的。」

欣慰？

蔣嫵想起方才小皇帝臨走前的神色，就搖了搖頭，道：「罷了，事已至此，咱們就先去準備一下吧，京畿大營就算走了個陸天明，也有十萬兵馬駐紮呢，咱們就算帶上皇上給的所有人馬也不過三萬三千人，怎麼能敵得過？況且要奇襲，就不能人多，無論如何也要想想對策才是。」

霍十九頷首，轉而問：「此事是否該告訴岳父？」

蔣嫵想了想道：「我想應該說一聲的。這些日我爹不怎麼見人，而且我也相信他不會將這麼大的事宣揚開，不論如何他也是忠於皇上的，不會做對燕國有害的事。」

「妳說的是，那麼妳先去岳父那裡，我去下帖子請焦將軍來，一同研究一下對策，想必皇上也已經將密旨告訴了他。」

蔣嫵應下，去了客院。

霍十九則是派人去了焦忠義府上，然而派去的人卻撲了個空，說是焦忠義被宣入宮了。

霍十九命人去尋了三次，直到午歇起身後才找到了人。

焦忠義來時歉然道：「讓忠勇公久等了，剛皇上傳我入宮吩咐了明日之事。」

「皇上都與你說明了？」霍十九便笑著道：「那剛好，我找你來，也是為了商議奇襲一事。前往京畿大營，若是三千營的騎兵也不過一日的路程，我想趁著天黑時趕到動手。」

「公爺與我想到了一處，且畢竟都是大燕的兵馬，兩敗俱傷的話得不償失……」

焦忠義就與霍十九仔細地商議起來。

客院中，蔣嫵正陪著蔣晨風與蔣學文說話。

「爹也不必擔憂，皇上既然有此對策，也定會聲援的。如此一來，徹底拔除了朝中的兩大毒瘤，將來剩下一些蝦兵蟹將，皇上那裡就好對付了。爹早前所期待看到的盛世，或許不久的將來就能看到。」

蔣學文擰著眉，望著蔣嫵緩緩地點頭，擔憂地道：「我擔心的並不是這個，而是妳與姑爺。姑爺又不會功夫，妳如今身子也不好，兩軍陣前可不是鬧著玩的，京畿大營可有十萬駐紮的兵馬鎮守呢，你們就算將皇上給的三萬三千兵馬都帶去也未必能夠取勝，何況妳剛才說，就只帶著三千營的騎兵去？三千對十萬，聽起來當真毫無勝算。」

蔣晨風也道：「三妹，你們這就是在拿著性命去做賭注。」

「聖意難違，何況皇上早前衝動，一怒之下吩咐阿英出兵。已經發出去的話就是潑出去的水，咱又不能真正撕毀條約，還不如當作聲東擊西的計策。恰好阿英發現了九王爺不對勁，皇上這麼吩咐，其實也算機智。」

「只是太過冒險了。若你們沒有成功，九王爺和劉元安帶著京畿大營的人來包圍京都城呢？」

蔣嫵心裡想著，卻覺得這個主意真好！

若是她存一丁點的歪心，就在京畿大營佯敗，引九王爺和劉元安帶著十萬兵馬來圍住京都，逼得小皇帝一頭撞死才好呢！

但是她也知道，霍十九不會忍心這樣做的。

「爹不必擔心，皇上既然敢讓阿英去『以少勝多』，就有必勝的把握，否則皇上好端端的為何要冒險？他也不會希望大燕朝的心臟部位處於危險中吧？」

蔣晨風嘆了口氣，道：「三妹分析的極是，只是妳也要注意安全，切不可再傷了自己。既然是智取，就沒必要真刀真槍地往前衝了。我知道妳的性子，遇到妹夫的事就控制不住妳那脾氣，可此一時彼一時，妳是兩個孩子的娘，也得為了他們保全自己啊。」

蔣嫵頷首。「我知道了，二哥。你與爹在府裡也好生相互照顧，等此事一了，我和阿英打算離開京都。」

「去南方？」蔣學文語氣略有些急切。

「是啊，去南方，爹到時候也去杭州吧。」蔣嫵見蔣學文神色期盼，便道：「我想，您與娘冷靜了這麼久，有些事也該見面說開了，況且二哥與初六的事也等著您和娘作主。」

蔣晨風的臉一下子紅透了，就連耳根和脖子都染上一層緋紅，饒是如此害羞，卻依舊沒有反駁。

蔣學文想起唐氏，則是有些歉然。「我想，妳娘不會原諒我的，不過該要與她說的話我說明了，也不會留下遺憾。」

「正是這個道理。」蔣嫵站起身來，笑道：「我要先去預備一下明日的事了，也不知阿英與焦將軍商量得如何。爹和二哥好生歇著，家裡暫且就交給你們，明日大約一早就會啟程，我就不來道別了。若我與阿英沒回來，爹和二哥就好生度日，皇上應當不會虧待你們。」

蔣學文點頭，沈重地道：「去吧。」

蔣晨風則是送蔣嫵出門，站在廊下目送她與婢女離開了院門，才返回屋內。

父子二人四目相對，都有些莫名悵然。不過是短暫的分別，他們也不知自己為何突然就染上了這樣的情緒。

他們此時還不知，這一次分別或許就是永別。

京畿大營坐落於一處山谷之中，十萬兵馬駐紮於此，營盤連綿，儼然形成一座小城市。

蔣嫵一身雪白騎馬裝跨坐在「烏雲」背上，與騎著棗紅馬的曹玉並肩立在山頭，望著遠方京畿大營浩大的陣營。

「我想為安全起見，九王爺和劉元安此時必然都在最中心的部位。我們一共就帶了三千騎兵，若想闖進去卻不大容易。」曹玉馬鞭點指著營盤中心位置，駕馬走向後方山坳之後，蔣嫵也轉而跟上。

山坳後一片空地，三千人馬正在簡單地進餐整頓。

霍十九披著黑貂絨大氅，白皙修長的指頭在輿圖上中心部位畫了個圈，道：「人定在此處。焦將軍稍後帶人，從這個位置滲入軍中，我則持聖旨前去。」

焦忠義點頭道：「公爺這個位置選得好，這裡突破進入中心位置最是容易。可是皇上哪裡來的聖旨給劉元安？」

霍十九莞爾道：「劉元安尚未曾擺明立場，在皇上面前他還是個大忠臣，若有皇上的旨意，他不可能不來接旨的。我與墨染帶著幾十人就想法子將劉元安拿下，你則去中軍之中找出九王爺。」

「是。」焦忠義頷首道：「我就按著公爺先前設計的幾個法子，若是九王爺不肯出來，我就用火攻，今日的風向剛剛好。」

「如此甚好。」霍十九將輿圖捲起交給焦忠義，回頭從四喜手中接過明黃的聖旨。見焦忠義疑惑，就笑道：「這是皇上封我為忠勇公時的聖旨。我先拿來引蛇出洞。」

焦忠義望著霍十九掩映在黑貂絨中的精緻面容，眼神複雜，半晌嘆了口氣。「忠勇公大義，我老焦定完成你的囑託。」

「有勞焦將軍，事成後，你我再好生喝上兩杯，到時便可不醉不歸。」

「好！」

焦忠義不再猶豫，轉回身整頓身後之人，撥了五十人給霍十九，其餘人都跟隨著他牽著馬繞過小山坳，往京畿大營中心部位迂迴而去。

霍十九這才回過身道：「嫵兒，妳還是不要隨我們一同進去。」

蔣嫵修長劍眉微擰，隨手一馬鞭輕抽在霍十九臀部。「再廢話，信不信我綁了你擱這兒，然後自個兒先殺進去？」

霍十九穿了貂絨大氅，裡頭還穿著厚實的棉袍，那輕飄飄一下根本只當搔癢，且她溫柔的語調不像威脅恐嚇，更似夫妻之間的親暱情話。

派給霍十九的五十名三千營兵士就在一旁笑著起鬨。畢竟當初蔣嫵為護霍十九與曹玉闖進三千營，力戰群軍的一幕，此處不少兵士還都記得。

霍十九秀麗的臉布滿紅霞，乾咳了一聲才道：「我是說真的，妳……」

「少囉嗦。」蔣嫵湊近，鞭梢挑了下他的下巴。「速戰速決，完成皇上的吩咐就是了，還不走？」

率性轉身，高束的馬尾甩出個優雅的弧線，一身白衣的她輕巧翻身上馬，隨手將馬上綁縛的繡春刀斜插在腰帶。

曹玉也笑了，道：「公爺還是莫強求夫人留下，讓她在您眼前反而更安全些，否則保不齊她單槍匹馬去挑戰劉元安。」

有可能！霍十九看著蔣嫵，既是心疼又是無奈。他是不想讓她歷險啊！

然而他也知道，只讓她不要跟去只是治標，只有徹底離開鬥爭的漩渦，才是治本。

「罷了。墨染，稍後煩勞你好生護著她。」

「我知道。」曹玉將霍十九的紅馬牽來，隨即就吩咐五十名騎兵。「上馬，啟程。」

休息過後的眾人整齊劃一地躍上馬背，在霍十九的帶領之下，直下山脊來到谷中，漸漸逼近京畿大營門前。

守門的兵將早就瞧見一行人來，有人快馬進去回報，也有人來到木柵門前高聲喝斥。

「來者何人？」

「忠勇公霍英！奉皇上口諭傳旨劉元安，還不開門？」

霍十九手上明黃的聖旨在初春灰白的野外顯得格外刺眼。

然而沒有主帥吩咐，任何人不准進入京畿大營。那兵士不敢開門，又知道霍十九的身分尊貴不能得罪，左右兩難之下只得好言商議。「忠勇公請稍候，待末將回過劉大人。」

霍十九騎在高頭大馬之上，抬著下巴睨視眾人，淡淡「嗯」了一聲，已表現出十分不耐煩。

中軍營內，劉元安正與秘密而來的九王爺商議如何帶兵圍住京都，又擬定要以救皇上性命為由動兵，就有人來報。「劉大人，忠勇公到了，說是有皇上旨意要宣讀，請您速去。」

劉元安就是一驚，看向九王爺。「這是怎麼一回事？皇上不是派他出征嗎？怎麼這會兒人卻到了這裡？」

「稍安勿躁。」九王爺捋著稀疏的鬍鬚，半晌才問那來報的小兵。「來了多少人？」

「忠勇公帶了約莫四、五十的親兵。」

「才四、五十人？不足為懼，京畿大營有十萬兵馬呢，他若有歪心就直接拿下，劉大人但去無妨，皇上的旨意你大方接了就是，送走霍英，回頭咱們再繼續。」

劉元安覺得也有道理，心下安定不少，就快步出門，吩咐人牽馬來，帶了兩名親兵就往前頭趕去。

劉元安如今四十出頭，生得身材壯實，有一股敦厚氣質。遠遠的，蔣嫵就將人看得分明，回頭低聲笑道：「人來了。」

霍十九頷首，吩咐眾人下馬。

到了近前，見霍十九身邊除了五十名騎兵護衛，就帶了形影不離的曹玉和一個身著男裝的俊俏女子，劉元安心下安定不少。眾所周知，霍十九特別疼老婆，這女子既然能被帶來，就說明事情並不是他想的那樣。

「忠勇公。」劉元安拱手。

霍十九還禮後，笑道：「劉大人，皇上有旨。」

劉元安忙跪地行禮。「臣劉元安接旨。」

霍十九展開聖旨，高聲宣道：「奉天承運皇帝詔曰，劉元安欺君罔上，意圖謀反，天地難容，著令革職，交由三司會審，欽此！」

霍十九聲音不疾不徐，將這驚雷一般的消息憑空送入眾人耳中。

周圍兵士們呆住了，劉元安也嚇傻了。

這事怎麼會被皇上知道？他該如何是好？接旨？還是抗旨？

劉元安正糾結之時，霍十九已吩咐。「將他拿下！」

「慢著！」劉元安掙脫壓著他雙臂的兵士，高聲道：「臣冤枉！」

「冤枉與否，那就要三司會審之後再定奪了。劉大人，還請配合。」霍十九隨意抬手，立即就有人一窩蜂上前去將劉元安捆了。

事情出奇的順利。

蔣嫵目光不自禁放在京畿大營中，也不知道焦忠義這會兒得手沒有？只要拿下九王爺，確認他未經聖上允准私自出京，就是人贓俱獲了，他們也可兵不血刃地解決此事。

誰料正當這時，京畿大營之中突然傳來一陣騷亂，有人高呼「走水了」，還有人大喊「有敵軍闖入了」。

劉元安這下心都涼了半截，終於能確定皇上必然是知道消息了，軍中來人若是捉了九王爺，他們都得完蛋！

眼珠一轉，劉元安便打定主意，高聲道：「大膽霍英！竟敢假傳皇上旨意，還敢帶人偷襲京畿大營！來人啊，還不將他拿下！」
聽聞主帥被拿下而趕來的京畿大營兵士們，聞言沒有立即動作，卻也都將疑惑的目光投向霍十九一行。
有人道：「忠勇公的聖旨不會是偽造的吧？還請拿出來給咱們瞧瞧！」
「是啊，皇上傳旨不都是宮裡的內侍來嗎？怎麼輪到忠勇公了？」
議論聲一起，就如同一石激起千層浪，眾人都將懷疑的眼神投向霍十九。
蔣嫵心下戒備，右手輕撫繡春刀刀柄。
曹玉也湊近霍十九身前。
劉元安高聲大笑。「忠勇公假傳聖旨要將本官拿下，意欲何為？莫不是你下一步就是要告訴大夥兒，皇上的旨意是要你接管京畿大營？你要謀反？」
「放肆！」曹玉喝斥。
「放肆的是你霍英！」
劉元安斥責之時，營地之中的暴亂卻漸漸平息，眼見焦忠義率領身著玄色輕甲的兵馬列隊而來，越來越近。
而焦忠義身旁的馬上，如同搭著破布包袱一般橫放一人，正是九王爺！
劉元安一看，就慌了神，知道自己大勢已去，卻不願意認命。「冤枉啊！皇上，臣冤枉啊！霍英分明假傳聖旨，圖謀不軌！」
吆喝之際，焦忠義已率領方才帶走的那兩千多名騎兵而來，京畿大營的兵士們都被驅趕著往後退去。

見大勢已定，霍十九莞爾。

蔣嫵也笑了，道：「到底是你的計謀管用，事情這樣容易就解決了。」

曹玉也笑道：「這樣爺總該放心了，咱們也該回去了吧？」

霍十九頷首，就翻身上馬，回頭招呼焦忠義。「焦將軍，綁了劉元安這便啟程吧，皇上另安排的京畿大營守將應當很快就來接管了。」

焦忠義卻紋絲未動，端坐馬上，眼神複雜地望著霍十九，霍十九身後的那五十名三千營騎兵，也緩緩在他背後展開成一個半圓，堵住了出谷的路。

「皇上旨意，霍英假傳聖旨，意圖接管京畿大營，與九王爺聯合謀逆，其罪當誅，即刻起褫奪封號，押回京都候審！」

上一刻宣旨的是霍十九，現下逆轉成焦忠義。

劉元安不過片刻就經歷了地獄和人間，隱約明白了一些，就配合焦忠義喝斥道：「霍英，想不到你竟如此狼子野心，還妄圖謀逆！來人，將霍英拿下！」

第七十六章　情勢逆轉

劉元安一聲令下，就有京畿大營將士高聲應和，而三千營的兵馬，則將霍十九、蔣嫵與曹玉三人圈在包圍之內。

霍十九端坐馬上，身邊只餘蔣嫵與曹玉，面對著焦忠義的三千營兵馬以及京畿大營的十萬兵馬，突然輕輕笑了，那笑聲愈加狂放，幾乎是霍十九這一生中最為放縱的大笑。

怪不得他出宮時，請小皇帝擬定捉拿劉元安的聖旨，小皇帝推三阻四，原來竟在這裡等著他！

利用他拿下九王爺，剩個劉元安也可以盡其所用，往後再慢慢拿捏，然後再拿下他。

如此一來，便可永絕後患，再也不用擔心他成為第二個英國公了。就算他沒有反心，小皇帝也是希望高枕無憂啊！

「好，真是我的好徒弟，太好了！哈哈！」霍十九大笑不止，笑得差點流出眼淚來。

「這就是我早日教導過的『螳螂捕蟬，黃雀在後』，想不到竟然將這招數用在我身上了。焦將軍，皇上昨日下午找你密談，為的就是這個？」

焦忠義皺眉，臉上紅潤，也不知是否因為冷。

霍十九又道：「你信我謀逆？」

焦忠義的表情終於有些繃不住了，馬鞭一指蔣嫵。「皇上口諭，忠勇公帶回京都候審。

妖女可就地正法！」

蔣嫵噗哧就笑了。「阿英，看見沒有，你是逆臣，我是妖女，你那奸臣名聲才洗乾淨幾天啊，看來你就不是個做好人的命，偏要將你丟進臭水溝，上頭那位才甘休呢。」

霍十九手指揩拭眼角濕意，神色清明地笑道：「是啊，我大約就是個做奸臣的命，可到底是我的愚蠢，害了妳。我若聽妳的早些離開，再不管他的事，這會兒妳我也不會落到如此境地。」

霍十九撥馬靠近蔣嫵，「烏雲」與霍十九胯下的棗紅馬頭頸相交，曹玉則緊隨霍十九身旁。

在他們背後堵住出口的是三千營五十名騎兵，在面前的則是漸成包圍之勢的騎兵和京畿大營的十萬兵馬。

千軍萬馬之前，霍十九伸手拉住了她的手。「看來已是窮途，嫵兒，妳怕不怕？」

「怕？」蔣嫵朗聲大笑。「我蔣嫵何德何能，要煩勞皇上動用千軍萬馬來對付？恐怕大燕朝找不出第二個像我這樣死得轟轟烈烈的女子了！今日若能殺敵一人，已不算虧了自己，若與君共赴黃泉，也不枉費我來這世上一遭！怕？我就怕殺敵不夠痛快！」

霍十九望著蔣嫵，滿眼的依戀和不捨，四周三千營兵士策馬圍成一圈，逐漸將他們包圍，那踢踏錯雜的馬蹄聲與冰冷的甲冑聲一瞬都似距離他很遙遠，他彷彿只看得到她，只聽得到她。

他寧可死，也不願讓她受到絲毫傷害，是他的失策、愚蠢，才導致如今的局面。他對小皇帝的心軟，一步步拖累她走上絕路，此時他心中空餘悔恨，他沒有飛天遁地之能，又該怎樣才能挽救他們？

看向一旁面色冷峻、已抽出長劍的曹玉，再看蔣嫵緩緩拔出的繡春刀那冷硬的鋒芒，霍十九只感覺到剜心透骨的心疼。

「到底是我拖累了你們。」

「說什麼傻話？」曹玉飛身一躍落在霍十九身前，二人共乘一騎，笑道：「難得有如此大的陣仗，我正想殺個痛快。上次在三千營被小人暗算用了藥，就只能趴地上看著夫人一個人浴血奮戰，乾著急還使不上力氣，今兒個我倒是要看看，這群出爾反爾、是非不分的小人，到底是有多厲害！」

焦忠義聞言，心下一震。

剛分手之前，他還曾說過佩服之言，答允一定要完成忠勇公的吩咐。他的確是聽了霍十九的排兵布陣之法，幾乎不費吹灰之力地拿下叛賊，利用過後立即將矛頭轉向霍十九，也的確是有些太過不仁。

但是，聖意難違……就算他覺得霍十九不該落到如今境地，卻也架不住發號施令的人是皇帝！

焦忠義矛盾地抿唇，最終仍舊是抬起手，抽刀指向場中被包圍的三人。

「皇上有旨，活捉忠勇公，妖女蔣氏、叛臣曹墨染格殺勿論！」

數千人齊聲應諾，震得山崖上的白雪窸窸窣窣掉落。背後京畿大營中也有將士嚴陣以待，劉元安本想列陣，卻被焦忠義制止了。

「三千兵馬對付三人已經夠丟人了，還要再加上多少人？傳出去未免惹人笑話，皇上也不會答允的。」

劉元安此時心虛，卻不願再生是非，只想著如何徹底脫罪是正經，是以焦忠義的吩咐他言聽計從。

騎兵衝殺時速度與力量都十分驚人，但他們統共三人兩騎，一時間並無法一口氣衝殺，最好用的法子唯有車輪戰。

是以他們自動組成六個人一組的衝殺陣形，六人之後還有六人，六人再過另有六人。

蔣嫵本不擅長馬上大開大合的招數，曹玉亦是如此，便有些吃虧。可這時若棄馬而去，卻對逃亡無益。沒有了馬，他們更難以衝出包圍。

曹玉護在霍十九身前，蔣嫵策馬跟隨，護著他背後，在一波波浪潮式的進攻之下，一行人以緩慢的速度撤向山谷入口。

焦忠義身經百戰，眼見曹玉與蔣嫵竟能以兩人之力護著霍十九毫髮無傷地漸漸退開，心中不免佩服起來。

換作旁人，或許在看到如此多的人馬排開圍剿的陣形就已經嚇癱了，沒想到曹玉與蔣嫵還能配合著，一人主攻，一人防衛，保護著完全不會武藝的霍十九漸漸突破重圍。

看著那三人，再回想皇帝吩咐時說的話，焦忠義猶豫了。

皇帝憤然的語音還在耳畔。「英大哥這些年功勞不少，朕能有今日也多虧他的忠心未曾變過，只是沒想到臨到事成，卻被女色所迷，屢次抗旨犯上，竟還有意圖將朕拿下讓霍英取而代之，朕著實惱了。你此番前去，務必將妖女正法，至於英大哥，若能完好帶回自然最好，若他頑抗……格殺勿論。」

當時，一句格殺勿論震得他心裡發顫，第一反應便是為霍十九不服。

然而人到底是自私的，他轉而又想，就連霍十九那樣的人，在皇帝的眼中尚且能夠「該殺就殺」，何況是他？他沒有什麼大錯，又沒有什麼必然要為國捐軀的理由，為了旁人而抗旨被視為同黨，未免太虧。

因存了這樣的心，他才能行皇上的誘敵之計，然而現在看到已經血染衣衫的蔣嫵和奮力一搏的曹玉，焦忠義到底覺得心中不忍，手中握著的鐵胎弓本已拿起，卻又緩緩放下了。

或許，他該放他們離去。

但是眾多雙眼睛看著，他若真放人走，回頭與皇帝又如何交代？霍十九那樣的人尚且落到今日的地步，他若抗旨又該如何？好歹今日他們三個也要留下一個屍首回去與皇上交代。

焦忠義咬了咬牙，將鐵胎弓舉起，箭尖直指斷後的蔣嫵，弓呈滿月，隨即右手一鬆。

尖銳的呼嘯破空聲急射而來，蔣嫵立即感覺到不對，繡春刀擋開迎面劈來的一刀，扭身躲開刺向腰間的利刃，左手匕首飛速撩斷了那一箭，箭頭擦過蔣嫵左肩，將雪白騎馬裝劃出一道口子，鮮血滲出，箭矢扎入一旁雪地中。

這一切發生不過在呼吸之間，霍十九回頭時，已看到她避開那一箭，而遠處焦忠義鐵胎弓又拉成滿月。

「嫵兒！」

這一箭呼嘯而來，直奔「烏雲」的脖頸。

此時，蔣嫵在馬背仰身避開劈砍而來的兩刀，雖然眼角餘光看到寒光呼嘯，卻根本無暇顧及。

避無可避，哪一箭正中馬頭，「烏雲」長嘶一聲栽倒在地，血流如注。

蔣嫵只來得及拔出插在馬鐙中的腳，依舊被甩出跌在地上，緊接著便有長戟向她刺來。

霍十九看得肝膽欲裂，大叫蔣嫵的名字。眼看她就地翻滾，避開刺向要害之處的劍戟，雪白的騎馬裝如今已經污漬滿布，且林林總總的劃痕已有滲出鮮血之處。

他便知道，如今蔣嫵的身體的確不如從前了，可是她一介女流能撐到現在，已著實不容易。

他們一路突圍，如今已經到山谷入口，四周狹窄了一些，若給他兵馬，他可扼守此處，但如今只有他們三個，追兵卻依舊如浪潮般向著他們拍打。

「住手！」霍十九高喝了一聲。「墨染，放我下去。」

「不成！你瘋了！」

「焦將軍，讓你的人停手！我有話說！」

焦忠義聞言，鐵胎弓掛在馬鞍一側，策馬到了包圍圈中，抬手示意。

包圍的騎兵緩緩退後，讓出了一塊空地。

蔣嫵起身，一手持繡春刀，另一手持匕首，戒備地退到霍十九和曹玉身旁，看著血流滿地側臥的「烏雲」，眼眶濕潤了。

到底她不是個好主人，「烏雲」那樣的汗血寶馬，本該自由馳騁，她除了圈養牠，就是讓牠歷險，根本就沒有好好地對牠，如今還害得牠丟了小命。

霍十九已翻身滑下馬背，緩步至她身後，雙臂將她圈入懷中，蔣嫵持刀的雙手就緩緩垂下。

「嫵兒。」

蔣嫵回眸。

他伺身，下巴靠在她肩頭。她的鼻尖擦過他的，二人近在咫尺。

「看來已是窮途，再做無謂的抵抗，只是徒增傷亡。」霍十九壓低聲音，在蔣嫵耳畔道：「妳與墨染走吧，皇上要活捉我，焦忠義不會將我如何的……妳就隨著墨染走吧！只要妳安好，我便知足了。」

他的呼吸就噴在她脖頸，蔣嫵彷彿根本沒聽到他在說什麼，只專注望著他，隨後旁若無人地吻上他的唇。

霍十九一愣，便熱烈地回應起來，扳過她的雙肩，將她緊緊扣在懷中，唇舌之間的交會帶著絕望和痛苦，卻也前所未有的熱烈，甚至彷彿撕咬。

寒風呼嘯嗚咽，捲落崖邊樹梢的雪，紛紛揚揚灑在一黑一白緊貼著的身影上，蔣嫵腦後長髮飛舞，已破損且沾染血污的衣袂翻飛，垂在身兩側的匕首和繡春刀滴落的鮮血，在雪地上染出朵朵紅梅。

了。

而二人如此相貼的畫面，在血腥殺戮之後，千軍萬馬之間，淒美得讓人不忍驚擾。

曹玉閉了閉眼，竟從馬背上一躍而下，隨手拍了下馬臀，那棗紅馬便揚蹄嘶了一聲跑開

霍十九與蔣嫵倏然唇分，都看向曹玉。

其實在方才二人唇齒相依時，雖未言語，彼此心中都已經明瞭。

今日要想全身而退幾乎不可能，霍十九希望束手就擒，讓蔣嫵與曹玉先逃，是以如此與蔣嫵訣別。

而蔣嫵則篤定自己寧可一死，也不會讓霍十九被擒，因為她覺得皇上不會放過霍十九。

他們二人都希望讓曹玉先走，以他的功夫，殺出重圍太容易了，想不到他竟會這麼做。

「墨染，你……」

曹玉爽朗一笑，手中染血的長劍挽了一朵劍花。「我這一生還從未如此痛快過！今日縱然身死，雖死無憾了！能與你二人葬在同一日，也算我曹墨染的造化。」

霍十九著急了。「別開玩笑，你還年輕，路還長著！」說著，將蔣嫵一把推給他。「你帶著她走！」

曹玉蹙眉，霍十九也擰眉望著他。

他們二人形影不離多年，又曾有過屋頂那一段對話，對於曹玉內心所想，霍十九心知肚明，而此刻霍十九的打算，曹玉也看得分明。

霍十九分明料定自己被捕後定無活路，卻將蔣嫵的一線生機託付在他身上。他希望成全

他，也給蔣嫵一個依靠，只是他料錯了一點……

「啪」的一聲脆響，蔣嫵的巴掌落在霍十九臉上，打得他臉頰偏向一邊。

蔣嫵杏眼含淚，冷笑著轉而飛身向焦忠義的方向急速掠去。

「嫵兒！」

蔣嫵身形閃動，用的不是眾人熟知的輕功，而是一種她特有的步法，結合早先曹玉所教導的那些獨門心法，幾乎在眾人尚未反應之時就已如一道電光閃射向焦忠義。

焦忠義方才為了說話方便，已策馬來到包圍圈中，見蔣嫵竟會抽霍十九耳光，他已是愣了一下，再一眨眼，竟然看到了一道白光，隨即他只聽胯下戰馬一聲慘嘶，馬身轟然倒下，連帶著自己也要跌倒。

所有人都看得分明，蔣嫵飛竄到戰馬跟前的一瞬，雙膝落地彎腰後仰，以一個不可思議的角度從戰馬下腹橫穿而過，匕首毫不留情地剖開了馬腹，鮮血噴濺，內臟落地卻都沒染上她的白衣，她單腳點地反衝而上，踩著正在倒下的戰馬借力一躍，雙腿纏上焦忠義腰身，一手抓著他頭髮，二人同時跌落在地時，翻身一擰，就壓在他身上。

焦忠義馬上的功夫以大開大合為主，如此近身纏鬥又如何是蔣嫵的對手？他還想反抗，卻被蔣嫵抓住頭髮向後拉長了脖頸，匕首冷冷貼在他的喉管和頸部動脈，膝蓋頂著他後頸，冷聲道：「焦將軍，叫你的人先別動。」

冷兵器特有的森寒已刺得他背脊上寒毛根根豎起，心下驚駭不已。

早前三千營一戰，他已見識過蔣嫵的功夫身法，那時便知她的身手等閒人走不過她手下多少招。不都說她早產後，身子孱弱嗎？現在看來哪有半分孱弱，哪有女子會有地獄惡鬼一般令人膽寒的殺氣，會有如此殘暴、毫不猶豫的手法！

妖女，她真真是個妖女啊！

「忠勇公夫人，妳若、若是殺了我，你們也走不出去的。」

「是嗎？你以為這樣我就不敢殺你？」蔣嫵提著他站起身，繡春刀橫在他脖頸，匕首鋒利之處抵住他腰間，逼著他向前趔趄了幾步，想進，進不得，想退，退不去。

高壯的漢子就那樣被一個嬌柔的女子拿捏住，焦忠義也不知是因懼怕還是羞窘，臉上著實紅一陣白一陣，而周圍三千營的將士，個個都嚴陣以待，不敢輕舉妄動，生怕害得主帥丟了性命。

焦忠義喉頭滾動，吞了一口唾液，覺得刀鋒距離皮膚又近了一些。

「忠勇公夫人，妳若肯束手就擒，我保證會放公爺一條生路。」

「你的保證早已經不值一文，你覺得我需要相信？」蔣嫵冷笑，嬌柔的聲音憑空傳出去。「你們從上到下都是一個樣子，個個都是沒根兒的孬種！皇上要拿九王爺和劉元安兩個叛臣，你焦忠義難道不知？阿英用奇謀，令你不費一兵一卒地拿下叛臣，你可倒好，反過來就來拿阿英。你拍著胸口說，你能安心嗎？你跟阿英又是如何說的？你叫焦忠義？就你還忠義呢！我真替你父母寒磣，他們二老要是還活著，必定也會被你這樣不忠不義的行徑活活氣死！」

「妳……」

一個大男人被個小女子拿住，還無法反抗，且還被侮辱了人格。焦忠義臉上脹得通紅，然而「妳」了半天，竟然一句反駁的話都說不出。

對霍十九，他的確是出爾反爾了。他也承認自己是為了不開罪皇上，沒有為霍十九說過好話。

「我是忠貞為國，遵皇上的聖旨行事，到哪裡，我老焦都無愧於天地。」

「哈！真叫我笑掉大牙。」蔣嫵諷刺一笑，抵著他脖頸的繡春刀就往前進了一些。「讓你的人退開，否則我殺了你！」

「妳真的以為能以我的性命，控制住三千營的所有兵馬嗎？」

「我可沒那麼認為。」蔣嫵朗聲大笑，隨即在他耳邊壓低聲音道：「我只是幫你全一下忠義之名罷了，今兒個我們若都逃不出去，你大可忠義殉國，也不枉費皇上對你信任了一次，將這麼喪良心的差事交給你。」

焦忠義聞言心頭一震，已經感覺到腳下寒氣順著背脊竄升而上。

蔣嫵見他肌肉緊繃，就知威脅有效。

如果焦忠義不怕死，他應當會知道以霍十九的為人，又哪裡會助紂為虐？他怕死，她偏要利用他的貪生怕死！

蔣嫵押著焦忠義走向山谷口，冷淡的眼神只掠過霍十九身上便已經別開眼。

霍十九早已被她的身手折服，被她那不要命的狠勁驚出滿身冷汗，又覺得自己方才在情急之下想將她交付給別人，必定是傷了她的心，被她冷淡地看了一眼，他反而安心了，若是她連瞪他一眼都不屑，那才叫糟糕。

情勢被如此逆轉，是在場所有人都未曾考慮到的。

劉元安滿身冷汗。若是因為焦忠義一人貪生怕死放走了霍十九一行人，皇上怪罪下來，他如何擔當得起？他又如何能放棄這一次立功保命、將功贖罪的機會？

思及此，劉元安回頭摘下長弓，箭尖直指蔣嫵的背心之處，驟然放了冷箭。

曹玉原本護著霍十九向山谷口退去，眼見著一道寒光射向蔣嫵，驚呼了一聲就要撲救。

蔣嫵也察覺到背後陰風不善，不等曹玉到近前就側身躲避。

與此同時，一道驚鴻般的破空聲由山谷口傳來。一聲之後又是一聲，竟然是兩道銀光先後發出，第一箭迎面劈開了劉元安射來的那一箭，第二箭竟比第一箭還快，被劈作兩截的箭矢落地之時，劉元安也倒下了。

他的左眼中正插著一根長長的箭矢！

京畿大營的將士們見主帥身亡，都亂了陣腳。

不知何時藏身在四周密林之中的數百人突然憑空衝了出來，這些人穿著尋常百姓的服飾，但個個都是身材魁偉的漢子，且對付騎兵彷彿很有一套，也不急著殺敵，只是一味地攻擊馬腿，馬匹嘶鳴驚擾，一片混亂，那些騎兵一個個在慌亂之下，無法擇路。

混亂的場面中，文達佳琿一把拉住了蔣嫵的手腕，回身一腳踹在焦忠義的胯間，揮刀就要斬殺。

蔣嫵卻道：「慢著。」

文達佳琿瞪著焦忠義。「這是非不分的東西留著何用？」

蔣嫵笑道：「總要留個人給小皇帝帶句話。」

望著跌坐在地、雙手捂著襠部、冷汗涔涔的焦忠義，蔣嫵居高臨下地道：「焦忠義，你去告訴陳贊，我本想留他小命，畢竟他曾是阿英最在乎的君王，他的大燕江山是阿英曾經為之奮鬥的事業，但是他謀殺阿英的父母，現在還能隨意毀謗、意圖殘害忠良，他做了這麼多的虧心事，行為虧損成這樣，就算我容他，老天也不會容他。你叫他洗乾淨脖子等著，夜半三更時，就是我蔣嫵取他狗頭之際！」

「妳、妳果然犯上！」

「我犯上？是他逼著我反！陳贊如此昏庸無道、殘殺忠良、忘恩負義，對阿英這樣有恩於他、有功於朝廷的的忠臣，尚且能夠拔刀相向，他能對百姓多好？不忠義，你告訴陳贊等著，我不廢了他，我就不姓蔣！」

焦忠義臉上紅透，自己從焦忠義變成了蔣嫵口中的「不忠義」，也著實是無可奈何之事。

混亂之中，霍十九與曹玉、蔣嫵已經被護著離開了包圍，而文達佳琿的人也在慢慢趁亂撤出時，留下一小部分斷後。

山谷外，馬車上，蔣嫵披著霍十九的黑貂絨大氅，氣鼓鼓地拿了帕子擦拭匕首。

霍十九則灰溜溜地坐在角落，小心翼翼地看著她。

文達佳琿盤膝坐在霍十九對面，看了看蔣嫵，又看霍十九，禁不住笑了。「我說你們倆真是有趣，才剛在萬軍中表演熱情洋溢的戲碼，怎麼這會兒平安無事了，還反倒冷戰起來了？」

蔣嫵一愣，臉上紅了。「你都看見了？這麼說你的人早就在了？」

文達佳琿笑道：「我的人早就到了，只是我怕引人注目，只帶來百來人，若無把握實在不敢胡亂衝殺，也多虧了妳拿住焦忠義，我才有機會乘虛而入。」

「你不是回國去了嗎？怎麼又回來了？額騰伊呢？白里呢？」

文達佳琿一攤手。「我召集舊部暗殺了額騰伊，如今金國再無什麼攝政王，朝政全由我兒子說了算。我也見了白里，教訓了他一頓，就將皇位傳給他了。」

「你……就這麼放棄了皇位？」

「我哪裡是放棄？我不是皇帝，依然可以為大金國做事。做皇帝有什麼好？拴在那個位置上不得自由。既然白里喜歡，給他便是了，再說，過個十年八載的，我也早晚要將皇位傳給他，現在不過提前罷了。只是霍英，你怎麼又中計了？我率人回京都，發現你的公府被皇帝的人圍上正在抄家，還以為你們都出了事，就知道事情不對了。」

「什麼？」霍十九震驚地瞠目。

蔣嫵眯著眼冷笑。「抄家？真好，將我們支開為他辦事，不但乘機要拿下我們，還抄家了。」隨即突然想起了什麼，驚恐道：「我爹和二哥呢？你可曾聽說他們的消息？」

文達佳琿笑道：「我就是帶人搶出了妳父親和妳哥哥，得知你們來了此處，才帶人趕來的啊。妳安心便是，他們都安然無恙。」

蔣嫵鬆了口氣，感激地笑道：「達鷹，多虧了你。」

文達佳琿笑著搖頭。「我往後無官一身輕，可要跟著你們夫妻一行去混一陣子了，你們夫妻打算去何處？江南嗎？帶我去成吧？據說江南出美人呢！」

蔣嫵笑道：「那是自然，你若不嫌棄我們這一行人麻煩，儘管跟來，說不定還是我麻煩你保護呢！」

「那不也是做朋友應當做的？」

二人說笑之際，霍十九只在一旁看著蔣嫵苦笑，想道歉，卻找不到適當的說詞。方才他著實是急瘋了才想將蔣嫵託付給曹玉，沒想他們竟然全身而退了。

聽聞這個大情敵居然還要跟著去江南，霍十九就覺得心裡憋屈得很，卻又不好發作。

蔣嫵眼角餘光斜了霍十九一眼，見他那樣神色，心裡越發覺得好笑了。她哪裡不知道霍十九的心意？只是不給他一點顏色瞧瞧，他就不知道她有幾分厲害！

文達佳琿看著鬥氣的夫妻二人，就拍著大腿不厚道地哈哈大笑。

馬車外，曹玉與納穆一同趕車，聽見裡頭的笑聲也都會心一笑。

曹玉問納穆。「霍府抄家，下人們呢？」

納穆笑道：「別人我不管，聽雨我是給搶出來了，這會兒正與蔣大人他們在一起，主子已經安排蔣大人一行人往南方送去，想必不久即可見面了。」

一想到南方，曹玉便心情舒暢，這次有驚無險，將來必有一片更廣闊的天地。

只是一想到楊曦也在杭州，且將生意做得越發大了，還與霍家老太爺頗為親密，他就有些發愖。

那女子不是一般人，不會知難而退的。如此一想，他卻有一種說不出的感覺，像是喝了酸梅湯，酸酸甜甜的。

蔣嫵撩起車簾，冷風吹拂她的長髮，呼吸間充盈著屬於冰雪與自然的清冷香氣，眼前是平坦寬闊的大路，左側彷彿望不到邊際的雪原映著陽光，被披上暖色的輕紗。右側白雪覆蓋的山巒起伏，隨著馬車的行進漸漸被拋在身後。

深吸一口氣，壓抑已久的心情終於舒暢開來。

「嫵兒，快進馬車裡來，仔細染了風寒。」霍十九拉她回來。

蔣嫵哪裡還會再繼續逗他，靠在他肩頭笑著道：「不必擔憂。越往江南去越是暖和。」

霍十九寵溺地摟著她，在她額上落下一吻。

只要他們在一起，一路向南，拋開冰雪覆蓋的過往，迎接他們的將是溫暖的春天。

尾聲

民國十六年，天津。

春日的蔡公館觥籌交錯，一場盛大的酒會正在進行著。落地的華麗玻璃大門旁，有高大英俊的侍者垂手而立，玻璃門將屋內歡快的樂曲遮擋住大半。

一身牙白色雲錦琵琶領低開衩旗袍，雲髻低綰的妙齡少女，正斜坐在噴水池旁、葡萄架的陰影之下，雪白的蕾絲手套包裹著她的盈盈素手，掌中的《奸臣錄》又翻了一頁。

——天元九年元月，燕元宗陳贊暴斃。時年三十一歲的大奸臣霍英引金軍入關，輔佐金純孝帝，結束了燕朝兩百年的統治，開創了天下一統的金國盛世。而大奸臣霍英在歷史上的評價也是褒貶不一，有人說他禍國殃民，有人說他一心為民……

杏眼中隱隱存了水光，嫣紅的唇抿著。閉上眼，彷彿還看得到那個俊俏的人，即便在八十一歲的年紀，依舊能打動她的心。

那一世，她幸福地靠在他懷中，結束了他們一生的繾綣。

那一世，她不曾留下遺憾，她的丈夫、兒孫、親朋以及生死之交都圍在她床畔，含著淚笑著送她離開。

她的手被他握在手中，他的淚落在她掌心。

他在她閉眼時，許了她生生世世。

只是睜開眼，她竟又回到了民國，不再是那個沒有名字的小五，反而成了趙家的四小姐，距離大帥所乘的火車爆炸，還有一年時間。

那些紛紛擾擾的戰亂，已經距離她很遠，但似乎又不遠。

但是那個在她心上留下印記的人，到底在何處？

或許今生再難遇見？

站起身，少女垂首緩步走向正在進行宴會的寬敞大廳，乳白色高跟鞋與光亮地磚敲出清脆的響聲，隱沒在輕快的鋼琴曲中。

正垂眸沈思，卻見迎面一行人走了過來，為首那人身量高瘦，身著鐵灰色軍裝，皮帶束著健瘦的腰間，更顯得他寬肩窄腰，一身英氣。他行走時肩章與吊穗上的金線在夕陽西下的絢爛霞光中，染上了點點金芒，更襯得他清俊的眉眼熠熠生輝。

那人也停下腳步，疑惑地看向她。

他的容貌明明陌生，卻又那樣熟悉，熟悉的是他矜貴疏遠的氣質，以及一身凜然的凌厲。

二人四目相對。她挑眉。

那人身邊有人笑著問：「少帥，怎麼了？」

他望著她，玩味一笑，低聲問了句什麼。

那一行人就徑直向著她走來。

蔡家長媳劉氏挽著披帛越眾而出，笑著拉住她的手，介紹道：「少帥，這位是趙四小姐。」

少帥微笑，低沈略有些冷淡的聲音中充滿疑慮。「趙四小姐，幸會，請問……妳我是否在哪裡見過？」

少帥？

她驚愕地上下打量他。

那一世乾爹的長子她認得，可不是長成現在這個模樣。而這熟悉的談吐和氣質，還有疑惑時微微蹙著的眉……

她的心怦然而動，卻是十分沈穩地笑道：「少帥，幸會，只是您這樣的搭訕已經沒什麼新意了。」

眾人一愣，都看向少帥。

那冷淡的男子卻是莞爾，隨即哈哈笑了起來。

「四小姐，在下是否有幸請您共舞一曲？」他戴著白色手套的手伸向了她。

她素手搭上他的，隨手將《奸臣錄》交給一旁的侍者暫且保存，便與之回到宴會的大廳，共入舞池。

劉氏回到前廳，望著衣香鬢影中共舞的那對出色的男女，笑吟吟道：「英雄難過美人關啊！」

看來，屬於他們的故事已經開始了。

——全書完

2015年6月出版

獨愛小虎妻

文創風 307～308

他守身如玉十八載，
還以為自己愛的是溫婉女子，
豈料初次動心的對象，
竟是那隻時時讓他吃癟、披著兔子皮的小老虎?!

文創風 255-257 《君許諾》 甜蜜續作

甜苦兜轉千百回 道出萬般情滋味／陸戚月

古有云「負心多是讀書人」、「百無一用是書生」，
從小哥哥耳提面命，讓柳琇蕊見到這類人一向是有多遠躲多遠，
好死不死如今自家隔壁就搬來一個，而且一來便討得她家和全村歡心，
可這書呆子成天將「禮」字掛嘴邊，卻老愛與她作對，
連她和竹馬哥哥敍個舊，他也要日日拿禮記唸到她耳朵快長繭，
只是近來他改唸起詩經情詩，還隨意親了她，這……非禮啊！
自發現這嬌嬌怯怯的小兔子，骨子裡原來藏著張牙舞爪的小老虎，
紀淮不知怎的，每次碰面就想逗她開罵，即使吃癟也覺得有趣，
天啊，往日一心唯有聖賢書的他八成春心初動了……
為娶妻，他不顧一切先下手為強，讓親親竹馬靠邊站，可還沒完呢！
如今前有岳父，後有舅兄，這一宅子妹控、女兒控又該如何搞定？
唉，媳婦尚未進門，小生仍須努力啊～～

2015年6月出版

巧妻戲呆夫

文創風 304～306

特種部隊成員變成農村小姑娘，醫學精英改去種田做豆腐？
她從女強人降為柔弱女，還有一屋子極品親戚，
不能重操舊業，就來「改造人生」、整治這些瞧不起她的人！

清閒淡雅 耐人尋味 ／半生閑

身為特種部隊的醫學博士出任務掛了，穿越還魂就算了，
為何讓她穿到一個為情上吊的小姑娘身上？!
十八般武藝俱全的林語來到小農村，發現自己學過的統統派不上用場，
家裡雖有父親，但繼母看她和大哥像眼中釘、肉中刺，
還有一堆極品親戚虎視眈眈，連祖母都只想著再把她弄出去換點嫁妝；
只要她還未嫁，女子就是給家人拿捏的對象，
不如自己選個合意的對象速速成親，之後協議和離脫身！
看來看去最佳人選就是肖家那個破相又不受寵的老二肖正軒，
怎知費了番心思終於成親，新婚之夜該來談和離了，
這位仁兄卻說：「看在我幫妳的分上，就和我一起生活半年可以嗎？」
這下還得弄假成真過半年，他到底打什麼主意？
而他們窩在靠山屯這樣的鄉下，他竟然還有師父和師兄弟們找上門，
莫非他還有什麼神祕的過去，這段假夫妻的協議會不會再生變化？

2015年5月出版

么女的逆襲

文創風 296～299

前世自小癡傻了十年，
不懂得利用老天爺賜給她的「金手指」，
難怪會糊裡糊塗地賠了自身小命，
如今重來一回，看她還不逆襲為人生勝利組？

卿容傾城，君心情切／昭華

身為備受寵愛的鎮國公府么女，又有個財力富厚的娘親，
想她榮寶珠過起日子來理應是眾人欣羨，
殊不知前世做了十年小傻子導致腦子不靈光，
之後嫁作王妃遭人算計，最終枉送小命。
好在老天疼憨人，讓她重生一回，
懂得利用這富含神力的「瓊漿」作為扭轉人生的利器——
既可救人性命於危難，也能治疑難雜症，還讓自己擁有天仙美貌……
綜觀這一世，若是別牽扯上前世夫君——蜀王就更完美了。
這蜀王何許人也？可是未來奪位的一國之君啊！
世間女子多受他的皮相吸引而趨之若鶩，她卻是想方設法想逃離嫁他的命運，
奈何繞了一大圈，陰錯陽差成了會剋夫的無鹽女，還奉旨成婚做了他的妻，
本想著既來之則安之，怎料到這夫君不按前世的牌理出牌，
他眼底的柔情和憐惜，總讓她迷惘，把持不住自己的心啊……

嫵妹當道 5 完

國家圖書館出版品預行編目資料

嫵妹當道 / 朱弦詠嘆著. --
初版. -- 臺北市 : 狗屋, 2015.09-
冊 ; 公分. --（文創風）
ISBN 978-986-328-508-3（第5冊：平裝）. --

857.7　　104014035

著作者　朱弦詠嘆
編輯　黃鈺菁
校對　黃薇霓　馮佳美
發行所　狗屋出版社有限公司
地址　台北市104中山區龍江路71巷15號1樓
電話　02-2776-5889～0
發行字號　局版台業字845號
法律顧問　蕭雄淋律師
總經銷　知遠文化事業有限公司
電話　02-2664-8800
初版　2015年10月
國際書碼　ISBN-13　978-986-328-508-3
原著書名　《毒女当嫁》，由中國風語版權經紀工作室授權出版

定價250元
狗屋劃撥帳號：19001626
網址：love.doghouse.com.tw　E-mail：love@doghouse.com.tw